夜の黒豹

横溝正史

角川文庫
22784

目次

夜の黒豹《くろひょう》　5
解説　中島河太郎　390

ホテル女王

あのとき犯人がもっと用心深くドアを締めていったら、葉山チカ子と名乗るあの女もあのまま絶命していたのではないか……と、後日そのときのことを思い出すたびに、山田三吉は身震いをせずにはいられなかった。

犯人もはじめてのことだったので泡《あわ》を食ったにちがいない。ホテル女王のベル・ボーイ山田三吉がその部屋のそばを通りかかったとき、ドアが細目に開いていた。三吉はそのときおなじ三階の三号室へ、ウイスキー・ソーダとコカコーラを運んでいってのかえりだった。三号室の客は男と女のアベックで泊まりではなかった。二時間ほどのショート・タイム。ホテル女王ではこういう種類のお客様を御商談様と呼んでいる。

ホテル女王……と、名前は堂々としているが実際はわりと安直な建物である。三階建ての地下室がバー、地階がレストランで、二階と三階がホテルになっている。場所は渋谷の道玄坂百軒店のほどちかく。

もちろんホテルだからほんものの泊まり客があることはいうまでもないが、渋谷にちかい場所がらもあって御商談様も多いのである。ホテルのほうでも心得ていて、そういうお客様とみるとだまっていても、三階へご案内することにきめている。

三階には部屋が七つある。三つずつ並んでむかいあっており、ひとつだけ離れた部屋が階段とエレベーターをあがっていった左側にある。それが問題の八号室だ。部屋が七つしかないのに八号室まであるのは、いうまでもなく四号室が欠番になっているからである。

どの部屋もなかはひと間。それでも洗面台と鏡、おトイレだけはついている。ベッドも椅子《いす》テーブルも簡にして粗《そ》をきわめ、アベックさんたちが用を達しさえすればそれでよいといわぬばかりの構造である。

時刻は夜の十一時。廊下についた蛍光《けいこう》灯が山田三吉の姿を妙にしらじらと浮き立たせていた。

「おや……?」

エレベーターのまえに立ってベルを押そうとしていた山田三吉は、ふっと八号室のほうをふりかえった。もし八号室のドアが細目にひらいていなかったら、山田三吉もあの水の音を聞きわけることができなかったかもしれない。いかに安ホテルでもホテルはホテルだ。室内でささやかれる喃々喋々《なんなんちょうちょう》やベッドの軋《きし》りや、水を使う音がむやみに外へ漏れるようでは商売にならない。

それにもかかわらず八号室から漏れてくるのは、シャーシャーと勢いよくほとばしる水の音。この音はさっき三吉がエレベーターであがってきたときからすでに聞こえていた。そのときは気にもとめなかった。御商談を終わったアベックさんがかえり支度をしているのだろうとそのままそばを通りすぎた。その音がまだ続いているとすれば少し長過ぎはしないか。

エレベーターのベルを押しかけた手をそのままにして、八号室のほうをふりかえった三吉は、そこでまたおやというふうに眉《まゆ》をひそめた。八号室のドアが細目に開いていて、ドアの鍵穴《かぎ》に、外から鍵がさしこんである。

三号室から廊下をこちらへ歩いてきた三吉が、いままでそれに気がつかなかったのは、八号室は廊下の正面に突き出していて、中央廊下からはその側面しか見えないからである。その部屋の正面は壁沿いについている階段やエレベーターのほうにむかっている。だからその部屋のまえの廊下は中央廊下の三分の一くらいの幅しかなく、階段のほうにはてすりがついている。

それにしてもドアが細目に開いていて、外から鍵がさしこんだままになっているとは……？　それはたしかにベル・ボーイをして眼をそばだたしむるに十分なほど不可解千万なことである。

どこのホテルでも客はホテルを立ち去るとき、フロントへ鍵をかえしていくことになっている。まだ部屋のなかにいるとしたら、鍵穴に鍵をさしこんでおくにしても、ドアの内部からさしこんでおくべきである。なにかの都合でお客さんが廊下のどこかにいるのではないか。……三吉はもう一度中央廊下へ後戻りして、そこらじゅうを見まわしたが、どこにもひとの姿は見当たらなかった。

廊下の突き当たりのガラス戸越しに、近所のビルの屋上にネオンがあわただしくまたたいているのが見える。ネオンが赤く青く変転するにしたがって、こちらの廊下も赤く青く変色する。そのガラス戸の外に非常はしごがついているはずだった。

三吉があのうめき声を聞いたのはそのときである。あの鍵と、細目にひらいたドアと水の音にたいする疑惑さえなかったら、かれはそのうめき声をあの瞬間に女がもらす歓喜の叫びと聞きあやまったかもしれぬ。

一年三百六十五日こういうところへ勤めていると、いろんな場面に遭遇《そうぐう》するものだ。いつだったかベルが鳴るので駆けつけて、外からドアをノックしたら、

「入れ!」

と、わめくような男の声なので、なにげなくドアをひらいた刹那《せつな》、棒をのんだようにその場に立ちすくんでしまったことがある。

あかあかと電気をつけたベッドの上で、男も女もすべてをかなぐり捨てていた。しかも男は堂々たる騎馬姿勢のまま三吉を見てニヤリと笑った。真正面からそのものズバリを見せつけられた三吉は、失礼をもかえりみず、その一点に視線を釘《くぎ》着けにされてしまった。茫然《ぼうぜん》としてそこを見つめているうちに、三吉は、勃然《ぼつぜん》としておのれの体内に躍動するものをおぼえた。女は気がつかなかったらしい。彼女はまさに阿鼻叫喚《あびきようかん》の境地だった。やっと自分の失礼に気がついて、三吉がほうほうの体《てい》で逃げ出すまで女はなにも知らずに咆哮《ほうこう》をつづけていた。

かえるときその五十男がこっそりと三吉に五百円札をにぎらせたところをみると、あやまってベルを押したのではなく、そのものズバリを見せびらかすことによって、かれの喜悦は倍増するのであろう。それでいて服装をととのえたときのその男は、柔和で、ものわかりのよさそうな初老の紳士であった。

それ以来三吉は用心深くなっている。かれはこっそり狭い廊下へ入っていくと、八号室のまえで耳をすました。部屋の電気は消えていたが、シャーシャーとほとばしる水の音にまじって、二度目のうめき声を耳にしたのはそのときである。あのときの声のようでもあるが違っているようでもある。しかし、あのときの声としては当然聞こえるはずのベッドの軋りが全然なかった。突然三吉はドアのまえから跳びのいた。ドアの下からにょろにょろと水があふれてきたからである。

山田三吉はとうとうドアをノックした。

「もしもし、お客さん、どっかお加減でも悪いんですか。水が廊下まであふれていますが……」

返事はなくて、うめき声がさっきよりいっそう高くなってきた。

「もしもし、お連れさんはどうなすったんですか。お連れさんはいらっしゃらないんですか。水道の栓《せん》をしめてください。ホテルじゅう水びたしになってしまいます」

八号室の今夜の客を山田三吉はおぼえていた。

男と女のアベックだった。女は一見してストリート・ガールかコール・ガール。ただし服装からそうにらんだだけで顔はほとんど見えなかった。ネッカチーフのようなもので額の上まで包んでいた。大きなサン・グラスをかけていた。服装はあんまりよいとはいえなかった。

男は黒豹《ひょう》のようにつやつやとした漆黒《しっこく》のオーバーをゾロリと着ていた。オーバーの襟《えり》をふかぶかと立てているうえに、これまた黒いつやのあるマフラーであごから鼻までかくしていた。まぶかにかぶった帽子も黒豹の毛皮のようにつやつやとした光沢をおびていた。これまた大きなサン・グラス。ひっそりとした、足音のない歩きかたが猫《ねこ》を連想させるような男であった。しかし、それはこういうホテルの、しかも御商談様にはありがちのことである。

意を決した三吉はドアのなかへ首をつっこんだ。廊下からさしこむ光線でベッドの上に白い裸身がうごめいているのが見え、三吉は一瞬怯《ひる》んであとじさりした。しかし、女の下半身が毛布におおわれているようなので、いくらか安心して部屋のなかを見まわした。男の姿は見当たらない。

「もしもし、どうかしたんですか。お連れさんはどこに……？」

返事はなくてそのかわりなにかを訴えるようなうめき声が聞こえ、白い裸身がムクムク動いてベッドが軋んだ。三吉は思いきって壁際のスイッチをひねったが、そのとたん心臓が口からとび出しそうに躍動した。

女の首にナイロンの靴下《くつ》が巻きつけてあり、その端がベッドの頭の鉄柵《てっさく》にゆわえつけてある。女が身動きをするたびに首にまきついた靴下が女ののどにくいこむのだ。女の口にもナイロンの靴下の片っぽがサルグツワのようにはめてある。胸のうえで組み合わされた手首は、バックル性のベルトで縛られていた。

われにかえった三吉は急いで部屋へとびこむとまず水道の蛇口《じゃぐち》をしめた。プラスタイルの裸の床は水びたしである。

改めてベッドのほうへ眼をやった三吉は、とっさにこれは支配人の領分なんだと逃げ腰になり、ドアのほうへ行きかけた。しかし、女の訴えるようなまなざしに、またベッドのほうへひきもどされた。女は下から三吉を見つめ、ベルトで縛られた両手をふった。いやいやをするように首をふった。いや、ふろうとしたのだがナイロンの靴下が食いこんだのか、いまにも絶息しそうな声を立てた。

すでに死んでいるのならともかく、まだ生きているものをそのまま見捨てていってよいだろうか。支配人を呼んでくるまえに絶息してしまわないともかぎらない。三吉はいそいで鉄柵からナイロンの靴下をほどいてやった。サルグツワをはめられた女の口からこわれた笛のような吐息がもれ、がっくりと白い裸身がベッドのなかにめりこんだ。かわいそうに女はナイロンの靴下で宙づりにされていたようなものである。

三吉は女の口からサルグツワを解きにかかったが、そのとき組み合わされた両手の下から、妙なものが見えたのに気がついた。

「なんだい、これゃ……」

女はいやいやをするように首をふった。両手で胸をかくそうとした。三吉はむりやりにそれを押しのけて、思わず大きく眼を見張った。

女の胸にはむっちりとふたつの隆起が盛りあがっている。ピンと張りのあるよいふくらみだ。そのふくらみの頂点にふたつの紅玉がぬれたような色をしてちりばめられている。

しかし、いま三吉が眼をうばわれたのはそれではない。盛りあがった乳房と乳房のあいだに妙な彫り物がしてあった。いや、彫り物ではない。そんな危険な場所に刺青《いれずみ》ができるはずがない。それにマジック・インキの強いにおい！

トカゲのようである。乳房と乳房のあいだのなめらかな素肌の上に、青いマジック・インキでかかれたトカゲが一匹吸いついている。青トカゲの上半身は女の左のふくらみに這《は》いあがり、前脚で張りのある乳房に吸いついている。ニョッキリもたげた鎌首《かまくび》はいままさに貴重な紅玉にむしゃぶりつきそうだ。しっぽは右の乳首につよく巻きついていた。

「な、なんだ、これゃ……だ、だれがこんないたずらをしたんだい。いっしょにきた連れの男がやったのかい」

三吉の顔を見あげる女の眼は不安そうにふるえている。その不安そうな眼のおののきがかえって三吉を誘惑した。

この女はいまおれにおもちゃにされやしないかと恐れているのだ。そうだ、そういえば絶好のチャンスじゃないか。ドアをなかから締め切って、ベッドのなかへもぐりこんでも、この女はどうすることもできやあしない。しかも、どうせこんなところへ男をくわえこむような女なのだ。おれにおもちゃにされたところで口を割るようなことはあるまい。

三吉の眼が燃えてきた。体のなかに勃然と煮えたぎるものを感じた。三吉は猿臂《えんぴ》をのばして女の乳房を握りしめた。女の口からヒーッというようなうめき声がきこえた。三吉は上から女の顔をのぞきこんだ。女の瞳《ひとみ》が不安から恐怖、恐怖から憎悪の色にかわった。

一瞬、二瞬……突然三吉は大きく息を吐き出すと、あわてて女の乳房から手をはなした。いそいでサルグツワをはずしてやった。

「ありがとう」

女の額の生えぎわは汗でぐっしょりぬれていた。

「だれにもいわないで。こんなことだれにもしゃべらないで。千円あげる。だれにもいわないで内緒にして……」

「そうはいかねえよ。マネジャーに報告しとかなきゃ……」

両腕からバックル性のベルトをはずしてやると、女はあわてて毛布をたくしあげて、胸の青トカゲとともに蠱惑《こわく》的なふたつの隆起や紅玉をその下にかくしてしまった。

三吉はまた生つばをのみくだした。毛布の下は一糸まとわぬ全裸にちがいない。

「だめよ、だめよ、ひとにいっちゃ……ただのいたずらなのよう。なんにもふかい意味はないの。あのひとただいたずらをしただけなのよう」

「あのひとっていったいだれだい？」

「いっしょに来たひと。よくこんないたずらをしてひとを困らせるのよ。それにこんなこと世間に知れるとこのおうちの信用にかかわるんじゃない。あんたのミスになるかもしンないわ」

そうかもしれないと思うと三吉はドキリとした。

「千円あげる。ねえ、千円あげるから黙ってて。なんにもなかったんだもん。ただあたしがちょっと困らされただけ」

秘密を守らせようとして女の持ちかける条件が、かえって三吉の不逞《ふてい》な欲望をかきたてそうにする。

それほどいい女というのではない。引き眉毛《まゆげ》につけマツゲ、くちびるが真っ赤である。ドギツイ化粧でゴマ化してはいるが、年齢もそうとう食っているようだ。二十七、八、あるいは三十を越えているのかもしれぬ。しかし、こういう商売をしている女としては肌《すき》がそれほど荒んでいないのが魅力的である。

三吉はまた勃然と煮えたぎるものを感じかけたが、毛布にかくされたあの部分が、ほかの男のたけだけしい情痴にぬれているのかと思うと、急にいまいましさがこみあげてきた。

「いらねえや、金なんざ。だけど、おれ、だれにもいわねえから安心しな。だけど、この水どうしたもんかな」

「床はあとであたしがふいといてあげる」

「おまえが……？」

「ええ。あそこにスーツ・ケースがあるでしょう。あんなかに下着類が入ってるから、床ならあたしがふいといてあげるわ」

「じゃ、頼む。だけどおまえのお連れさんはなんだって水を出しっぱなしにしていったんだい？」

「知らないわ。発作を起こすとまるで気ちがいみたいになるひとだもん。もうコリゴリだわ」

女の瞳に怯《おび》えの色が走るのを見て、三吉も急に薄気味悪くなってきた。

「よし、じゃ、あとの始末は頼んだぜ。さっさと着物を着て出ていきなよ」

八号室をとびだすと三吉はわざとエレベーターを避けゆっくり階段をおりていった。

地階のレストランの裏側にフロントがあり、フロントを預かる北川支配人が週刊誌かなんか読んでいた。身だしなみのよい五十男だ。エレベーターのなかでは高橋運転手が居眠りしている。

このホテルにはロビーがなくて、フロントの横のドアから通じるレストランがロビーの役目を果たしていた。フロントから直接地下のバーへおりていけるようにもなっている。レストランやバーで話ができて、三階へあがっていく男女もあるにはあるが、そういうのはごくまれで、たいていはほの暗い横町のドアから入ってくる。人目につかぬ横町から出入りができるようになっているのが、こういうホテルの特色なのだろう。

「三吉、三階でなにをぐずぐずしていたんだい」

「いえ、べつに……」

三吉は自分の席へかえると読みかけの推理小説を取りあげた。

「おまえまた鍵穴のぞきをやってたんじゃないのかい？」

「うそですよ、そんなこと」

三吉は否定したが色白のおもてに朱が走った。

「それ、みろ。三号室かい、八号室かい？」

「そんなことしやアしませんよ。マネジャーったら、いつもあんなことといってからかうんだもん、ぼく、きらいさ」

三吉の口調は甘ったれているようである。ベル・ボーイに醜男《ぶおとこ》はいない。山田三吉もちょっとした美貌《びぼう》である。北川支配人もついからかいたくなるらしい。

「だけど、おまえ、いつか……」

北川支配人が眠気ざましにからんでくるのをよい加減にあしらって、三吉は推理小説に没頭した。いや、没頭しているようなふりをして、ひそかに階段とエレベーターのほうへ注意をむけていた。

十五分ほどしてエレベーターのブザーが鳴った。エレベーターの指針は三階をさしている。

エレベーターが三階からおりてくると、なかから出てきたのはあの女である。ネッカチーフで額の上まで包み、大きなサン・グラスをかけている。左手にスーツ・ケースをぶらさげていた。三吉が立ってスーツ・ケースを取ろうとするのを女は制して、鍵をフロントへおいて出ていった。

「マネジャー、いまの女のお連れさんはさきにかえったんですか」

「どうしてだね」

マネジャーは気にもとめぬふうだった。こういう所へくるアベックには、くるときも、かえるときもべつべつなのが珍しくない。

「高橋さん、あんたあの女の連れがかえっていくのを見ましたか」

「さあね、どんな男だったかな」

「上から下まで黒ずくめのいやにつやつやとした、黒豹みたいな男でしたよ」

「そいつならあがっていくときもエレベーターじゃなしに階段だったよ。おりるときも階段だったんじゃなかったかな」

「高橋さんは見ましたか、そいつを……」

「さあ、知らんね、気がつかなかったな」

「マネジャー、宿帳を見せてください」

「なにかあったのかい？」

「いえね、いまかえった八号室の女、さっき部屋へ案内したとき失敬なこといやアがった」

「失敬なことって？」

「このホテル、ひとの足下につけこんでボルわねえと……」

「そんなこといったのか」

北川支配人も眉をひそめて宿帳に眼を落とした。このホテルではショート・タイムの御商談様にも住所氏名をご記入願うことになっている。どうせだれも本名を書く気づかいはないから形式だけといえばそれまでだが。

八号室の客の名は、男が泉茂樹《しげき》で女が葉山チカ子、それぞれ住所がついているがどうせデタラメにきまっている。

「マネジャー、八号室の鍵をください。部屋を整備してきますから」

山田三吉が三階へあがっていくと、女は約束どおり床をふきとっていた。まだ湿ってはいるが暖房があるから朝までにはかわくだろう。感心にベッドもきれいに整備していった。

三吉は八号室をでると中央廊下を突っ切って突き当たりのガラス戸を改めた。ガラス戸は観音びらきになっている。内側の掛け金がはずれていた。ガラス戸の外は小さなテラス、そこから非常はしごが稲妻型におりている。下はとなりのビルとビルとのせまい谷間の路地である。

三吉は非常はしごで二階までおりていった。近所のビルの屋上にネオンがあるので、ビルの谷間もそれほど暗くはなかった。

二階までおりて三吉は満足した。まだ新しい泥のあとがほんのわずかだけれど認められた。つい最近だれかがここをおりていった。そいつはあの黒豹のような男にちがいない。

三吉はその発見に満足しただけで、だれにもそれをいわなかった。女の乳房に手を触れたこと。それが案外うぶな三吉にとって、うしろめたさを感じさせたのかもしれない。

昭和三十五年十一月十八日、金曜日、戸外は肌も凍るような夜であった。

ホテル竜宮

山田三吉がこの一件を北川支配人に話していたら、そして支配人からそのことが警察へ報告されていたら、これから述べるような事件は起こらなかったかもしれない。いや、起こったとしても、犯人があのように巧妙に立ちまわれたかどうか疑問であろう。

芝高輪台町といえば高輪署と眼と鼻のあいだにある町である。その高輪台町の裏通りにホテル竜宮という名のいかがわしいホテルがある。ホテル女王と似たりよったりといいたいが、こちらはまたいちだんと格が落ちるようだ。

ホテル女王がそれでも鉄筋コンクリートの三階建てなのに反して、こちらはモルタル造りの二階建てで、正規のお泊まりさんよりもショート・タイムのアベックさんで繁盛しているようなホテルである。あとでわかったことだが高輪署でも以前からこのホテルに眼をつけていたそうだ。

ホテル女王で奇妙な出来事があってから一週間目、すなわち昭和三十五年十一月二十五日金曜日の夜九時ごろ、ホテル竜宮のフロントへ現われたアベックがある。腕を組んで肩をよせあうようなポーズは近ごろ珍しくないが、後日問題となったのは男の服装である。

黒豹のように艶々《つやつや》としたオーバーを裾長《すそなが》に着て、襟を深く立てていた。黒い艶のあるマフラーで鼻の上までくるんでいたのは、その夜の寒さのせいばかりではなかったことが後日思い合わされた。帽子も黒く艶々と光沢をおびており、大きな黒いサン・グラス。

これを要するに男はほとんど顔を見せていないのだが、こういうところへくる客のなかにはありがちのことなので、フロントをあずかる今井陽造が、べつに気にとめなかったからといって怠慢というのは当たらない。

男にくらべると女のほうが大胆だった。マフラーで頭をくるんでいる程度で、それほど人目を忍ぶふうでもなかった。

部屋の交渉なども女がいっさいやってのけた。二時間ほど部屋を貸してほしいというのだが、物慣れた応対からして稼業《かぎょう》のほどがうかがわれた。少し酒気もおびていた。ホテル竜宮にとってはこういう種類の女が上得意なのだが、その夜の女は初顔だったそうである。

部屋がきまると男が前払いの金をそこへおいた。革の手袋をはめていた。終始無言で、猫みたいにひっそりとした男だったという。

ホテル竜宮でも女王でも、こういう客種の扱いかたは似たりよったりのものである。にもかかわらずホテル竜宮の責任者が、のちに当局より手痛いお灸《きゅう》をすえられたのは、ここではショート・タイムの利用者から、記帳を要請しないことになっていたからである。

こうして姓氏不詳の男女が二階五号室へ通されたのは、十一月二十五日午後九時ちょっと過ぎのこと。それから小一時間のち女のほうが発見されたいきさつは、ホテル女王の場合とそっくりおなじであった。

二階五号室のドアが細目にひらいていた。ドアの外側から鍵がさしこんだままになっていた。部屋のなかでシャーシャーと水の流れる音がきこえた。

ベル・ボーイ江口勇は首をかしげながらいったんそのまま見逃した。十五分のち再びそこを通りかかるとドアの下から水があふれていた。ドアをノックしたが返事はなかった。返事がなかったのみならずうめき声もきこえなかった。

ここがホテル女王の場合と大きなちがいであった。江口勇が踏み込んだとき女はすでにこと切れていた。ナイロンの靴下が食いいるように、女の首にまきついていて、縊《くび》り殺された女の形相《ぎょうそう》はものすごかった……。

ちょうどそのころ金田一《きんだいち》耕助は警視庁の第五調べ室で、等々力《とどろき》警部や新井《あらい》刑事を相手に駄弁《だべん》を弄《ろう》していた。

金田一耕助は相変わらずだ。襟あかによごれた大島の対《つい》によれよれの袴《はかま》、雀《すずめ》の巣《す》然としたもじゃもじゃ頭をかきみだして、椅子に埋まった格好はいまにもズッコケそうである。近ごろ不眠症で困るなどといいながら、眠そうな眼をショボつかせているところへ、高輪署から一件の報告が入ってきた。

電話で報告を聞きおわった等々力警部は、金田一耕助をふりかえってニヤリと笑った。

「金田一先生、どうやらあなたの不眠症を治療するにゃ、もってこいの事件ですぜ」

「なんのこってす、それゃ……」

金田一耕助はたいぎそうに眼をショボつかせた。いまやこの世になんの興味もないといわんばかりの顔色である。

「高輪のホテルで女がひとり殺されたって報告がいま入ったんです。さあ、いっしょに行こうじゃありませんか」

「わたしが……？　わたしがなんのために行かにゃならんのです」

「いまの電話じゃどうやら金田一先生好みの事件らしいんですぜ。四の五のいわずにわれわれといっしょにいらっしゃい」

「冗談じゃない。殺人事件に好みもヘチマもあったもんじゃない。いったいいま何時だと思ってるんです。ソロソロ十一時じゃありませんか。わたしゃアパートへかえって……」

「不眠症じゃ寝るにも寝られんでしょうが」

そばからまぜっ返したのは新井刑事だ。

「いや、おかげでその不眠症も治ったらしい。警部さんのお顔を見ているうちにね。あっはっは」

へらず口をたたきながら飄々《ひょうひょう》と立ちあがった金田一耕助が、襟のすりきれた二重回しをひっかけているのを横眼で見て、

「新井君、またやっかいな事件らしいぜ。死体にヘンな細工がしてあるそうだ」

「ヘンな細工といいますと？」

「死体の胸のオッパイとオッパイのあいだに、マジック・インキで変な絵がかいてあるんだそうだ」

「死体の胸にヘンな絵が……？」

とうとう金田一耕助がひっかかった。二重回しのボタンをかけていた手をやすめて、

「警部さん、いったいどんな絵が……？」

「金田一先生、あなたはアパートへかえって……」

新井刑事がそばからまぜ返そうとするのを、等々力警部が眼顔でおさえて、

「それがなんの絵だかもうひとつ判断がつかんのだそうだ。トカゲだかヤモリだか……」

「トカゲだかヤモリ……？」

「そうだってさ。それで高輪署の加納《かのう》君なども……」

「え？　高輪署の管内で起こった事件ですか」

「いまいったじゃありませんか。高輪のホテルで女が殺されたって」

「いや、ぼく、すっかり不眠症が治ったらしく、ついウツラウツラしてたもんですからね。あっはっは。それじゃ加納さんの係りで？」

「それゃもちろん、いま電話をかけてきたなあ辰野《たつの》刑事ですがね」

「そいつはなつかしいですね」

高輪署の加納警部補や辰野刑事とは、まえに捜査をともにしたことがある。

「警部さん、すみません、それじゃぼくも連れてってください」

結局等々力警部にはかなわなかった。金田一耕助はまたしてもこの奇妙な事件に首をつっこむはめになってしまったのである。

それから三十分のち一同がホテル竜宮へ駆けつけると、せまいロビーは捜査員や報道関係者でごったがえしていた。そのなかから高輪署の田所《たどころ》刑事が一行を見つけて、

「ああ、警部さん、金田一先生もごいっしょで？」

「ちょうど本庁へきておられたのでごいっしょねがった。加納君は？」

「二階の現場です。ご案内しましょう。金田一先生がいらっしゃったとなると喜びましょう。なんだかいやな事件のようです」

田所刑事に案内されて階段をのぼっていくと、廊下のあちこちから不安そうな客の顔がのぞいていた。捜査当局の要請で缶詰めにされているのであろう。なかにはまともな宿泊人もいるのだろうが、多くは他聞をはばかるアベックである。迷惑したのもむりはない。

現場の二階五号室へ田所刑事が入っていくと、なかから愛想のいい顔を出したのは加納警部補。

「やあ、金田一先生、これはようこそ」

「また警部さんにそそのかされて、ふらふらととび出してきました。お邪魔じゃ……」

「お邪魔どころか大歓迎ですよ。いま先生がかえったところで現場写真をとってます。さあ、どうぞ」

「やあ、金田一先生、いらっしゃい」

辰野刑事だ。辰野刑事は相変わらず精力的に動きまわっている。

「やあ、辰野さん、また変なやつが現われやアがったなんて思わんでくださいよ。できるだけお邪魔はせんつもりですから」

「それじゃ困る。大いに邪魔をしていただかにゃ……」

五号室のなかでは盛んにフラッシュがたかれ、調度という調度が銀灰色をおびているのは指紋採取がおこなわれているのだろう。

「犯人は手袋をはめていたらしいんで指紋は見込み薄なんだが、やるだけのことはやっいた。

辰野刑事や鑑識の連中が忙しそうに働いているあいだ、金田一耕助は神妙にひかえて
せまい殺風景な部屋の大部分を占領しているのは鉄製のベッド。部屋のすみにトイレとタイル製の洗面台、チャチな椅子テーブルと脚つきの乱れ箱、簡にして粗なることはホテル女王以上である。

金田一耕助は裸の床がぐっしょり湿っているのに眼をとめて、

「この床、どうしたんです？」

加納警部補にたずねた。

「それがよくわからないんで。犯人は水道の蛇口をひねりっ放しにして立ち去っているんです。しかも洗面台の底に栓がしてあったもんだから、あそこからあふれた水で部屋じゅう水びたし。……ああ、ご苦労さま」

鑑識の連中を送り出しておいて、

「それじゃ、こちらへどうぞ」

ベッドの上には裸の女が仰向けに倒れている。さすがに下半身は毛布でかくしてあるが、露出した上半身は断末魔の苦痛をみせて不自然なよじれを見せている。

年齢は二十六、七か七、八というところだろう。ボッチャリとしたよい肉づきをしているが、その年ごろにしては肌の荒れようがひととおりではない。顔も美人とはいいに

くい。むしろオカメに属する顔立ちである。鳩《はと》胸で、いかり肩で、しかも猪首《いくび》だ。その猪首にナイロンの靴下がつよく食いいっているのである。オカメ型の顔にそのときの苦痛が凍りついていて、ゾーッとするような凄惨《せいさん》な形相である。

だが、金田一耕助や等々力警部の視線をつよく捕らえたのは、そのすさまじい形相よりも、死体の胸に描かれた奇妙な絵である。

「これゃなんのマジナイなのか。犯人がわざわざこんなものを描き残していったというのかい」

等々力警部の瞳にはギラギラするような怒りがもえていた。警部は潔癖である。職掌がら他殺死体には慣れているが、こういう不可解な死体の冒瀆《ぼうとく》は警部の潔癖性に抵触するところがあるらしい。

ひと目その死体を見たものならだれしも警部とおなじ疑惑をいだかずにはいられないだろう。

女の鳩胸にはふたつの隆起がみごとに盛りあがっている。みごとに盛りあがったその丘陵から丘陵へとまたがって、奇妙な爬虫《はちゅう》類がのたくっている。爬虫類は女の左のふくらみに這いあがり、前脚で張りのある乳房に吸いついている。にょっきりもたげた鎌首はいままさに貴重な紅玉にむしゃぶりつきそうだ。しっぽは右の紅玉にまきついている。

「それゃそうですよ、警部さん」

警部の疑問に答えたのは辰野刑事だ。

「被害者が自分の肌にそんないやらしい絵を描くはずがありませんや。ほら、これで……」

と、差し出したのは青いマジック・インキである。

「このベッドの下に落ちていたんです。犯人の唯一の遺留品らしいんですがね」

「それにしても、金田一先生、これゃいったいなんの絵？　ヤモリかな。それともトカゲ？」

「ヤモリにしちゃ吸盤が小さいんじゃないですか。犯人のつもりじゃこれゃやっぱりトカゲじゃないですか。青トカゲか」

「しかし、それにしても犯人はなんだってこんないたずらをやるんです。女を犯したあとで絞殺する。なぜそれだけで満足しないんだ。なぜ殺した女の肌にこんないやらしい絵を描き残していかねばならないんだ」

「警部さん、それゃこうじゃありませんか」

そばから口をはさんだのは新井刑事だ。

「よく外国の三文探偵《たんてい》小説にあるじゃありませんか。犯行の現場へ血やなんかで自分の署名を残していく。捜査当局へのいやがらせと、一種の自己宣伝というやつでさあ」

「わたしも小さい時分そういう外国映画を見ましたよ。そいつをそこらのチンピラがまねたかな」

辰野刑事がうれしがった。

「金田一先生、あなたどうお思いになる？」

「そうですねえ」

金田一耕助は当惑したように眼をショボつかせながら、

「いま新井さんがおっしゃったとおりかもしれませんが、よりによってトカゲの絵とはねえ。なぜトカゲでなきゃいけなかったんです。新井さん、その点についてなにかご意見は？」

「つまり、その……気味の悪い動物……と、そういう意味でトカゲをえらんだんじゃ……」

「だけど、それじゃなぜ蛇《へび》じゃいけなかったんです。なぜクモにしなかったんです。気味の悪い生物といやあほかにいくらもあるじゃありませんか」

「そうすると、金田一先生はこのトカゲの絵になにか特別の意味があるというお考えですか」

「いや、それがぼくにはまだよくわからないんです。ただ感じたままを申し上げたんですが……」

と、加納警部補をふりかえって、

「ときに、犯人は女とことを行なった形跡があるんですか」

加納警部補の眼くばせに田所刑事が毛布のはしに手をかけた。刑事が毛布をまくりあげたとたん、一同のくちびるから鋭いうめき声がほとばしった。犯人はことをおわった瞬間に女を縊り殺したのであろう。しかも、後始末もせずに立ち去っている。金田一耕助は全身をつらぬいて走る戦慄《せんりつ》をおさえることができなかった。

「ひどいことを……田所君、もういい」

等々力警部もいそいでそこから眼をはなすと、

「ときに、加納君、女の身元は？」

「いや、名前もハッキリわかってます。国電のパスをもってるんです。辰野君、あれを」

辰野刑事が持ち出したのはビニール製の粗末なハンド・バッグ、なかに名刺入れがあり、名刺入れには東中野から有楽町までの定期があって、名前は水町京子、年齢は二十六歳。

「職業？」

「そこまではハッキリしませんが手掛かりはあります。夜の女じゃないかと思うんですが、夜の女としてもあまり上等のほうじゃなかったんでしょうね」

「手掛かりというのは？」

「このマッチなんですがね。こいつから身元がわれやしないかと……」

それは「ラムール」という酒場のマッチで有楽町のSビル地下とある。新井刑事はそれを見て眼をかがやかせた。

「警部さん、このラムールなら知ってます。街娼《がいしょう》などのたむろするところで、ここのおやじにはまえにも一度捜査に協力してもらったことがあります。これからひとっ走り行ってきますか」

「しかし、そろそろ十二時だな」

「大丈夫です。毎晩二時ごろまでやってる店です。辰野君、ほかになにか……？」

「ほかはもうガラクタばかり」

辰野刑事が安物のハンド・バッグからつかみ出したのはまず紙入れ。なかには涙を誘うような小額の紙幣と都電の回数券。ほかにコンパクトに棒紅、爪《つめ》みがきの道具がひとそろい、ハンケチが三枚にちり紙、映画館のプログラムに外国の美男俳優のブロマイド。ピースがひと箱。

「ざっとこんなとこですな」

「じゃ、わたしゃとにかく『ラムール』へ行ってみます。そのハンド・バッグを貸してください。知ってるものがいるかもしれない」

新井刑事がとび出していったあとで、金田一耕助と等々力警部、加納警部補の三人は、地階フロントの奥にある支配人室へ降りていった。

猫のような男

「それじゃ、その黒豹のような男がいつかえったか、だれも知らないというのかね。きみがフロントにがんばっていながら」

時刻は十一月二十五日の十二時ちかく……と、いうよりは二十六日の午前零時になんなんとしている。戸外は凍るような寒さなのだが、さすがに室内は暖房がよくきいていた。

「はあ、あの、それが……」

フロントの今井陽造はシドロモドロである。日ごろは人臭いとも思わぬこのいかさまホテルの支配人も思いがけない事件に動転しているらしい。ショート・タイムの客を名簿にひかえていなかったというミスを一喝《かつ》されたせいもあるだろう。

「それがその……あのご婦人のお連れさんならわたしもよく覚えてるんですが、そのお連れさん、表からおかえりになったようすはなかったと思うんですが……」

「しかしさっきの調査では裏から出ていったという事実もないんだ。するとまだこのホテルに……？」

「とんでもない。そ、そんなバカな……」

うっかりホテルじゅうをシラミつぶしに調べるといわれてはと、今井支配人は大あわてだ。

「だってきみゃアいま表からかえったようすはないといったじゃないか。表からもかえらず裏からも出ていった事実がないとすれば、ホテルのなかに潜伏してるとしか思えんじゃないか。それともきみゃア居眠りでもしてたのかい」

「と、とんでもない。じつはわたし新聞を読んでましたから、それに夢中になってるうちに……」

「おいおい、今井君、人をバカにするにもほどがあるぜ。ここのロビー、きみの眼にゃベースボールでもやれそうなほどの広さがあると見えるのかい。あれ、見ろ。新聞記者が四、五人も押しかけてくるといっぱいじゃないか。その新聞がいかに興味津々たるものだったかしらんが、階段をおりてきた客がフロントのまえを通っていくのに気がつかぬほど、きみゃア耄碌《もうろく》してるのかい」

加納警部補にこきおろされてシドロモドロの今井陽造が、滝のような汗をふきかねているとき、そばから助け舟を出したのはベル・ボーイの江口勇だ。

「今井さん、ひょっとしたらあの男、非常はしごから逃げたんじゃありませんか。あそこなら人目につかずに逃げられますぜ」

「あッ、そうだ、非常はしごだ！　野郎、女を殺して非常はしごから逃《ず》らかりゃアがったな」

今井陽造、俄然《がぜん》元気回復したのはよいが、とたんに口が悪くなったのはお里が出たというべきか。ホテルの支配人というよりは暴力酒場の用心棒といったタイプの四十男だ。

「よし、それじゃ非常はしごというのをあとで調べることにするが、そのまえにいったいその黒豹のような男というのはどういうんだ。年齢はどのくらいで、身長は……？」

「それが、その……さっきも申し上げたとおりろくに顔も見てないんです。年齢は三十前後、身長は五尺三寸くらい、つまり中肉中背としか申し上げようがないんでして」

「じゃ、特徴といえば上から下まで黒ずくめ……と、いうよりほかにないんだね」

「はあ、野郎、はじめからそのつもりで顔をかくしてたにちがいねえ。なんだか猫みたいにもの静かなやつで……」

フロントでの応対は五分とはかかっていないし、それにこういう場所ではジロジロ客を見ることは禁物とされている。せめてサインでも残っていればなにかの手掛かりになるのだが、それもないのだからやむをえない。

加納警部補がいまいましそうにさじを投げたとき、そばからくちばしをはさんだのは金田一耕助。

「今夜はそういう種類の客……二階の客はほかにも幾組かあったんでしょうね」

「はあ。宵《よい》からふた組」

「ふた組……？　たったふた組しかなかったんですか」

「はあ。いま二階で仏になってるご婦人の組をいれるとつごう三組で。近ごろは不景気ですからだいたいそんなところなんで……」

「そのふた組のお客さんまだいますか」

「とんでもない。もうとっくにおかえりになりましたよ。だいたいそういうアベックさんは、用事がすむとさっさとお引き取りになるのがふつうで、長くて二時間、はやいかたは半時間くらいのもんです」

「そのふた組ですが、それぞれ何時ごろきて何時ごろかえったかわかっていますか」

「それゃわかってますが、ほかのお客さん関係ないでしょう。まさかほかの部屋から……？」

「今井君、こちらのご質問に答えるんだ。きみのほうから質問することはないはずだ」

等々力警部にピシャリと一発きめつけられて、

「へっ！」

今井陽造は首をすくめて、不審そうに金田一耕助を見守りながら、

「こうっと……最初のひと組は宵の口、七時半ごろきて八時半ごろおかえりになりました」

「それじゃ問題のひと組がやってくるまえにかえっていったんですね」

「はあ、そのひと組がかえってしばらくして、問題のおふたりさんがやってきたんです。その間三十分はありましたでしょうな」

「念のために伺っときましょう。最初のひと組、こちらのおなじみ？」

「いえ、どちらもおはじめてのようでした」

「どういうタイプのアベック」

「お客のことをいちいち気にしてちゃこの商売はやれませんが、男は二、三流どこの会社の重役さんというタイプ、年齢は五十前後でしょう。あんまり柄のいいほうじゃありませんでした。女はやっと大学を出たばかりのB・Gというところ、きたときもかえるときもかわいそうなほど恥ずかしがってましたね」

「部屋は二階の……？」

「三号室でした。江口君、そうだったね」

「はあ、ぼくがご案内したんですから」

この二階には五号室まであるが、四号室が欠番になっているから、実際には部屋は四つしかなく、三号室は五号室の隣りである。

「そのひと組、きたときもかえるときもいっしょだったんですね」

「はあ」

「それじゃ、もうひと組のほうは？」

「そうそう、なにか知ってるとすればこっちのほうでしょうなあ。そのひと組がやってきたのは、問題の組がやってくるより二十分くらいはやかったと覚えてるんですが……」

「問題の組がやってきたのは九時過ぎだといってましたね」

「はあ、江口君が二階へご案内するとき時計を見たら九時五分過ぎでした。ショート・タイムのお客さんは時間ぎめですから、わたしども時計を見るくせがついているんです」

フロントの背後の壁には電気時計がかかっている。金田一耕助が自分の時計とくらべてみると、キッチリ時間は合っていた。

「そのひと組……問題のひと組は何時間という約束だったんですか」

「二時間……と、いま仏になってるご婦人がおっしゃいました。それでわたしゃ時計を見て、十一時までですねと念を押して、江口君にご案内させたんです」

「江口君はそのときのことについてなにか気がついたことは……？」

「べつに……男のほうが極端に顔を見られるのをいやがってましたが、こういうところではふつうですから……ぼくマネジャーに五号室の鍵をもらって、二階へご案内するとドアを開いて、鍵は女のほうに渡したんです。そしたら男のほうがさきに入り、あとから女が入っていきました。そのときなにかご注文の品はと尋ねたんですが、いらないわと女がいって、ピシャリとドアを閉めるとなかから鍵をかけていました」

「そのとき、二階にはもうひと組いたわけだね」

　そばから等々力警部が口をはさんだ。

「はあ、一号室に……」

「そうそう、そのひと組のことを今井さんに聞こうとしていたんでしたね。さっきのお話じゃそのひと組がやってきたのは、問題の組より二十分ほどはやかったということですが、すると八時四十五分ごろってことになりますね」

「はあ」

「これも二時間？」

「いえ、このほうは一時間のお約束でした。ですから十時までならけっこうですと申し上げたんですが、九時半ごろお引き取りになりました」

「そうすると……」

　そばから口をはさんだのは加納警部補。

「問題のひと組と一号室のアベックとは、二十分あまりおなじ二階にいたわけだね」

「はあ、でも、皆さんお部屋へお入りになると、なかから鍵をかけておしまいになりますから。江口君、どうだった？　五号室へお客さんをご案内したとき、きみゃア行きもかえりも一号室のまえを通ったわけだが……」

「もちろん、ドアはぴったり締まってましたよ。そうそう」

江口勇は思い出したようにニヤニヤして、

「五号室のお客さんをご案内してのかえりでした。一号室のまえを通るとなかからはげしくベッドの軋る音がきこえたんです。ぼく、そんなことにゃ慣れてるんですけれど、つい、エヘンと咳《せき》払いをしてやったら、急に静かになったんで、おかしくなってそのままおりてきたんです」

「どんな男女だったんですか、一号室の客は？　念のために聞かせておいてください」

「どんな男女とおっしゃられても……」

今井支配人は煮え切らない調子で、

「ここいらへくる客はみなさん顔を見せるのをいやがられますからねえ。男のほうは四十格好、帽子をまぶかにかぶってオーバーの襟を立て、マフラーで鼻の上までかくしてたうえに、おさだまりのサン・グラス」

「身長体重は？」

「中肉中背というところでしょう。そうそう、あれ、地方からの客じゃありませんかねえ。大きなスーツ・ケースをぶらさげてましたよ。それになんとなく野暮ったくって…

…おノボリさんがバーかキャバレーへあそびにいったら、そこの女の子と話がついてちょっと……とそんな感じでしたね」

「ことばに訛《なま》りでも……?」

「多少……ご当人はひとかどの東京弁を使ってるつもりでしょうが、どっか東北訛りが……」

「そうそう、ぼくにもいらねッていいましたからね」

「江口君、それ、どういうこと……?」

「いえね。一号室のドアを開いて鍵をわたし、なにかご注文はと尋ねたところが、いらねッと手を振ってピシャッとドアを締めてしまやがった。そのいらねッといういいかたが田舎もんまる出しでしたよ」

今夜のベル・ボーイはシケつづきだったらしい。一号室でも五号室でもチップにありつきそこなったのである。

「それで、女のほうはどうだったんだい。こっちも顔を見せなかったのかい?」

加納警部補は苦りきったようすである。

「はあ、いえ、どうも。おさだまりのサン・グラス、ごていねいに感冒よけのマスクをかけてましたよ。服装は……」

これこれこうと述べたてたが、そういう服装の女なら銀座へ出れば何百何千といるだろう。

「そのふたりづれがかえっていったあとで、事件が発見されたんですね。なんでも水道が出しっ放しになっていたとか……」

「あっ、そうそう、あれ、ちょっと妙でした」

「妙だというと？」

「いえね、一号室のアベックさんがお引き取りになったあと、江口君がその鍵をもって二階へあがっていったんです」

「と、いうのは……？」

「いえ、どなたがお立ちになったあとでもそうすることになっておりますンで。でないと、あとまたすぐにお使いになるかたがお見えにならないとも限りませんからね」

「なるほど、わかりました。それで？」

「いえ、それからあとのことは江口君に話させましょう。江口君、電話のことはぼくが話すが……」

「はあ、それはこうなんです。今井さんから鍵をもらって二階へあがっていくと、奥のほうからシャーシャー水の音がするんです。しかし、べつに気にもとめずに一号室のベッドのシーツを直したり、枕《まくら》カバーを取りかえたり、そんなことに三分くらいはかかったでしょうか。それから一号室を出るとまだ五号室から水の音がするんです。ずいぶん長いことかかって……と思いながら、そのときはまだ気にもとめず階下へおりてきました。そしたらそれから十分ほどして今井さんのところへ電話がかかってきたんです」

「それからあとのことはわたしが話す。あれは十時十分ほどまえのことでした。きょうそちらの二階二号室を利用したもんだが紙入れを紛失した、そちらに置き忘れたんじゃないかと思うが調べてみてくれないかと電話がかかってきたんです。ところが今夜……いいえ、もう昨夜になっちまいましたが、どなたも二号室をお使いになったかたはなかったんです。そういえば昼間アベックさんがいらっしゃいましたが、それが正午から一時までですから、だいじな物を紛失なすったにしちゃ気のつきようが遅過ぎると思いながら、まあ念のため江口君に鍵をわたしたんです」

「こんなとき痛くない腹をさぐられるのはぼくですから、いやアな気がしましたが、それでも二階へいきました。そンときも奥から水の音がしてましたが、こっちゃ腹が立ってますからまず二号室へとびこんだんです。すみからすみまで調べてみたが、紙入れなんかどこにもありませんや。いよいよ腹が立って二号室をとび出すと、なんと五号室のドアの下から水が廊下へあふれてるじゃありませんか。びっくりして行ってみるとドアが細目に開いていて、鍵が外側から差し込んである。声をかけたが返事もない。しかも水はどんどん廊下へあふれてきます。それで思い切ってドアを開くと……」

江口勇がゼスチャーたっぷりに、

「さっき皆さんに申し上げたとおりです」

「それで今井さんに報告したわけですね」

「いや、そのまえに水道の蛇口をひねりました。あんなとき現場に手をつけちゃいけないってことくらい知ってますけど、あのまンまじゃホテルじゅう水びたしですからね」

「今井さん、そのあいだ電話のほうは？」

「はあ、わたしゃ受話器を外しておいたんです。ところが江口君の報告を聞いて、おどろいて階段を駆けあがろうとして、途中で気がついて取ってかえして受話器を取りあげると、電話は切れていました」

一同は思わずシーンと顔見合わせた。

その電話は偶然だったのだろうか。結果からいうと電話のおかげで事件の発見がはやめられたことになっている。もし犯人の作為だとしたら犯人はなぜそんなことをやったのか。犯人というものはできるだけ発見の遅からんことを願うのがふつうなのだが。

「ところで昼間遊んでったアベックというのは？　やっぱり顔をかくして……？」

「はあ、それゃいちおうはね。だけどわりに無邪気でしたよ。あれゃ恋人同士が家かなんかの関係でいっしょになれないでいる。そこでお昼休みやなんかを利用してこういうところで逢《あ》っている。そういう感じでした」

「それで電話の声はそのときの客のようでしたか」

「さあ、そういえばいやにノロノロとした陰気な声で、こっちがいらいら疳《かん》が立ってくるくらい低いボソボソした声でしたが、それじゃあれが犯人の……」

さすが人を食った今井支配人が、ゾーッとおそわれたような顔色になったのは、いまにしてそのときの電話の声の異様さに思い当たったらしいのである。

「それじゃ警部さん、ここはこのくらいにして非常はしごというのを見せてもらおうじゃありませんか。それに二階のほうでなにか新しい発見があるかもしれない」

　ホテル竜宮の二階には四つの部屋が並んでいてその北側を廊下が走っている。廊下の突き当たりにドアがあり、ドアの外に非常はしごがついている。だから五号室だと非常はしごは部屋のすぐ外にあることになる。

　五号室ではべつにこれという発見もなかった。非常はしごの話を聞いて辰野刑事が出てくると、

「いや、じつはわたしも調べてみようと思ってたところなんで。ほら、掛け金が外れてましょう。だからだれかここから出ていったやつがあるんじゃないかと思ってたんです。じゃ、さっそくおりてみようじゃありませんか」

　ドアの外はせまいテラス。そこから横の路地へ、非常はしごがおりている。隣りは四階建てのビルディング。ビルとホテルのあいだは幅一間ほどの谷間である。ビルの灯はすっかり消えて、路地のなかはまっ暗だった。

　辰野刑事が懐中電灯を持ってさきに立つと、そのあとから加納警部補と等々力警部。金田一耕助がしんがりである。こんな場合よれよれの袴に二重回しといういでたちはまことに不都合千万だが、これも金田一耕助の好みとあればやむをえまい。

「主任さん、やっぱりそうだ。だれかここを昇るか降りるかしたやつがあるにちがいね

え。ほら、ここに泥の跡が……」

きょうは宵に氷のような雨が降ったのである。下の路地へおりるまでにほかにも二、三か所泥の跡がみとめられたが、みんな昇っていった跡ではなく、おりていった跡らしかった。

「しめた！　あそこに屋台のおでんが出てます。あのおやじがなにか知ってるかもしれねえ。ちょっくら聞いてみようじゃありませんか」

路地口を出たむこうの角に銀行があり、そのまえに屋台のおでんが赤い提灯《ちょうちん》をぶらさげている。提灯には赤地に白く「当たり屋」と染め抜いてある。凍《い》てついたアスファルトから白い湯気が立ちのぼっているところをみると、いま火を落としたところなのだろう。

店をしまいかけていたおやじは暗い路地からとびだしてきた四人づれを、のれんの陰からのぞいていた。

「おやじさん、われわれはこういうもんだが……」

辰野刑事が警察手帳を出してみせても、さほど驚きもしなかった。

「なにかあったそうですね。女が殺されたんですって？」

「いや、それについてちょっくらおやじさんにききたいことがあるんだが……」

「はい、それゃなんなりとも。どうです、一杯。そっちの旦那《だんな》がた、いかがです」

のれんのなかから顔を出したおやじはわりと身ぎれいにしている。作業服の上に綿入れのチャンチャンコを着て、チャンチャンコにはこれも綿入れの暖かそうな頭巾《ずきん》がついていた。

「いや、ありがとう。だが、ごちそうはまたにしよう。それよりおやじさんは今夜宵の口からここに店を出してたんだろうね」

「それゃここがわたしの持ち場ですからね」

「それじゃ、あの路地口から変なやつがとび出してくるのを見やアしなかったかい？」

「見ましたよ、旦那」

じいさんはあっさりいって、大きな皿《さら》に残りもののおでんを山盛りに盛って差し出した。

「どうです、皆さん、残りもんですが箸《はし》をおつけになりませんか。今夜はまた滅法冷えるじゃございませんか」

じいさんのいうとおりだ。空には凍るような星がまたたいていて、二重回しの襟を立てていても、アスファルトからはいのぼる冷気が、骨の髄までしみとおるようである。

「やあ、こいつはごちそうだな。どうです、金田一先生、遠慮はぬきってことにしてごちそうになろうじゃありませんか」

等々力警部が割り箸をわるのを見てほかの連中もそのヒソミにならった。こんな場合温かい湯気を立てているおでんの皿は、だれにとっても誘惑にちがいない。

「どうです、ついでに一本つけましょうか」

「いや、そこまではいい。これでも仕事中だからな。それより、おやじさん、いま、だれかが路地をとび出すのを見たとかいったね」

「そのことですよ、旦那。いずれそのことについてどなたかお尋ねにおいでになるだろうと、さっきからお待ちしてたんでさあ」

「で、どんな男だった？」

「そうですねえ。どんな男かとおっしゃられても、ちかぢかと顔を見たわけじゃありませんから。わたしにいえることったら大きなサン・グラスをかけてたってことくらいですね」

「だけど、おやじさん、もう少しくわしいことわからないかい？　オーバーの色や形とか……」

「そうそう、そういえばつやつやと黒光りするようなのを着てましたね。ちょうどそンとき客が途絶えてて、わたしゃたばこをくわえたまンまぼんやりしてたんです。そしたらあの路地口から足音が聞こえてきた。あれッとのれんの下からのぞいてると、だしぬけに男がとび出してきやアがった。はてなと思ってると、やっこさんツーッと顔をそむけると、逃げるようにむこうの角を曲がっていきましたよ。それがもう、あっというまの出来事ですから、大きな黒眼鏡をかけてたってこと、黒光りのするようなオーバーを着てたってことしか眼に残ってないんですが……」

「柄は？　大きいほう？　それとも……？」

[illegible]ってとこでしょうかねえ。あんまり大きいほうじゃなかったようです」

「[illegible]んはそれをホテルに知らせてやろうとは思わなかったのかい？」

[illegible]野刑事はとがめるように尋ねた。

「それゃ思わねえこともなかったが、ちょうどそこへ映画がえりの客が立てこんできたもんですから……それにねえ、旦那」

と、ホテル竜宮のほうへあごをしゃくって、

「わたしゃまえからなぜもっとあのホテル、取り締まらねえのかと思ってたくらいで、しょっちゅうゴタゴタのあるうちですぜ。ここ署と眼と鼻のあいだでしょう。少しゃアねえ」

「いや、わかった、わかった。おやじさんの意見は身にしみて聞いとくよ。だけど、それ何時ごろのこと。変な男がとび出してきたってえのは？」

「九時十二、三分まえでしたね」

「九時十二、三分まえ？　それ、なんかのまちがいじゃないか。男があそこから逃げ出したのは、九時少し過ぎのはずなんだがね」

「そうですかねえ」

じいさんは屋台の棚《たな》から古風なめざまし時計を取りあげて、

「旦那、いま何時です」

「正確なところで零時四十分」

「あっ、やっぱり遅れてやアがった。しようがねえな。時計もこう古くなっちゃねえ。人間もおんなじこったが……」

と、おやじは針をまわしながら、

「どっちにしてもその時分のこってしたよ」

と、あえて九時まえであることに固執はしなかった。

「それじゃ、おやじさん、住所と名前を？」

名前は田村福三、住所は五反田三丁目×番地。

「だけどご用があったらここへきてください。雨が降っても槍《やり》が降っても、夕景の七時ごろからここにがんばってますから」

「いや、ありがとう。それじゃ、なにかまた気がついたことがあったら知らせてくれたまえ」

等々力警部が百円札を四、五枚投げ出すと、

「おっと、旦那、いけません。これゃほんの残りもんをサービスしただけですから」

「まあいいから、ありがたくちょうだいしとけ。そのかわり何か聞き込んだらよろしく頼むぜ」

おでん屋のおやじの口から犯人逃走の経路がつかめたので、ホテル竜宮の一階の客たはやっと禁足をとかれたが、ときまさに十一月二十六日の午前一時ごろ。

街娼の群れ

新井刑事はいま有楽町付近にある酒と喫茶の「ラムール」の町の女たちに取り囲まれている。「ラムール」というのは近く取り払われることになっているビルの地下にあり、いつごろからか町の女たちの根城になっている。

マスターの坂上順造というのは美術家くずれの奇人である。はじめのうちこういう種類の女が集まってくるのに迷惑を感じていたが、べつにここで客を拾うわけでもなし、ただ疲れた足をやすめるだけのことなのだし、いつかこういう哀れな女の生態について興味と同情をもつようになっていた。

いきおい女たちの溜《た》まりとなることを大目に見るようになり、彼女たちの相談相手になったりもする。女たちが検束されると身元引受人になってやったり、足を洗わせて正業につかせた女も二、三にとどまらない。新井刑事はまえにも一度マスターの協力を仰いだことがあり、ここを溜まりとしている二、三の女たちとは顔なじみにもなっていた。

「このハンド・バッグならたしかにお京さんのもんだけど、あのひとどうしたというの。サツに挙げられるようなヘマでもやったの」

「いや、ヘマならいいんだが、殺《や》られたんだ」

「やられたって？」

「殺されたのさ。商売に精を出してる最中にな」

「な、なんですって？」

女たちははじかれたように刑事の顔を見直して、

「おじさん、それ、ほんと？」

「ほんとさ。それでぜひきみたちの協力を仰ぎたいと思ってるんだ。きょうはひとの身、あすはわが身ということもあるからね」

一同はあっけにとられて新井刑事の顔を見ていたが、それが冗談ではなくほんとらしいとわかってくると、マユミという娘が金切り声を張りあげた。

「マスター、ちょっときてえ！　お京さんが……お京さんが……」

声をきいて奥から顔を出したマスターの坂上順造は、新井刑事の顔を見ると苦笑しながら、

「なアんだ、新井さんじゃありませんか。あんまり若い娘をからかうもんじゃありませんぜ」

「そうじゃないのよウ、マスター、お京さんが殺されたんですって。お京さんが今夜……」

マユミについで金切り声を張りあげたのはナンシーと名乗る女で、この娘はいつもシュロ箒《ぼうき》のような髪を逆立てている。

「新井さん、そ、それ、ほんとうですか」

「いや、失敬、失敬、まずいちばんにあんたの耳に入れるべきだったんだが……」

「じゃ、やっぱりほんとなのね。お京さんが殺されたってのは？」

最後に念を押したのはタツ子という娘で、キツネみたいな顔をしているが、この娘がさしずめここにたむろしている街娼たちのお姐《ねえ》さん株である。

「ああ、今夜女の子がひとり芝のホテルで絞め殺されたんだ。その娘がこのハンド・バッグを持ってたんだが、なかからここのマッチが出てきた。だからだれか芝へ行ってもらわねばならんのだが……」

「それじゃわたしが行きます。だけど、それ、お京のハンド・バッグにちがいないのかい？」

「いや、それゃマスター、まちがいない。ここに水町京子の国電の定期が入っているんだ」

「それで、お京ちゃん、なんてホテルで殺されたの？」

「犯人てどんなやつ？」

「そいつその場でつかまったの」

「まあ、まあ、みんな静かにしないか」

マスターもカウンターの奥から出てきて、刑事のむこうがわに席をしめると、

「新井さん、もっと詳しく話してください。あんまり藪《やぶ》から棒でこの娘たち面くらってるようですから」

「だって、マスター、お京さんなら今夜もここでいっしょだったんですもの」

「わかってる、わかってる。だからおれも面くらってるんだ。さあ、みんな静かにしてこちらからお話を聞かせてもらおうじゃないか」

さいわいほかに客はなかった。新井刑事がいちぶしじゅうを語って聞かせると、一同はシーンと聞き入っていたが、話がおわると三人は総毛立ったような顔を見合わせた。

「それじゃあの最中にやられたんですか」

「そう、ことをおわった瞬間にね」

「でも……」

お姐さん株のタツ子がなにかいいかけて、すぐ鼻白んだように口をつぐんだ。

「タツ子、なにか……?」

「いえ、あの、べつに……」

「きみ、なにか気づいたことがあったらいってくれないか。これはお京ひとりの問題じゃないかもしれない。いつなんどききみたちの身に降りかかってこんとも限らんぜ。そういうやつを野放しにしとくとね」

「それゃそうだ。タツ子、なにか気のついたことがあったら申し上げたらどうだ」

「ええ」

タツ子はさすがに瞼《まぶた》を染めたが、それでも真剣な表情はくずさず、

「それゃ男のなかにゃいろんなのがいるわよ。ずいぶん凶暴なのもいてよ。あの瞬間に

かみついてきたりするのもいるわ。だから素手で絞められたというなら、そういう危険な発作を持った男に逢《あ》ったお京さんの不仕合わせと、いっていえないことはないわね。だけど、ナイロンの靴下で絞められたとなると、その男、はじめから計画的じゃなかったかって、あたしそれがいいたかったの」

「いや、ありがと。われわれの見込みでもやっぱりおんなじなんだ」

「だけど、へんねえ」

マユミがつぶやいた。

「なにが？」

「竜宮ならあたしも名前は聞いてるわ。だけどあたしたちあそこまでは行かないわねえ。往復に時間食うもん。お京さん、行ったことあったかしら」

「いや、竜宮でもはじめてだといってる」

「じゃ、男がひっぱってったのね、はじめから殺すつもりで……」

ナンシーがシュロ箒のような髪を逆立てて身震いした。

「だれかあの娘を殺しそうな男に心当たりがあるかね。恨んでいるとか憎んでいるとか……」

「とんでもない」

言下にタツ子が打ち消して、

「あんな気のいいひとってなかったわ。あたしもこのひとたちとはちょくちょくけんかしたけど、お京さんとは一度もなかったわ。ナンシーやマユミはどうだった？」

「あたしも」

「あたしは一度あるけど、あれだってあたしのほうが悪かったのよゥ」

いちばん若いマユミがシクシク泣き出した。

「だけど男とはどうだったんだい。恋人かなんかあったんだろ？」

「なかったようよ。せんにはあったらしいんだけど捨てられたんだって」

「だから当分恋人はつくらない。もっぱらかせぎ専門だっていってたわ」

「そのかせぎもねえ。とにかく人がいいもんだから。あんな罪のない人殺すってどういうんだろ」

「この娘たちがいうとおりですよ。底抜けのお人よしでしたからね。怨恨《えんこん》なんてこと絶対に考えられませんね」

「と、いって、物取りでもないでしょ。お京さんを殺したって一文の得《とく》にもなりゃしない」

「じゃ、なぜなのよゥ、なんだってお京さんは殺されたのよゥ」

マユミは鼻をつまらせている。

「だから気ちがいなのさ。世の中にゃそういう気ちがいがおおぜいいるらしいんだ。だからこの刑事さん、いまいったじゃない？　きょうはひとの身、あすはわが身ってさ」

「いやよ、いやよ、そんなの」

「だからおまえたちも気をつけなきゃいけないが、それにゃまずこの犯人をあげることだ。それについてお京という娘のことについて、できるだけ詳しいことを知りたいんだが……」

「それはわたしから申し上げましょう」

マスターの話によると水町京子というのは本名かどうか知らないが戦災孤児だそうである。

彼女が仲間やマスターに話したところが事実だとすると、深川で戦災に遭ったのが九つの年で家族は母と弟たちの四人。父は工員だったが南方で戦死、母と弟たちも江東方面の大空襲のさい戦災死した。

と、そこまではいちおう信用されるとして、そのあとの話は眉つばものだそうである。

父は山の手の金持ちの次男に生まれたが、そこで女中をしていた母と駆け落ちした。そのために実家から勘当されて落魄《らくはく》したのである。自分は孤児になってのち資産家の伯父に引きとられた。そこで中学を卒業するまでやしなわれたが、家庭のしつけがあまりきびしいので跳び出したのである云々。……

「そうそう、その話ならあたしも聞いたけど、わたしの聞いたのはこうだったわ。中学三年のとき伯母さんが病気で入院してる留守に伯父さんに暴行された。それ以来伯父さんに自由にされてたんだけど、まもなく伯母さんが退院してきて暴露した。それで家を跳びだしたんだけど、いまじゃ伯父さんも後悔していて、こないだ会ったら家へかえってこいって涙を流して頼んだ。だからちかぢかに稼業《かぎょう》から足を洗うかもしンないというの。なにを夢みたいなことといってンだいと思ったもんだからついけんかしたんだけど……」

「あたしたちみんな夢持ってるのねえ。いつか親切なひとが現われて救ってくれるって夢をね」

赤毛のナンシーがしんみりいった。

「それが銀鞍《ぎんあん》白馬の貴公子だったり、お金持ちの伯父さんだったりするんだけど、お京ちゃんの場合いつもお金持ちの伯父さんだったわねえ。あたしにもおなじことといってたけど」

「あら、あのひとあんたにもそんなことといってた？」

「その話ならあたしも聞いたことある」

「まあ！」

「どうしたんだい？　マユミ、おまえなにか思いついたことがあるのかい」

「だってマスター。それじゃお京ちゃんのいってたのほんとうかもしンないわ。その金持ちの伯父さんが急に死ぬかなんかして、しかもあとに遺言状かなんかが残っててさ、昔の罪滅ぼしに財産のいっさいお京に譲る……だけど、それじゃ伯母さんやいとこに都合が悪いので……いとこがふたりあるといわなかった？」

「あたしには三人あるといってたわ。みんな大学を出てるって」

「ふたりでも三人でもいいわよ。そのいとこのひとりが客に化けてお京さんを殺したんじゃない？」

若いマユミは単純である。ハッキリとした動機がわからないと不安でもある。水町京子はひと昔まえの探偵小説のヒロインにされてしまった。

新井刑事は苦笑しながら、

「そういうことがないとも限らん。大いに参考になったよ。ときにお京という娘どこに住んでたんだね」

「あら！」

三人の娘がいっせいに叫んで、はじかれたようにあたりを見まわした。

「マスター、お加代まだかえってこない？」

「お加代か、あの娘は宵のうちにちょっと顔を見せたきりだ。大いにかせいでるんだろ」

「まさかお加代まで……」

赤毛のナンシーは瞳をうわずらせた。

「どうしたんだ。お加代って何者かね」

「なアに、お京の仲よしなんです。ふたりで中野のほうのせんべい屋の二階か離れを借りて共同生活をしてるって話です。お加代に聞きゃもう少し詳しくわかると思ってたんですがね」

「おまえたち、そのお加代も殺されたと思ってるのかい？」

よもやと思いながら新井刑事は女たちの顔色に気をのまれた。タッ子はゆがんだように笑いながら、

「まさか、……でも、お京ちゃんにほんとに金持ちの伯父さんがあるんならお加代が知ってるわね。いっしょに暮らしてたンだもん」

「マスター、お加代はかえりにいつもここへ寄るのかい」

「ええ、たいていはね。ここでお京と落ち合っていっしょに終電車でかえっていくんです。もっともよい客がついた場合はべつですがね」

時刻はまさに零時半。

「じゃもう少し待とう。ところで今夜のお京の行動を知りたいんだがきみたち会ってるんだろ」

「ええ、みんな宵にここで会ってるわね」

かれらの話を総合すると、その夜のお京の行動はだいたいつぎのとおりであるらしい。

七時ごろ京子は加代子といっしょにやってきたが、ほんのちょっと顔を出しただけで七時十分ごろ出かけている。それから八時十五分ごろひとりでかえってきたが、その間にひとかせぎしてきたものかどうかは不明である。タッ子はキツネのような顔をこわばらせて、

「そのときあたしここにいたのよ。そういえばあンとき妙なこといってたわね」

「妙なことって？」

「よくはわからないんだけど、なんだか捨て鉢《ばち》な調子でこんなことといってた。世の中にゃずいぶん変わったひともいるもんねえ。ああいうのを変態っていうのかしらって」

「変態？　変態ってお京がいったのかい？」

「ええ、それからため息を吐くように、しかたがないわ、ちかごろシケてんだもん、お客さんのよりごのみなんてできないわって」

「それをおまえはどうとったんだい？」

「あたしはただ変な客にぶつかって、いやらしいまねをされたんだと思って慰めといたけど、いまから思えばあれが生きてるお京さんの見納めだったというわけだわねえ」

タツ子はさすがに声をうるませた。

お京はここに十分くらいいて、紅茶にブランデーを混ぜて飲んでいる。ホテル竜宮へ現われたとき彼女が酒気をおびていたのはそのせいであろう。八時二十五分ごろ、

「こう不景気じゃしょうがないわねえ、さあ元気を出して商売商売」

と、捨て台詞《ぜりふ》を残して出ていったが、それがタツ子の聞いたお京の最後のことばになった。お京はそれからまもなく黒豹の男にぶつかってあたら生命を棒にふったのだろう。

「それじゃ最後にもうひとつ取っておきの話をしよう。怖がっちゃいけないぜ」

「あら、いやだ、まだ怖い話が残ってるの」

「いや、おまえたちをおどかすのは本意じゃないが、みんなでなぞを解いてもらいたいんだ。犯人がなぜそんなことをやったのか……」

と、そこではじめて青トカゲの一件に触れると、

「まあ、お京さんの胸に青トカゲの絵が描いてあったんですって？」

マスターをはじめ三人の女たちも、ただ薄気味悪そうに顔を見合わせるばかりである。

「そうなんだ。青トカゲが鎌首をもたげて片っぽのオッパイをねらってる……ってそういう絵なんだ」

「あら、いやだ。そんなのいや、そんなのいやよ」

マユミが叫んだ。死後にいたってなおかつそのように凌辱《りょうじょく》されるということが、おなじ稼業のマユミには耐えがたい苦痛だったのだろう。

「それゃいやなのはわかってるさ。だからなんとかこのなぞを解きたいんだ。なぞが解ければ犯人がわかるかもしれん。犯人はなんだってそんないたずらをやらかしたんだろう」

「さあ……」

一同はただ気味悪そうに顔見合わせるばかりである。

「それできみたちに聞きたいんだが、きみたちみたいな稼業、なにかトカゲと縁があるのかい。トカゲが守り神とか、あるいは反対に敵だとか……？」

「そんな話聞いたことないわ」

「だいいちあたしなんか長いことトカゲなんて生物見たことない」

「京子はどうだろう。あの娘にかぎってなにかトカゲに縁のありそうな話聞いてないか

い？」

「新井さん、そんな話いま聞くのがはじめてですよ。京子とトカゲ……？　思いあたるところはありませんねえ」

三人の女たちも同様だった。彼女たちはただおびえるばかりであった。

新井刑事は終電車まで待ってみたが、加代子はとうとう姿を現わさなかった。そのことがまた三人の女たちをおびえさせた。

結局その晩三人はこの地下室でザコ寝をすることになり、マスターだけが新井刑事と同行した。ホテル竜宮でつめたくなっている死体のぬしは水町京子にちがいなかった。

非常はしご

その日金田一耕助が緑ケ丘町の緑ケ丘荘へかえってきたのは夜明けの六時過ぎ。もう朝刊がきていたが、どの新聞にもまだごく簡単にしかこの事件は報道されていなかった。その朝刊に眼をとおし、バスを使って金田一耕助がベッドへもぐりこんだのは七時ごろ。これでは不眠症もあったもんではない。泥のように眠りこんで眼がさめたのが午後四時半、ひと風呂浴びて食事をとっていたら夕刊がきた。

どの夕刊も社会面のトップにこの事件を扱っている。たかが街娼ひとり殺されたのに新聞が騒ぎ立てるというのも、やはりあのトカゲの紋章というお景物がきいたのだろう。

金田一耕助は注意ぶかく五種類の新聞を読みくらべたが、べつに新しい事実は報道されていなかった。寝ているあいだに加代子という娘が見つかったのではないかと期待したが、そういう記事はどの新聞にも出ていない。

各紙の論調をみると似たり寄ったりで、いずれもこの事件を単なる変質者の犯行とみているようだ。青いマジック・インキで描かれたトカゲの絵なども、凸版《とつぱん》で挿入《そうにゅう》されているが、それも外国映画か探偵小説の模倣であろうと片づけていた。

しかし、金田一耕助にはそれではすまされないなにかが心の底にひっかかっている。それがなにであるかまだハッキリしないのだが。

夕食後金田一耕助が家を出て、高輪署の捜査本部へやってきたのは七時ごろ。会議室へ入っていくと、等々力警部と加納警部補のふたりが苦り切った顔色で密談していた。刑事連中は出払っていて、会議室にはふたりのほかに姿はなかった。

「やあ、金田一先生、よいところへ。いまお宅へお電話したばかりです」

「その後、なにか……？」

「いや、そのことなら加納君からいってもらおう。加納君、きみからひとつ」

「はあ。じつはね、金田一先生、いま死体解剖の結果が入ったんですが、それがちょっと妙なんで」

「妙とおっしゃいますと……？」

「被害者の水町京子ですがねえ、解剖の結果によると死後男にいたずらされてるんです」

て。そ、それじゃ屍姦《しかん》……？」

よ、金田一先生、こんなバカなことってありますか。被害者は売春婦な
「身をまかせるために男とベッドをともにしてるんです。抵抗するわけがない。それを絞殺しておいてあとから……」

「そうすると新聞のいってることが正しいというわけですか。今夜の夕刊をみるとみんな変質者による凶行……」

「そういうことになりますな。いまわれわれが頭を痛めてるのもそのことなんで。こうなると哀れなのは夜の女たち、あの連中が町角で声をかける相手というのは、氏《うじ》も素姓もわからんのがふつうでしょう。いわんや性的趣味においてをや。しかもあの連中の商売はいつもドアに鍵をかけた密室のなかで行なわれる。くわえこんだ相手がこんどのような変質者だと一巻の終わりですからな」

「もしこういう事件が連続的に持ちあがろうもんなら、世間はたいへんな騒ぎになります」

　等々力警部の憂色がふかいのもむりはない。

「ときに男の血液型は……？」

「O型ですがね。しかし、この際血液型は捜査上あんまりたよりにならんでしょう。じつはわたしもO型ですからね」

「いや、ご心痛はお察しします。ときに加代子という娘は……？　まだ見つかりません

か」

「そうそう、その娘ならさっきここへきました。ゆうべお会いになったラムールのマスターに付き添われてね」

「じゃ、新井さんが心配してたように殺されたわけじゃなかったんですね。で、お金持ちの伯父さんというのは？」

「いやア、あれゃうそらしい。ああいう連中せめて空想の世界ででも自分のみじめさをいたわってるんでしょうな。もっとも伯父がいることはいるが東北のあまり豊かでない百姓らしい。お加代が手紙を持ってきてくれたので、とりあえず電報を打っときましたがね」

「そうすると江東方面での戦災談もデタラメですか」

「お定まりの家出娘、悪い男にだまされて……というケースです。伯父というのが一度迎えにきたそうですが、ああなっちゃあねえ」

「そうすると遺産争いの線は……」

「消えちまいました。おかげでいとこたちの冤《えん》も晴れたというわけですな。あっはっは」

「お加代はゆうべどうしてたんです。けさまで事件を知らなかったんですか」

「それなんです。お加代はゆうべよい客をつかまえたらしく、その客とどこかでひと晩（……）して、正午過ぎ、東中野のせんべい屋へかえってきて、そこではじめて事件を知っ（……）ね。そこでとりあえずラムールへ行き、マスターに付き添われて、ここへやってきたわけです」

「ところがねえ、金田一先生」

そばからことばをはさんだのは加納警部補。

「生きてるお京を最後に見たのはタツ子じゃなく、お加代ということになるらしいんですよ」

「ほほう、いつごろ」

「八時三十分ごろといいますから、お京が店を出てから五分ほどのちのことですね」

「どこで……？」

「お加代はゆうべ土橋付近で客を拾ったんだそうです。それをなじみのホテルへくわえこもうとして数寄屋橋のほうへ歩いてると、むこうからお京がやってきたというんです」

「客といっしょに……？」

「いや、ひとりだったそうです」

「そのときお加代は声をかけなかったんですか」

「いや、そんな場合、あの連中お互いに声をかけることを控えるようにしてるんだそうです」

「それが八時三十分ごろだとすると、お京はその直後に客を拾ったってことになりますね。そしてタキシーを走らせた……」

「だから問題はそのタキシーです。お京は一度も竜宮へ出入りをしたことはないんだから、当然男のほうが連れこんだってことになる。するとお加代とすれちがった直後に男とお京がタキシーを拾ったという計算になります。でないと九時前後に竜宮へ現われるわけにゃいきませんからね」

「タキシーの運ちゃんがなにか知っていてくれると……」

加納警部補がつぶやいたとき、あわただしく入ってきたのは辰野刑事。

「警部さん、いま、こういう人物がやってきて、ホテル竜宮の事件についてお耳に入れたいことがあるというんですが……」

名刺をみるとホテル女王の支配人北川政俊《まさとし》……三人は思わず顔を見合わせた。

「この男ひとり？」

「いや、わかい男をつれてます。なんでもベル・ボーイだそうですが……」

「じゃ、さっそくこちらへ通してもらおう。きみも立ち会って必要とあらばメモをとってくれたまえ」

辰野刑事の案内で入ってきたホテル女王の支配人、北川政俊の背後から、体を小さくして入ってきたのはベル・ボーイの山田三吉だ。

あいさつが終わって席がきまると、さっそく等々力警部が身を乗り出して、

「で、なにか、ホテル竜宮の件についてお話がおありだとか……？」

「はあ、竜宮さんもとんだ災難でしたが、じつはきょうの夕刊にのってた竜宮さんの記事を読んで、この男が妙なことをいい出しましてな」

「妙なことというと……？」

「いや、それはこの男に話をさせましょう。わたしもさっきはじめて聞いたんですが、この十八日の夜、うちでも同じようなことがあったんだそうで」

「同じようなこととおっしゃると……？」

「話を聞くと竜宮さんとおなじ手口らしいんですが、うちの場合は未遂に終わったもんだから、この男も内緒にしてたんだそうで。さっき話を聞いてびっくりしました。それでさっそくお届けにあがったんですが、山田君、きみからくわしく申し上げなさい」

山田三吉は面目なさそうに頭をかきながら、

「すみません。その女、千円でぼくを買収しようとしたんです。ぼく断わりましたからやましいことはなんにもないんです」

山田三吉は滴り落ちる汗をぬぐいながらシドロモドロである。

「なにもうしろ暗いことがないんなら、そう固くならないで話をしてくれたまえ。今月の十八日のことだといったが、どういう女がどういう理由できみを買収しようとしたんだね」

「はあ、それはこうです」

山田三吉は居心地が悪そうにおしりをもじもじさせながら、

「そンとき、ぼく、三階の三号室のお客さんにウイスキー・ソーダとコカコーラをもってったんです。そのかえりのことですが、八号室のなかからシャーシャーと水の流れる音がするんです。なにげなく振り返ると……」

ドアが細目に開いており、外側から鍵が差したままになっていた……と、聞いて三人は思わず顔を見合わせた。メモを取っていた辰野刑事もドキッとしたように瞳をすぼめた。

なにからなにまで同じである。しかも、そういう細かいことまではどの新聞にも出ていないのだ。

「ふむ、ふむ、それで……？」

「それで八号室のまえへ行ってみるとなかからうめき声が聞こえるんです。ぼく、二、三度声をかけましたが、返事はなくて、うめき声ばかり聞こえるんです。そのうちにドアの下から水がチョロチョロ流れ出してきたもんだから、これゃたいへんとドアを開くと……」

と、あがり気味の三吉はどもったりロごもったりしながらも、いちぶしじゅうを語って聞かせた。一同は聞き終わったのちもしばらく無言でいた。ある恐ろしい予感が腹の底からドスぐろく噴きあげてくるのである。

等々力警部はのどに魚の骨でもひっかかったような声で、

「すると、その女の胸にもマジック・インキで、まだインキのにおいがしているトカゲの絵が描いてあったと……？」

「はい、青いマジック・インキで、まだインキのにおいがしていました」

「それをきみは冗談だと思ってきょうまでだれにもいわなかったんだね。この支配人にも」

「すみません、女がしきりに男をかばうもんですから。いまから思えばあの女、男の復《ふく》讐《しゅう》を恐れてたのかもしれません。なんだかおびえてたようですから。だけどそンときはそう深刻にゃ考えず、なれあいじゃないかと思ったんです。ああいうところへくるお客さんのなかにゃ変態みたいなひともいて、わざときわどい場面を見せびらかすのさえいるんです。だから、ぼく、これもお芝居じゃないかって思ったもんですから」

山田三吉は百方陳弁につとめている。

「なるほど、きみの気持ちはわからないでもないが、女がきみを買収しようとしたというのは？」

「千円やるからこのことだれにもいわないでほしいというんです」

「それできみは受け取らなかったんだね」

「はあ、だからぼくちっともやましいことはないんです」

「どんな女だったんだい、それ？」

「ゆうべの竜宮さんの被害者とおんなじじゃないですか。うちではじめてでしたけれど」

「男のほうは？」

「そ、それなんです、警部さん。その男の身なりというのがきょうの夕刊にのってた、竜宮さんの犯人の身なりとそっくりおんなじなんです」

等々力警部は真正面から山田三吉の眼を見すえた。底光りのする大きな眼であった。

「それじゃきみの記憶に残っている男の身なりというのをいってごらん。きょうの夕刊にこだわらんほうがいいよ」

「はあ」

山田三吉は呼吸をととのえると、まるで暗誦《あんしょう》でもするように、

「艶々とした黒いオーバーを引きずるように着てました。オーバーの襟を深々と立てていました。黒いマフラーで鼻の上までかくしていました。マフラーも艶々と黒光りがして、帽子もまっ黒で艶々と光っていました。それから大きなサン・グラス」

それはゆうべの今井支配人や江口勇の申し立てと完全に一致している。金田一耕助と等々力警部は深刻な視線をかわしあった。

「ところで名前はわからないかね」

「いや、そのことですが……」

北川支配人がひざの折りカバンをとりあげると、

「竜宮さんはそのことでお叱《しか》りをこうむったそうですが、うちではそういう客にもご記帳願うことになってるんで、ここにその帳簿をもってきました。このふたりがそうなんで……」

支配人が指さすところをみると、葉山チカ子と泉茂樹の名前のあいだに、べつの男女の名前がふたりならんでいる。

いうんだね。ふたりはいっしょにきたんじゃなかったんですか」

「そのことですが、この件についちゃわたしにも若干責任があるようなもんで。

の晩わたしがフロントをやってると、十一時過ぎ山田君が三階からおりてきました。それからまもなく女がエレベーターでおりてきて、鍵をおいてかえっていったんです。そしたら山田君がいまの女の連れがかえるのを見たかって、わたしやエレベーター係にきくんです。ふたりとも見ていなかったんです。そしたらこの男が名簿を見せろというんでこれを見たんです。ですからそのときもっと根掘り葉掘りこの男にきくべきだったんですね。そんなことがあったもんだから、わたしもその晩のことはよく覚えてるんですが、女のほうがさきにきて、部屋がきまると、わたしに住所姓名を書いてくれというんです」

「えっ？　それじゃこの署名は……？」

「すみません、これゃわたしが女にかわって書いたもんなんです」

　等々力警部の渋面がまたひとしおきびしいものになった。支配人の筆跡ではなんの証拠にもならないではないか。

「泉茂樹のほうはどうです」

「それは自分で書きました。女はわたしに住所氏名を書きとらせると、あとから連れがくるからこの名簿を見せてほしいと、そういいおいて三階へあがっていったんです。それからまもなくここに署名のあるアベックがやってきて三号室をとった。泉茂樹と名乗る男がやってきたのはそのあとで、帳簿を見ると黙って葉山チカ子の名を指さすんです。それでホテルのペンを差し出すと、手を振って自分の万年筆でこの住所氏名を書いたんです」

そうするとこの筆跡は犯人捜査上重大な手掛かりとなるわけだが、その文字はふとぶとと肉の厚い、頭もなければしっぽもない、ミミズののたくった金釘《かなくぎ》流で、犯人はあきらかに筆跡をくらまそうとしているのだ。

「これ、指紋はとれないかな」

「それゃむりでしょうね。その男、手袋をはめたままでしたからね」

手袋をはめたまま書いた文字だと、筆跡鑑定はいよいよ困難なのではないか。

「ところがその男がかえっていくのを見たものはだれもいなかったというわけですね」

等々力警部の詰問に山田三吉はまたペコリと頭をさげると、

「すみません。そのことなんですが……マネジャーに聞いてもエレベーターの高橋さんに聞いても知らんというでしょう。ぼく気になったもんだから、すぐそのあと八号室の整備にあがっていったとき非常はしごを調べてみたんです。そしたら非常はしごへ出るドアの掛け金が外れてるんです。さてはと思って調べてみたらはしごに二、三か所、まだまあたらしい泥がついていました。だから泉茂樹と名乗った男もゆうべの犯人とおなように、非常はしごをつたって逃げたらしいんです」

でもきみはだれにもいわなかったのかい？」

「すみません、すみません。べつに変わったこともなかったもんだから、てっきりなれあいだとばかり思いこんだんです。あんなところへくるお客さんにゃいろんなのがあります。ベルを押してわざわざぼくを呼びよせて、そのものズバリの現場を見せつけるお客さんだっているんです。そうするほうがそのひとのセックスをいっそう刺激するらしいんです。だからぼく人間のセックスなんてじつに多種多様でそらおそろしいと思ったことがあります。だからいま問題になってるふたりも、刺激をもとめてきわどいアソビをやってたんだと思いこんだんです」

流れる汗をぬぐいながら山田三吉は躍起となってまくしたてた。

加納警部補は苦笑しながら、

「わかった、わかった。きみのセックス哲学はよくわかった。北川さん、まあ、そんなもんでしょうな」

「ショート・タイムのお客さんには、そういう変わり種もいらっしゃるようですね。わたしのような年輩でも顔が赤くなるような場面にぶつかることがありますから、このひとみたいな年ごろじゃ刺激が強過ぎるかもしれません」

「いえ、ぼく、もう慣れました」

「バカをいえ。きみみたいな若さで慣れっこになっちゃ困るぜ」

等々力警部も苦笑しながら、

「ところで、山田君、きみ、こんどそのふたりに会ったらわかるかね」

「男のほうはダメです。全然顔を見せなかったんですから。女のほうはわかるかもしれませんね」

「だけど裸で縛られてるのを助けたときにゃ、ハッキリ顔を見たわけだろ？」

「はい」

「それじゃこんど会ったらわかるはずじゃないか」

「はい、わかると思います」

「ときに北川さん、この泉茂樹の署名はこちらへもらえませんか」

「さあ、さあ、どうぞ」

北川支配人はカバンのなかから小鋏《こばさみ》を取り出して、そこだけ切りぬいてわたすと、

「ほかになにかご質問は？」

「金田一先生、あなたなにか……？」

「ああ、そう、それじゃ山田君にちょっと聞きたいことがあるんですが……」

「はあ？」

「その女は自分をあやうく縊《くび》り殺そうとした男を、知ってるふうだったんですね」

「はあ、あのひとよくこんないたずらをしてひとを困らせるのよゥ……と、いってましたから」

「それからもうひとつ。その女の胸に描いてあったトカゲですが、頭はどちらをむいてましたか」

「きょうの新聞に出てたのとおなじです」

「と、すると、左を向いてたんですね」

山田三吉は小首をかしげて考えていたが、

「そうです、そうです。たしかに左をむいてました。まちがいありません」

「ああ、そう、ありがとう。ぼくの質問はそれだけです」

金田一耕助の質問に妙な顔をしたのは山田三吉だけではない。等々力警部や加納警部補も探るように金田一耕助の顔を見ていたが、

「山田君、こんどその女に会ったらすぐ報告するように。これは非常に重大なことだから」

「はあ、しょ、承知しました」

等々力警部のきびしい調子に三吉は改めて青くなった。

それからまもなくふたりがかえっていくと、加納警部補がむきなおって、

「金田一先生、トカゲが左をむいてたかって質問はどういう意味なんです」

「いやあ、正確におなじだったかどうかたしかめておきたかった、ただそれだけですよ」

辰野刑事も金田一耕助の顔色を探りながら、

「金田一先生、あなたのお考えじゃその女が危ないとおっしゃるんで？」

「辰野君、その危険性は多分にあるぜ。いまのところ男の顔を見ているのはその女しかいないわけだからね、警部さん、これでわれわれが恐れていたことが、実際に起こりそ

うになってきたじゃありませんか。その男、最初は失敗したが二度目は成功している。近い将来に三人目の犠牲者が出るんじゃ……」

「主任さん、その三人目が最初にもどって、葉山チカ子かもしれませんぜ」

「そういうことも考えられますね」

金田一耕助はつぶやくようにいいながら、なぜか悩ましそうな眼の色だった。

金田一耕助の心の底にはなにかひっかかるものがあるのだった。しかし、それがなにであるか、まだこの段階では金田一耕助にも捕捉《ほそく》できなかったのもやむをえない。

斬《き》り裂くジャック

十一月二十七日の朝刊は東京都民に一大センセーションを巻き起こした。

竜宮事件のまえにたとえ未遂で終わったとはいえ、同じような事件があったということはたしかに驚くべき事実である。ここにひとりの変質者がいて連続的に街娼、あるいは街娼類似の女を殺害しようとしている。最初は失敗したが二度目はまんまと成功した。しかもそいつは犠牲者を屠《ほふ》るとその胸に青トカゲの紋章を残していくというのである。変質者としてもこれほど異常なのは珍しい。

ある新聞ではこの事件を前世紀の終わりごろ、ロンドン中を震撼《しんかん》させた斬り裂くジャックの事件と比較していた。

一八八八年、ジャック・ザ・リパーと名乗る凶悪無残な犯人が、つぎからつぎへと哀れな娼婦を屠っていった事件はあまりにも有名である。かれの凶手にたおれた犠牲者は七人の多きにおよんだが、犠牲者のすべてがロンドンの裏町に巣くう下等な売春婦だった。しかも、この凶悪無残な犯人は犠牲者を屠ると、かならずその下腹部を斬り裂いていった。まるで医者が解剖するような正確さで犠牲者の下腹部を斬り裂いていったのである。

しかも、この凶悪無残な犯人はみずからジャック・ザ・リパー、すなわち斬り裂くジャックと名乗って、数次にわたって新聞に投書をしている。ときには殺人の予告もやり、総数二十人は血祭りにあげてみせると豪語していたのだから、ロンドン市民がふるえあがったのもむりはない。

さいわい犠牲者は七人で終わって、その後ジャック・ザ・リパーの消息は杳《よう》として絶えてしまった。と、いうことは世界犯罪史上特筆大書されるべきこの犯人はついに挙がらずじまいで、事件は迷宮入りをしたまま今日におよんでいる。したがって犯人がどういう種類の人間だったのか、なぜ売春婦ばかりをねらったのか、また売春婦を屠るとなぜ下腹部を斬り裂いたのか、永遠のなぞとして残されているのである。

ひょっとすると犯人は売春婦から悪質の病気をうつされた男ではなかったか。その怨恨から売春婦とみるとかたっぱしから屠り、自分に病毒を感染させたその部分を、怒りと復讐心をこめて斬り裂いたのではないか。

いろんな臆説《おくせつ》がたてられた。一説によると当時の帝政ロシアの皇帝がイギリスを混乱させるために送りこんだ、秘密警察員のしわざであろうなどともいわれたが、真相はついにわからずじまいで、ジャック・ザ・リパーの凶名だけが世界犯罪史上にながく残った。

こんどの事件はそれに似ているのではないか。いや、この事件をしてジャック・ザ・リパー事件にまで発展させてはならぬとある新聞は警告していた。

ジャック・ザ・リパー事件の場合もそうであったが、こういう事件では警察当局は犯罪の続発をおそれながらも、なおかつ被害者を凶悪無残な犯人から防衛するということが、きわめて困難なのが特徴である。

ロンドンの事件の場合、被害者たちの多くはジャック・ザ・リパーのうわさはきいていた。しかもなおかつ彼女たちは夜ごとほのぐらい街頭に立って、男の袖《そで》をひくよりほかに生活の手段方法を知らぬ連中ばかりであった。警察当局は彼女たちに商売を中止させるわけにはいかなかった。と、いって、夜ごと彼女たちに護衛をつけることは不可能である。そこにこういう事件の再発防止と捜査上の困難がよこたわっているのである。

要はいちはやく犯人を挙げてしまうことだ。さもなくば好ましからぬ連鎖反応をひきおこし、模倣者が続出しないとも限らない。現にジャック・ザ・リパーの場合でも、七人の犠牲者のうちふたりあるいは三人は、ジャック・ザ・リパーの犯行ではなく、それに便乗した模倣者のしわざではないかという疑いがもたれている。

さいわいこんどの場合はジャック・ザ・リパーの場合とちがって、犯人をハッキリ目撃しているはずの人間がひとりいる。葉山チカ子と名乗った女だ。調査の結果泉茂樹も葉山チカ子も偽名であることがハッキリしてきた。かれらがホテル女王に残した該当番地にそういう人物はいなかった。

新聞は連日葉山チカ子に呼びかけた。なかには彼女の生命の危険を指摘し、一刻も早くしかるべき筋へ名乗ってでるように忠告している新聞もあった。しかし、その効果もあらわれぬうちに日は過ぎていった。ひょっとすると葉山チカ子もすでにどこかで冷たくなっているのではないか。もし葉山チカ子がすでに死体となり、ひとしれず葬られているとすれば、捜査上の困難はジャック・ザ・リパーの事件とおなじになる。

しかし、捜査当局はただいたずらに手をこまぬいて、葉山チカ子の出現を待っていたわけではない。それぞれの線をたどって捜査員たちが、八方捜査を押し進めていたことはいうまでもない。

まず問題のふたりと前後して、ホテル竜宮の一室で短時間遊んでいったふた組のアベックだ。

ひと組は二、三流会社の社長か重役タイプの男と、大学を出たばかりと思われるB・Gとの組み合わせ。もうひと組はある時間、問題のひと組と竜宮で時間を共にしたはずの、東北訛りのあるおのぼりさんタイプの四十男と、キャバレーかバーにでも働くと思われる女のアベック。いや、もうひと組ある。紙入れを忘れたといって電話をかけてきた昼間の客、若い恋人同士らしいひと組だ。

しかし、これらの捜査が困難をきわめたことはいうまでもない。いや、困難をとおりこして事実上不可能であった。

ただひとつここに捜査上の成功として挙げられるのは、水町京子らしい女を西銀座のみゆき通りから、芝高輪台町付近まで送っていったタキシーが発見されたことである。

サクラ交通所属のタキシーの運転手板東源太郎君が新聞を見て、高輪署の捜査本部へ出頭したのは十一月二十七日の夜のこと。そのとき捜査本部にいあわせた等々力警部と加納警部補、本庁の新井刑事。金田一耕助も来合わせていた。

「あれゃおとといの晩の八時半ごろでした。西銀座のみゆき通りを流してるとその女に呼びとめられたんです。ええ、たしか新聞に出てたあの女、水町京子という女にちがいないと思うんですが……」

「女はひとりだった？　連れがあったはずなんだが……」

加納警部補の質問に、

「いいえ、それがひとりでした。だれも連れはなかったんです。だからわたしもお届けすることをためらったんです。どの新聞を見ても水町京子という女には連れがあったとあるでしょう。だけど、わたしが西銀座から芝高輪台町まで送ってったのは女ひとりで。だから自分の勘違いじゃないかとも思ったんですが、新聞の写真を見ると似てるようですし……」

「その女の写真ならここにあるんだが……」

　加納警部補が数枚の写真を出してみせると、

「やっぱりこれです。わたしゃ車に乗っけたときから夜の女じゃねえかと思ってたんです」

「どのへんで女をおろしたんだね」

　等々力警部も身を乗りだした。

「高輪台町の表通りにある果物屋の角でした。じつはわたしきょう念のために行ってみたんです。そしたら果物屋の角を曲がるとすぐ近くにホテル竜宮があるんです。それでやっぱりあの女じゃなかったかとお届けにあがったんです」

　竜宮の話ではふたりは手を組んできたという。するとあらかじめ打ち合わせておいて、竜宮の近くで落ち合ったのにちがいない。

　等々力警部が身を乗り出して、

「ときに、みゆき通りでその女に呼びとめられたというその時間だが、正確にいって何時ごろ？　さっきの話じゃ八時半ごろということだったが……」

「発車するときに時計を見たら八時三十五分でした。それというのが九時までに芝高輪台町へ行きたいんだが間に合うだろうかとその女がきくんで、時計を見たわけです」

「芝高輪台町とその女が指定したんだね」

「はあ」

「車中変わったところはなかったかね」

「べつに……ハミングで流行歌を口ずさんだり、コンパクトを出して顔をなおしたり……」

「なにかを恐れてたようなふうは？」

「そんなふうには見えませんでしたね。むしろ屈託のなさそうな……わたしゃだいたい相手の商売の見当がついてたんで、話しかけて恥をかかすのもと思って黙ってたんです」

「その果物屋というのは女が指定したのかね」

「そうです、そうです。ときどき窓の外を見て、ここはどこだとか、高輪台町はまだかとか聞いてましたが、いよいよ高輪台町へさしかかったのでそういってやると、左っ側の角にマルミ屋という果物屋があるはずだからというんで、気をつけて走ってると見つかったんで」

「そうすると女はそのへんをまだよく知らないふうだったんだね」

「そうらしかったですね。車をおりてからもきょろきょろあたりを見まわしてましたから」

「きょろきょろあたりを見まわしてからどうしたんだね」

「はあ、果物屋の角をホテル竜宮のほうへ小走りに歩いていったようでした。それを見てわたしゃ車を走らせたんです」

おそらくその近所に男が待っていたにちがいない。京子はそこにあんな恐ろしい運命が待伏せしていようとは夢にも知らず、男の設けた罠《わな》にまんまと落ちこんでいったのだ。

板東運転手は最後にもう一度水町京子の顔写真を見て、たしかにこの女にちがいないと断言してかえっていった。

そのあとで金田一耕助は新井刑事をふりかえって、

「新井さん、有楽町のラムールからみゆき通りまで歩いてどのくらいかかりますか」

「五分や六分はかかりましょう。いや、もうちょっとかかるかもしれない」

「するとお京はどこで男と交渉をもったんでしょう。お京がラムールを出たのは八時二十五分ごろ。ところがいまの運転手の話じゃみゆき通りでお京を拾い、車を発車させたのが八時三十五分。その間十分、お京はその間に男とどこかで逢って、落ち合う場所をきめたにちがいないが、ラムールからみゆき通りまで五、六分、あるいはそれ以上かかるとすると、そんなひまがあったでしょうかねえ」

「金田一先生、そんな交渉は歩きながらやるのがふつうですよ。立ち話だと眼につきますからね」

「ああ、なるほど」

金田一耕助は納得がいったのかいかないのか、眼をショボショボさせていた。等々力警部はさぐるようにその横顔をうかがいながら、

「金田一先生、なにか疑問の点でも……？」

「いや、いまの新井さんの説明でわかりました。なるほど、それだと十分あれば充分ですね」

「しかし、それなら犯人はなぜ女といっしょに乗らなかったのか」

「それゃ犯人としちゃこれから血祭りにあげようという犠牲者といっしょにいるところを、ひとに見られたくなかったんでしょう。西銀座から高輪台町まで運転手にジロジロ見られちゃ困りますからね」

加納警部補もその説に賛成して、

「そうするとここにもう一台、あの晩おなじ時刻に、西銀座から高輪台町まで客を送っていった車があるはずですね。しかも、上から下まで黒ずくめの黒豹のようななりをした客を……その運転手が見つかったら……」

希望はその運転手につながれたが期待ははずれた。二日待っても三日待っても、犯人とおぼしい男を西銀座から芝高輪台町まで送っていったという運転手は現われなかった。こうして捜査は暗礁に乗りあげて、捜査員一同の焦燥のうちに十二月に入ってしまった。

黒豹の男は斬り裂くジャックと同様に、この世になぞを残して黒い霧のなかに消えてしまったのだろうか。

輪禍

十二月三日、土曜日の朝、金田一耕助は緑ケ丘荘の自室で、朝食のトーストをむしりながら五種類の新聞に眼をとおしていた。

新聞には別に変わったことも出ていなかった。夜の女殺しからすでに一週間、あの事件に関する記事はいつか新聞から姿を消していた。金田一耕助はつまらなそうに新聞をひっくりかえしていたが、突然その眼が社会面の一部に釘着けにされた。

その記事は締め切り時間の関係か、金田一耕助の購読している五種類の新聞のうち、たった一紙にしか載っていなかった。しかも下から二段目の片すみに、わずか十一、二行で組み込まれているのだから、金田一耕助もあやうく読みおとすところであった。

ボーイさん輪禍

昨二日夜十一時半ごろ渋谷区代々木初台町、I商業学校付近の街路に若い男が倒れているのが発見された。男はただちに付近の金子医院にかつぎこまれたが、頭蓋骨折のほかに肋骨をバラバラにされ重態である。

代々木署で調べたところ、渋谷区代々木初台町明月荘アパートに住む山田三吉（二二）さんとわかった。山田さんは渋谷区道玄坂付近にあるホテル女王のベル・ボーイをしているが、勤務先からアパートへかえる途中、自動車に跳ねられたものとみて、目下自動車の行くえを追及中である。

金田一耕助はドス黒い戦慄《せんりつ》が腹の底からこみあげてくるのを抑えることができなかった。

これがはたして偶然だろうか。

山田三吉は重要参考人なのだ。かれも犯人の顔を見ていない。しかし葉山チカ子の顔はハッキリ見ている。その葉山チカ子はまだどこからも現われていないが、彼女こそ犯人の正体を知っている唯一の人物なのである。と、すると犯人にとって山田三吉は非常に危険な存在だったのではないか。

「しまった、しまった、畜生、なぜもっとはやくそれに気がつかなかったか……」

金田一耕助はのどにつかえそうなトーストをのみくだすと、いそいで電話をとりあげた。

外線へつないでもらって警視庁を呼び出すと等々力警部が居合わせた。こちらが口を切るまえに警部の声が電話のむこうで炸裂《さくれつ》した。

「金田一先生、いまこちらから電話をかけようとしていたところで……」

「山田三吉のこと?」

「ええ、そう。うかつでした。金田一先生、これ、偶然でしょうか、それとも……?」

警部の声は怒りにふるえていた。

「さあ、ぼくにもまだなんともいえませんが、警部さんはこれから……?」

「これから出かけるところですが、金田一先生もぜひどうぞ」

「金子医院というんでしたね」

「I商業学校のすぐそばだそうです。当人はまだ意識不明で会ってもむだかもしれないが、とにかく行ってみます。あなたもどうぞ」

「承知しました。じゃ、のちほど」

時計を見ると九時半。金田一耕助がおおいそぎで朝食をすませ、ハイヤーを呼んで代々木初台へ駆けつけると、金子医院はすぐわかった。すでに報道陣がかぎつけたとみえ表に自動車が数台着いていて、金田一耕助はさっそく顔見知りの新聞記者につかまった。

「金田一先生、これ、例の夜の女殺しの事件と関係があるんでしょうね」

「さあ、ぼくもいま新聞をみて駆けつけてきたばかりですからね」

「偶然としちゃ時期的に一致しすぎるじゃありませんか。葉山チカ子を見知っているのは山田三吉だけでしょう」

「そういうこともいえますね」

「すると青トカゲのやつ、まだ活動を停止したわけじゃないという証拠ですか、これ」

「いや、まあ、まあ」

やっと人垣《ひとがき》をかきわけて玄関へ入ると、そこはちっぽけな内科の医院で、これでは病室があるかどうかもおぼつかない。

ちょうど奥から新井刑事が出てきて、

「やあ、金田一先生、さあ、さあ、どうぞ」

刑事がならべてくれたスリッパをひっかけて奥へとおろうとすると、電話のベルが鳴って、

「はあ、こちら金子医院でございますが……」

と、看護婦の声が聞こえた。

金田一耕助と新井刑事はなにげなく薬局のまえを行きかけたが、そのとき聞こえてきた声に思わずそこに足をとめた。

「ああ、山田三吉さんですか。山田さんならこちらにいらっしゃいますが、なにぶんにも重態でございますから……どなたさまで……?」

金田一耕助の顔色に気がついて新井刑事がっと薬局のなかへ入っていった。刑事が手まねで合図をすると看護婦の顔色がかわった。それでもとっさの機転で、

「少々お待ちくださ い。いまここへ先生がお見えになりましたから」

送話口をおさえた看護婦はふるえ声で、

「山田さんのお知り合いのかたがけさの新聞を見たとおっしゃって……」

「ああ、いいよ、わかってる」

新井刑事は看護婦の手から受話器をとると、

「もしもし、こちら金子医院の金子だが、あなたどなた……?」

新井刑事はことばを切ると相手の出方に耳をすませた。金田一耕助も受話器に耳をよ

せていた。受話器のむこうから聞こえてくるのは低い、不明瞭《ふめいりよう》な声である。送話器の口にハンケチでもかけてあるのではないかと思われたが、男の声であることはまちがいなかった。

「こちら……三ちゃんの友だちだが……三ちゃん、どう？　いま新聞を見ておどろいてるんだが……」

「ああ、重態は重態だが、あんたどういう知り合い？　いまホテル女王の支配人や山田君の友人がふたり駆けつけてきてるんだが……」

相手はしばらく黙っていたのち、

「ああ、いや、いい。それじゃなかなか電話口へは出られそうにないんだね」

「とんでもない。生きるか死ぬかという瀬戸ぎわなんだ。それよりきみはだれ？　意識を取りもどしたら伝えとこう」

「いつごろ、意識取りもどしそうなんだい？」

「そいつは保証できかねるね。あるいはこのまま永遠に……」

「永遠に……？　とはどういう意味なのかね」

「それゃいえない、医者として。もちろん万全は期すつもりだが、それよりきみはだれなんだい？」

相変わらず相手はなんの抑揚もない、ノロノロとした声で、

「それじゃ……またかけらあ。三ちゃん、意識取りもどしたらよろしくいっといてくれ

よ」

「おい、待て。ちょ、ちょっと待てったら」

だが、そのまえに受話器がかかる音がして、電話は切れてしまった。受話器をおいた新井刑事が金田一耕助をふりかえったとき、ふたりとも相手の額につめたい汗が吹き出しているのを見た。

「看護婦さん。いまの電話のこと、当分だれにもいわんようにな」

「それじゃ、いまのあれ、犯人の……？」

「いや、そう早合点しちゃ困る。たんなるお見舞いだったかもしれん。だけどこんなことが新聞記者の耳に入って、勝手なことを書かれても困るんだ」

「承知しました。だれにもいいません。でも……」

「でも……？」

「いまの電話、どこからかかってきたのか調べる方法はないんですか」

「それがないから困るんだ。だから、なんの関係もない連中がいたずらにかけてくることもあるんだ。いまのもその口かもしれん。とにかくだれにもいわんように」

金田一耕助の予想したとおりこのうちには病室はなかった。しかし、瀕死《ひんし》の重傷をおっているものをかつぎこまれて断わるわけにもいかず、金子医師の義侠《ぎきょう》心から離れの一室が提供されたうえ、近くの病院から信頼できる外科医が招かれた。来診した斉藤外科医の診断では、いますぐ他へ移すことは生命の危険をともなうことになるので、山田三吉はそのままここに収容されているのである。

病室のつぎの間には等々力警部のほかに北川支配人と三吉の友人らしい若者がふたり、沈痛な面持ちで火鉢《ひばち》をかこんでいた。締めきった襖《ふすま》のむこうから絶え入るようなうめき声が漏れ、その声を聞いているとこちらまで骨がうずくようである。

「静かに！　わずかの震動でも患者の神経にこたえるんだそうです」

等々力警部の注意に金田一耕助はうなずきながらささやくように、

「いまなにを……？」

「輸血を。ここ内科でなにかと不便なんですが、いま動かすと危険なんだそうで」

等々力警部もささやくようにいいながら、暗い面には憤りの色がふかかった。警部もこれを偶然の事故とは見ていないのである。

隣室から三吉のうめき声が漏れてくる。うめき声にまじって衣ずれの音、ガラスの容器や金属器具の触れあうひびき。……襖のむこうではいま生と死が激しい闘いを演じているのである。

新井刑事が警部のそばににじりよって、

「警部さん、いまむこうでちょっと妙なことがあったんですが……」

「妙なことって？」

反問してから北川支配人やふたりの若者に気がついて、

「いや、話ならあとで聞こう。もうそろそろ輸血も終わる時分だが……」

輸血が終わって隣室から斉藤外科医と金子医師、斉藤外科医がつれてきた看護婦のほかに、代々木署の捜査主任稲尾《いなお》警部補の四人が出てきたのは、それから二十分ほどのちのことだった。患者はどうやら昏睡《こんすい》状態に入ったらしくうめき声はやんでいた。

「先生、容態は？」

「さあ」

斉藤老外科医は眉をひそめて、

「いま小康状態を保ってますが、まだなんともいえませんな」

そばから北川支配人がひざを乗り出して、

「先生、費用はいくらかかってもかまいません。なんとか助けてやってください。これじゃあんまりかわいそうで」

「できるだけのことはやります。しかし、わたしより金子さんによくお願いしとくんですな。こちらとんだご迷惑で……」

「いや、それゃやむをえません。わたしも医者としてできるだけのお世話はします。しかしいつ急変がくるかわからんという状態ですから、その点おふくみおきください」

「北川さん、親戚《しんせき》のものは？」

「実家は高崎なんです。さっき電報を打っときましたからおっつけ駆けつけてくるでしょう」

「じゃ、当分このふた部屋を提供しましょう。ご親戚が駆けつけてこられたらここへ寝泊まり願うことにしましょう。斉藤先生。それじゃ、当分飯田君をお借りしてもいいですね」

飯田というのは斉藤外科医がつれてきた看護婦である。

「ああ、いいですとも。患者が動かせるようになったらうちの病院へ引き取りましょう。まあ、頼みの綱は患者の若さですな」

金子医師と北川支配人に送られて斉藤外科医が出ていったあと、稲尾警部補は暗然たるおももちで、

「あれを見るとなにがなんでも轢《ひ》き逃げ犯人をつかまえなきゃという気になりますな。ことに夜の女殺しに関係があるとするとなおさらのこと……」

「ああ、いや、そういう話は署へ行ってしようじゃないか。こちら……」

と、金田一耕助を紹介しておいて、

「中村君に安藤君だったね」

「はあ」

ふたりの若者は座りなおした。

「きみたちすまんがあとで北川支配人といっしょに署まできてくれんか。代々木署、知ってるかね」

「知ってます。ぼく、三ちゃんといっしょにすぐこのさきの明月荘にいるんです」

中村青年が答えた。

「そう、じゃ、のちほど」

代々木署の会議室へ落ちついて、新井刑事からさっきの電話のいきさつを聞いたとき、等々力警部の顔色は気色《けしき》ばんだ。

「金田一先生、それ、犯人が探りを入れてきたというわけですか」

「警部さんが犯人とおっしゃるのは轢き逃げ犯人のこと？　それとも夜の女殺しの……？」

「金田一先生、それゃ両方ともおなじやつにきまってますぜ」

と、新井刑事がいきまいた。

「だって、偶然としちゃタイミングがよすぎますよ。山田三吉はなにか青トカゲについて知ってるにちがいない。そこで生かしておいちゃ後日の妨げというわけで……それにはさっきの電話の声のこともあります」

「さっきの電話の声のこととおっしゃると……？」

「あなたもそばで聞いてらしたが、さっきの電話の声、妙にノロノロと低くて陰気な声だったじゃありませんか。いつかホテル竜宮の今井陽造のいってたのもそうでしたね」

「そうそう、それじゃさっきかかってきた電話も……？」

等々力警部はさぐるように金田一耕助の横顔を見つめている。しかし、金田一耕助は自分の意見をのべることを差し控えた。

「それにしても自分で轢き逃げしておいて、翌日電話で聞いてくるとはずいぶん大胆なやってすな」

稲尾警部補もおどろいている。

「それはそうと稲尾君、轢き逃げ現場の目撃者はまだ見つからんのかね」

「いま聞込み中ですが、はじめから計画的だったとするとちょっと……なにしろ寂しい場所ですからね」

「事件を発見したのは？」

「I商業学校の近くに住む深見新吉という会社員の夫婦ですが、十一時までテレビを見たあと、寝床へ入ったらまもなく自動車の通る音がして……それがものすごいスピードだったそうですが、その爆音とともに悲鳴が聞こえた。そこで起きて外へ出てみるとあの男が倒れていたというわけです」

「じゃ、自動車は見ていないんですね」

「ええ、自動車の逃げたほうへ追っかけたが、もう姿は見えなかったそうです。あのへん横町がたくさんありますからね」

「自動車はどっちからどっちへ……？」

「ここに地図がありますが……」

と、稲尾警部補は渋谷区の地図をひろげて、

「山田三吉は京王線の初台駅でおりて、ほら、ここがI商業学校ですね、明月荘というのはこのへんにあるんです。あの男が轢かれたのはこの地点なんですが、自動車は背後

から追っかけて轢いて逃げてるんです。だからそのまま突っ走っても、角筈三丁目から東大教養学部へ抜けるひろい道路がすぐです。また、そこらを迂回《うかい》して甲州街道へ逆もどりするとしてもこれまたすぐです。しかも、現場は早寝の多い住宅街ときてますから、ちょっと目撃者を探し出すというのは……」

「つまり犯人はあらかじめ山田三吉の通る道や、このへんの地理を調べておいたんでしょうな」

新井刑事が悔しがっているところへ、北川支配人と中村、安藤の両青年がやってきた。中村進治は明月荘の同居人で印刷工場へ勤めており、安藤健はホテル女王の地下レストランでボーイをやっているのだそうである。

しかし、この連中に話を聞いてもかくべつこれという線は出てこなかった。かれらの言によると新聞に名前や写真の出た山田三吉、近ごろスター気取りで会うひとごとに、あの奇怪な体験談をまくし立てていたそうである。しかし、かれらの聞いているところも、金田一耕助や等々力警部が知っているところと少しも変わるところはなかった。

「ときに、北川さん、ゆうべ山田三吉がホテルを出たのは？」

「十時でした。一日おきに夜の十時交替ということになってるんですが……」

「十時？　十時にホテルを出てあそこで車に轢かれたのが十一時過ぎだとすると、少し時間がかかりすぎやアしないか。まっすぐかえれば三十分くらいの距離だと思うが……」

「だからここへくるみちみちこのふたりとも話しあっていたんですが、どっか途中でデートでもしていたんじゃないかって」

「ああ、そう、ガール・フレンドがいるんですね。それ、どういう女？」

「それがわからんのです。しかし、いることはたしかで、ときどきホテルへ電話がかかってきました。名前はくに子、新宿の小料理屋かなんかにいるらしいんですが、店の名を聞いてないんでね」

「三ちゃん、案外はにかみ屋で、紹介しろよといってもなんのかんのと逃げてたんです」

安藤健と中村進治も口をそろえていった。

「しかし、その娘、新聞を見て駆けつけてきそうなもんだが……」

「稲尾さん、それゃむりでしょう」

金田一耕助がそばから口をはさんで、

「ぼくは新聞を五種類取ってますが、このことが載ってるのはM紙だけでした。ほかの新聞は締め切りに間に合わなかったとみえるんですね。だから今夜の夕刊が出るとなんとか反応があるんじゃないですか」

金田一耕助の予想は的中した。

新宿角筈にあるさつきという小料理屋のお店を手伝っている尾崎くに子が、おかみさんの麻生《あそう》武子《たけこ》につきそわれて、代々木署へ出頭したのはその夜の六時ごろのことだった。

山田三吉が北川支配人や友人たちに、くに子を会わせたがらなかったのもむりはない。くに子のほうが年長らしい。二つ三つ、あるいはもっと違っているかもしれぬ。それだけに人間も落ち着いていた。いま金子医院を見舞いに行ってきたとかで眼のふちに泣いたあとがあり、声も鼻につまっていたがいうことはハッキリしていた。

「いっこの事件について知ったの？」

と、いう稲尾警部補の質問にたいして、

「お店へ出るまで知らなかったんです。お店へ出てからまもなく夕刊が出て、おかみさんが気がついてくだすったんです」

「ほんとにびっくりしました。なにしろ夜の女殺しのことがございましょう。三ちゃんはたったひとりの生証人ですわねえ。場合が場合だけにゾーッとしまして……」

おかみさんの麻生武子のほうが興奮して、ベラベラしゃべりそうにするのを、

「いや、おかみさん、ちょっと待ってくれたまえ」

等々力警部がそばから制して、

「山田三吉君のこんどの災難だが、まだあの一件と関係があるという線はハッキリ出ていないんだ。あるいは偶然の事故かもしれない」

「あら、でも、さっき金子先生のところで会った新聞社のひとたちのお話だと、てっきりあの事件の犯人のやったことだとか……それに夕刊にもそう書いてるのがございますわねえ」

「いや、マスコミというやつはとかくことを大げさに扱いたがるもんでねえ。ときに、くに子君はいつごろから山田君と知り合ったの？」

「知り合ってから一年以上になります。三ちゃんは高崎、わたしは郷里が小諸なんです。去年のお盆に国へかえるとき上野駅からいっしょになって、それからつきあうようになったんです」

あらかじめ覚悟をきめてきたとみえて、くに子は悪びれるところがなかった。それほど美人というのではないが、色が白くすっきりしていて、商売柄着物の着こなしなども垢《あか》抜けしている。

「警部さんはいまこの事件を、偶然の事故かもしれぬとおっしゃいましたけれど、まさか本気でそんなこと……」

さすがに信州っ子らしい利かぬ気をみせて、くに子の瞳《ひとみ》はするどく光っている。

「いや、そういうわけじゃないが、われわれとしては断定的なことをいうことは、できるだけ控えなければならないんでね。それともくに子君はなにか、三ちゃんを轢き逃げした犯人について心当たりがあるのかい？」

「いいえ、そうじゃありませんけど、あたし三ちゃんによく注意しといたんです。あのひと新聞に名前や写真が出たもんだから、スターか英雄にでもなったつもりで、得意になって会うひとごとにあの晩のこと吹聴するでしょう。そんなことしてて犯人ににらまれるかもしれないって……」

「ああ、そう、それじゃきみがあの晩のことをどういうふうに三ちゃんから聞いたか、あとで聞かせてもらうとして、そのまえにゆうべのことを聞かせてもらおう。ゆうべ三ちゃんに逢ったんだろう」

「はい、ホテルのかえりにお店へ寄っていったんです」

「それ、何時ごろのこと？」

「十時半ごろのことでしょうか。そのときあたし二階のお座敷へ出てたもんですから」

「ええ、そう、十時半ごろでしたね」

おかみの麻生武子が相槌《あいづち》をうって、

「あたしがそのとき下のお店にいたんです。あたしども下は腰掛けになっててお
でんも扱っております。三ちゃんホテルが十時しまいのときにはよくうちへ寄っておでんを食べていくんです」

「それで、かえっていったのは？」

「十一時ちょっと過ぎだと思います」

「それでなにかこんどの事件について話はなかったかね。なにかにおびえているとか、だれかに尾《つ》けられているとか……？」

「いいえ、そんな話はありませんでした。じつはゆうべ二階のお座敷がたてこんで、ろくすっぽお話するひまがなかったんです。あたしたち早くいっしょになりたいんですけれど、なかなか部屋がないでしょ。ことしじゅうにはなんとかしたいと、ゆうべもその話を切りだしてきたんですけれど、あいにくお客さんがたてこんでてろくすっぽお話もできなかったんですの。こういうことになると知ったら、もう少し親身に話を聞いてあげればよかったと……」

くに子は急に悲しみがこみあげてきたのか、いそいでハンケチを眼に押しあてた。

いまのくに子の話しぶりによると山田三吉は、自分の身にふりかかっている危険を全然予知していなかったらしい。と、すれば捜査当局の負わねばならぬ責任はますます重大になってくる。

「そう悲観することもないさ。お医者さんもあきらめてしまうのはまだはやいといってたからね」

「あたしにもそうおっしゃいましたけれど……」

「三ちゃん、ゆうべ酒は……？」

「いいえ、あのひとお酒はいけないんです。ですからお酒に酔って車に轢かれたなんてこと絶対に考えられませんわ」

「ああ、そう、それじゃあの晩のことを聞かせてもらおう。三ちゃんきみにどういってたか、できるだけ詳しく話してくれたまえ」

しかし、くに子の話を聞いてもべつに新しい事実は出てこなかった。ただ、最後にくに子がなにげなく付け加えたことばが強く一同の注意をひいたのである。

「そのときあたしいってやったんです。あんたその女に、いたずらでもしたんじゃない？　ドアは鍵がかかるんだし、女は抵抗できなかったんだから、あんたの好きなようにできたんじゃないって」

「ふむ、ふむ。そしたら三ちゃん、なんていった？」

「それが、あたしとしては冗談半分にいったのに三ちゃんたら、ムキになって打ち消すでしょ？　かえって怪しいと突っ込んだら、三ちゃん、とうとう白状したんです」

「白状したって？　それじゃ、三ちゃん、あの女になにかイタズラをしたのか」

「いいえ、結局はなにもしなかったんです。だけど、多少その気になったことはなった。ちょっとオッパイ触ってやった、しかし、素姓も知れぬ女に掛かりあっちゃあとが怖いと気がついて自分を抑えた。だから、その点信じてほしいというんです。それで、あたしまたいってやったんです。それじゃ、自分に弱身もないのに、なぜそのことをマネジャーに報告しなかったの？　水びたしになった床をふきとるだけだって、たいへんな仕事だったんじゃないって？」

「ふむ、ふむ、そしたら……？」

「そしたら三ちゃんいってました。いや、それゃなかった。床の始末は自分がしていく。あんたに迷惑はかけないって。それで大目に見てやったんだが、女がかえったあとで行ってみると、感心に床をふきとっていってたんですって。ですから三ちゃん笑ってました。あの女のぶらさげてたスーツ・ケースのなかみ、おそらく、グショグショになってたろうって」

「その女、スーツ・ケースを持ってたの」

金田一耕助が驚いたように声をかけた。

「ええ、三ちゃんはそういってましたけれど……」

「どのくらいの大きさの……？」

「いいえ、そこまでは聞いておりませんけれど、それがなにか……？」

「いや、夜の女が男をホテルへくわえこむのに、スーツ・ケースは珍しいんじゃないかと思ってね。警部さん、三ちゃんわれわれにスーツ・ケースのことをいいましたか」

「いや、わたしは聞いた記憶がない。三ちゃん、いい忘れたんだろう」

「いや、これはわれわれの聞きかたが悪かったんでしょう。ときにくに子君」

「はあ」

「ゆうべの轢き逃げが偶然の事故じゃなく、あの事件の犯人が三ちゃんをねらったものとしたら、だれかが尾行してたってことになるんだが、その点について心当たりは……？」

「さあ、べつに……おかみさん、ゆうべなにかございまして？」

「わたし別に気がつかなかったけれど……うちでは別に変わったことはなさそうでした

よ」

「しかし、くに子君」

「はあ」

「あんた三ちゃんのことを心配してたんだろ。それに反して三ちゃんは全然無関心だった。と、するとあんたの心配はよけい大きかったわけだが、恋するものの敏感さから、なにか感じたことがありゃしないか。三ちゃんのことでこれゃ少しおかしいと思うようなことは……？」

「そうですねえ」

くに子は小首をかしげて考えていたが、なにかを思い出したように、

「そういえば……」

「そういえば……と、いうと……？　なにか思い当たるふしでもある？」

「でも、あれは先月の二十三日のことですから、三ちゃんのことが新聞に出るまえですけれど……」

「しかし、十一月二十三日といえばホテル女王で妙なことがあった日からみるとあとだね。ホテル女王の出来事は十一月十八日の夜のことだから」

「はあ、そうおっしゃればそうですけれど」

「十一月二十三日になにかあったのかね。事件に関係あるなしはこちらで判断するが……」

「はあ、あの、おかみさん、あたし先月伊勢丹でハンド・バッグを置き引きされたってことをいってたでしょう。あのときのことなんですの」

「そうそう、そんなことをいってたわね。あのときなにかあったの？」

「警部さん、これほんとにこんどの事件に関係があるかどうかわからないんですけど……」

「いいんだ、いいんだ。いってごらん、ハンド・バッグを置き引きされたってどんなこと？」

「それはこうです。先月の二十三日はふたりとも公休日になってたんです。それで、朝の十時伊勢丹の二階の待合室で落ち合うことになってたんですの」

「ふむ、ふむ、それで……？」

「その日あたしが約束の場所へ出向いてったのは、十時十分ごろでした。三ちゃんはまだきてなかったので、待合室のベンチに腰をおろして待ってたら、おなじベンチにもうひとり女のひとが腰をおろしてたんですの。ところがそのひと週刊誌かなにか読みながら、ときどき待合室の外へ眼をやるんです」

「だれかを待ち合わせていたんだね」

「あたしもそう思いました。ところがそのひとの視線をたどっていくと、そこに殿方用のおトイレがあるんです。ですからてっきりお連れさんがおトイレへ入ってらして、それを待っていらっしゃるんだと思ってたんです。ところがまもなくそこから出てきたのが三ちゃんだったんです」

金田一耕助と等々力警部は思わず顔を見合わせた。

「ふむ、ふむ、それで……？」

「いまから思えばちょっとおかしゅうございましたわねえ。三ちゃん、あたしの姿を見るとニコニコしながら、やあ！って手を振ったんですの。そしたら、そのひとの驚きようったらなかったんです。ギョクンと腰をうかしていまにも逃げ出しそうな格好でした。しかし、三ちゃんの声をかけたのがあたしだとわかると、顔をそむけるようにして、そそくさと待合室を出ていってしまったんです」

「すると、その女は三ちゃんを待ってたわけ？」

「いまから考えるとそういうことになりますわね。でも、そのときは別に気にもとめず、あのひと、声をかけられたのは自分だと思ったんだ。だからだしぬけに見知らぬ男から声をかけられたもんだからびっくりしたんだ……と、そう思ったんです。ですからそのときも三ちゃんにいったんです。あんたがだしぬけに声をかけるもんだから、いまのひとびっくりしたじゃないのって」

「そしたら三ちゃんなんていってた？」

「あれ、どんな女だったって、あたりを見回したんですけれど、姿は見えなかったんです」

「その後、その女の姿を見なかった？」

「はい」

「で、ハンド・バッグを置き引きされたというのは？」

「そうそう、その日はあいにく雨だったんです。ですからどっかで映画でもってことになったんです。ところがその日伊勢丹の六階で特売があったんです。それで三ちゃんを待たせて、特売に夢中になってるうちにハンド・バッグがなくなっちまったんです」

「そのハンド・バッグのなかにあんたの名前や勤めさきがわかるようなものが入ってた？」

「はあ、それはいろいろと……あたし、自分の名刺は持っておりません。でも、お店の名刺はいつも持っております。それからお店のマッチやなんかも。それから、そうそう、あのときとっても困ったんです」

「困ったというと……」

「その日、池袋の家を出かけに小諸の姉……兄嫁ですけれど……お姉さまからの手紙を受け取ったんです。それを電車のなかで読むつもりで封も切らずにハンド・バッグのなかに入れて持ってたんです。それを盗まれちまったもんですから……」

「すると、その手紙の上書きで置き引きの犯人にはあんたの名前や住所もわかったわけだね」

「それじゃやっぱりそのことと、こんどの事件と関係があるんでしょうか」

と、くに子は青くなった。瞳と声をうわずらせた。

金田一耕助はそれには答えず麻生武子のほうへむきなおると、

「おかみさんはいつも階下のお店にいるんですか」

「はあ、お二階のほうはこのひとがよくしてくれるもんですから……」

「それじゃ、どうでしょう。このひとがハンド・バッグを置き引きされた先月の二十三日以後、お店へ新しくきた客のなかに、怪しいと思われそうな人物はいなかったですか」

「さあ……怪しいとおっしゃると……？」

「このひとのことか三ちゃんのことを、さりげなく聞いていったというような人物は？」

「そうですねえ。あたしどもの店はおなじみさんがおもですけれど、場所がらふりのお客さんもないことはございません。しかし、いまおっしゃったようなひとは思い当たりませんし、ほかにこれといってべつに……」

考えてみればそいつはすでにくに子の勤めさきもその住所も、ハンド・バッグのなかみによって知ったわけである。なにも好きこのんでさっきへ顔を出す危険をおかす必要はなかったかもしれない。それとなくホテル女王かさつきのどちらかを見張っていればよかったわけだ。

「それじゃ最後にくに子君、いちばんだいじなことを聞かせてください。三ちゃんを見張ってたらしいって女だがね、どんな女？　顔を覚えてる？」

「さあ、それが……年齢は三十前後でしょうか。黒い帽子から濃いネットを鼻の上まで垂らしていたので……とても厚化粧のようでした。オーバーの色はたしか黒でしたけれど、ほかにこれといった特徴は……」

「こんど会ったらわかる？」

「あのままの姿だったら……顔はよく見えなかったんですけれど、でも、感じでわかるかもしれません。自信はありません。すらりと姿のよいひとでした」

　等々力警部がそばから口を出して、

「ひとくちにいってその女、夜の女というような感じじゃなかったかね」

「そうかもしれません。でもそういう種類のひとだとしたら、そうとう高級のほうでしょうね。一見若奥様ふうでしたから」

　くに子は急にガッカリしたように、

「あれ、やっぱりあたしの思い過ごしだったんですわね。あのひと三ちゃんに声をかけられたと思いこんで……三ちゃんをきっとグレン隊かなんかとまちがえてびっくりしただけのことなんですわ。この事件となにも関係なんかありゃしないんだわ」

　くに子はまた急にヒステリックになってメソメソ泣き出した。

　それからまもなく、麻生武子がくに子をなぐさめながらかえっていったあとしばらく、金田一耕助は悩ましげな眼をして考えこんでいたが、急に等々力警部のほうへむきなおると、

「警部さん、ホテル女王の支配人は葉山チカ子のかえっていくところを目撃してるはず

ですね」

「それゃ……フロントへ鍵をかえしていくはずですからね」

「それじゃひとつ電話をかけて、葉山チカ子がスーツ・ケースを持ってたかどうか、たしかめてみてくださいませんか。もし持ってたとしたらそのサイズも」

「金田一先生、スーツ・ケースがなにか……？」

「いや、いちおう念を入れておきたいんです」

等々力警部はただちに電話でホテル女王を呼び出した。

葉山チカ子はスーツ・ケースをぶらさげていた。そのサイズは長さ八十センチ幅五十センチくらいの大きなものだったが、葉山チカ子はわりにかるがるとそれをぶらさげていたそうである。

仏前の客

十二月五日未明五時。山田三吉は斉藤外科医や金子医師の丹精の効もなく、金子医院の離れの一室でその短い一生をとじた。

「ご臨終です」

金子医師の宣告をきいた刹那《せつな》声をあげて泣き伏したのはくに子であった。一時小康状態をたもち、もしやという希望を持たされていただけにくに子の悲嘆は大きかった。高崎からかけつけてきて、くに子とともに看護に当たっていた母の峯子《みねこ》もひた泣きに泣いた。

金田一耕助や等々力警部も急変をきいて駆けつけたが臨終のまに合わなかった。二人とも三吉の容態については楽観的だっただけにこの急変からうけたショックは大きかった。ふたりの姿を見るといったん涸《か》れていたくに子の涙も、また新しく湧《わ》きあがってくる。

「警部さま、敵を討ってください。これでは三ちゃんがかわいそうです。敵を討ってください」

「いや、くに子君、きみの心中はお察しする」

三吉の枕頭《ちんとう》に線香をささげた等々力警部は、くに子や三吉の母にたいしても合わせる顔もない気持ちだった。金田一耕助も愁然として三吉の亡骸《なきがら》に合掌した。三吉の母はひざをすすめて、

「三吉を轢き殺した犯人は近ごろ評判の夜の女殺しの犯人だということですが、それほんとうでしょうか」

「いや、新聞ではいろいろいってますが、われわれとしてはまだそこまでは……」

「でも、くに子さんの話ではホテル女王の事件以来、三吉はだれかに尾行されていたらしいとか……」

「くに子君、きみ、めったなことはいわないほうがいいよ。三ちゃんの例もあるから

ね」

「はい」

やつれたくに子の顔がいっしゅん青白んだ。

「そんなこと新聞に書き立てられると、こんどはきみがねらわれないとも限らない。きみ、お母さん以外にもそんなこといった？」

「いいえ、そんなことは……」

「それならいいが……お母さん、あなただれにもそんなことおっしゃらなかったでしょうね」

「はあ、昨夜くに子さんに聞いたばかりですから……ですけれど、警部さん、それじゃやっぱり三吉を殺したやつは……？」

「いや、そう断定してしまうのはまだ危険なんですが、いちおうはそういうことも考えておかねばなりません。しかも、そうだとすると相手はとても凶暴なやつだということになる。くに子君にもよほど気をつけてもらわにゃ……」

「すみません。今後はよく気をつけます」

「お母さんも、くに子君に聞いた話は当分、ほかへお漏らしにならないように……」

「はい、わたしもよく気をつけます。そのかわり警部さん、いまくに子さんからもお願いしたように、せがれの敵《かたき》はきっと討ってください」

峯子がまた新しくこみあげてくる悲しみに打ちひしがれているとき、新井刑事が忍び足で入ってきた。

「警部さん、金田一先生、ちょっと……」

と、ふたりを座敷の外へ呼び出して、

「また例のやつから電話がかかってきましたよ。ノロノロとした陰気な声の男から」

金田一耕助と等々力警部はハッとしたように顔見合わせて、

「山田三吉の容態を聞いてきたのかい？」

「そうです、そうです。例によって三ちゃん、その後どうですか。見舞いに行きたいんだが、……とかなんとか、例の調子でノロノロと陰気な声で尋ねるんです」

「きみ、なんてったの」

「しかたがありません。ほんとのことをいっちゃいましたよ。今暁五時息を引きとったって……いけなかったでしょうかねえ」

「それゃ……やむをえんだろう。金田一先生はどうお思いになる？」

「しかたがないでしょうね。いずれ新聞が書き立てるでしょうからな。それにしても、新井さん、その電話の声についてなにか手掛かりのようなものは……？」

「いや、わしもそれを考えたもんだから、できるだけ返事をのばして相手にしゃべらせるように仕向けたんですが、敵もさるものなかなかその手に乗りゃしません」

「テープ・レコーダーでも用意しときゃよかったね」

「電話を聞きながらあっしもそう思いました。こんどの事件じゃわれわれ後手ばかり引いてる」

「しかし、金田一先生、電話のぬしは山田三吉の生死をたしかめてどうしようというんです」

「さあ……」

金田一耕助が悩ましそうに眼をショボつかせるのを尻眼《しりめ》にかけて、新井刑事がいきまいた。

「それゃ、警部さん、わかってるじゃありませんか。青トカゲのやつ、つぎの行動に移ろうとしてるんですぜ。それにゃ山田三吉が生きてちゃ都合が悪い……」

「なるほど。ところで電話のぬしは山田三吉が死んだと聞いてなんといってました」

「そうそう、電話のむこうでため息を漏らしてるのが聞こえましたよ。おそらくこれで重荷をおろしたと思ったんでしょう」

「それでなんかいってましたか」

「そうそう、それはどうも……とか。まことにはや……とか、例によってノロノロとした陰気な口調で並べたてたかと思うと、プツンと電話を切ってしまやアがった。あたしゃできるだけたくさんしゃべらせてやろうと思ったんですがね」

金田一耕助もあのノロノロとした陰気な声を一度耳にしている。それだけに新井刑事の話の容易ならぬ薄気味悪さがひしひしと胸に迫ってくるのである。

山田三吉の告別式は十二月六日午後明月荘で執り行なわれた。

六畳ひと間に寝棺を安置してお壇をかざると、座る余地もないくらいの狭さである。金田一耕助は等々力警部と廊下でお坊さんの読経を聞いていたが、突然ギョッとしたように眼をそばだてた。そばにいる北川支配人をふりかえって、

「北川さん、三ちゃんのお母さんの隣りに座ってる青年だれ？　三ちゃんの兄弟？」

「ああ、あれ、あれゃ兄弟じゃなくて従兄弟《いとこ》だそうですよ。よく似てますね。年齢もおないどしだそうですが、あれで髪をのばしてG・I刈りにすると三吉にそっくりですね」

「なにをしてる青年？」

「高崎のほうの洋服屋でミシンを踏んでるそうです。わたしもこんど会ったのがはじめてですが、あまり似てるので驚きました。しかし、よくよく見るとやはり違ってますね」

三吉によく似た青年はしびれが切れるのかしきりにひざをもぐもぐさせている。なるほど北川支配人のいうように、よく見るとやはり三吉とは違っていた。

そのあと金田一耕助と等々力警部は午後二時の出棺までのひとときを、同居人の中村進治の部屋で過ごした。

金田一耕助と等々力警部は二階の窓辺にならんでなにげなく下の往来を見おろしていた。

夜の女殺し事件の唯一の目撃者の死——などと新聞がかなり派手に取り扱ったので、往来には野次馬があふれている。その野次馬に取りかこまれて霊柩車《れいきゅう》がもの悲しげに待っていた。

金田一耕助はそれを見るといまさらのように、人間の生命というものについて考えさせられた。いつの場合でも霊柩車というものはひとの感傷を誘うものである。

「警部さん、金田一先生」

そこへとびこんできたくに子の顔色は変わっていた。せきこんでなにかいおうとしたが、そこにいるふたりの青年に気がつくとハッとしたように口をつぐんだ。

「ああ、そう、きみ、きみ。きみたちちょっと座を外してくれないか。くに子君がなにか話があるそうだから」

中村進治と安藤健が出ていくのといれちがいに新井刑事が入ってきて、

「どうしたんだい、くに子ちゃん、血相変えて……なにかまたあったのかい？」

「あの女が……伊勢丹の女が外へきて……立ってるんです」

くに子の声はふるえている。

言下に新井刑事が窓へ行こうとするのを金田一耕助が腕をとって引きとめた。

「新井さん、外をのぞくのならできるだけさりげなく……相手にさとられないように……くに子君、その女、どのへんに立ってるの？」

「角に自転車屋がございますでしょう。そのへんにひとに混じって立ってます……」

新井刑事が窓辺へ行った。金田一耕助と等々力警部ものんきそうに外をのぞいた。

なるほど自転車屋の角からこちらへかけて屏風《びょうぶ》を立てたようにひとが並んでいる。しかし、それらしい女の姿は見当たらなかった。

「くに子君、その女、どんな服装……？」

「伊勢丹のときとおなじでした。帽子から黒いネットを垂らし、黒地のオーバーを着て……」

くに子の声はまだふるえている。しかし、見たところそういう女は見当たらなかった。

「よし、わたしが行ってみましょう」

新井刑事が跳び出していったあとで、金田一耕助は気づかわしそうにくに子のほうをふりかえった。

「くに子ちゃん、あんた、その女に気づかれやアしなかったろうねえ」

「いいえ、それは大丈夫です」

「大丈夫ってハッキリいいきる自信があるかね」

等々力警部も心配そうだ。

「はあ、それはぜったいに。だってあたしおトイレの窓からその女を見つけたんです。その女は三ちゃんの部屋の窓を見てましたから、あたしに気がつくはずはありません」

この明月荘では各部屋にトイレはなくて、各階の廊下の突き当たりに共同トイレがついている。トイレの窓には鉄柵《てっさく》がはめてあるうえに防虫網が張ってあるから、そこから女を見つけたとしても、女のほうではくに子に気がつかなかったのにちがいない。金田一耕助と等々力警部はほっと胸をなでおろした。

新井刑事がかえってきたのはそれから十五分ほどのちのことだが、女の姿はもうどこにも見当たらなかったという。しかし、そういう女がいたことはたしかで、自転車屋の店員にこの騒ぎはなにごとであるかと聞いたそうである。自転車屋の店員がことのあらましを語って聞かせると、まあ、お気の毒にとかなんとかつぶやいて、そのまま立ち去ったというのである。

「自転車屋の小僧め、こっちのほうに気をとられていたんで、その女がどっちの方角へ立ち去ったか気がついていねえんです。それでも念のためそのへんを探してみましたが、魚は網のそとへ泳いでいっちまったようですね」

それにしてもひそかに山田三吉を尾行していたらしい女が、三吉の死を確認しにきたのだとしたら、いったいそれはなにを意味するのか。新井刑事が指摘するとおり、つぎの行動へうつるための準備としても、いったいその女は何者なのであろう。

金田一耕助はこの事件の底にひそむなぞの暗さに慄然たらざるをえなかった。

旅館みやこ鳥

なんども繰りかえすようだが山田三吉こそ青トカゲ事件の関係者、葉山チカ子の唯一の目撃者なのだ。いかに交通事故の多いきょうこのごろとはいえ、その唯一の目撃者のこの最期は偶然としては平仄《ひょうそく》が合いすぎた。そこにだれかの意志が働いているのではないか……しかも、問題はそれだけではない。それが過去の犯罪の証人を消すためなのか、それとも将来演じられようとする犯罪の周到な布石ではなかったか。……

この考えかたが捜査当局を大きな不安と焦燥におとしいれたのだが、山田三吉の葬式後三週間にしてその答えがあらわれた。十二月二十三日、金曜日、捜査当局の厳重な歳末警戒の目をくぐって青トカゲはもののみごとに、第三の犠牲者を屠《ほふ》ったのであった。

金田一耕助が等々力警部の電話にうながされて、向島の旅館みやこ鳥荘へ出向いたのは、クリスマス・イブの午《ひる》さがり、隅田川のおもてが寒そうなちりめんじわをきざんでいる一時ごろのことだった。

まえの二件とちがってこんどの現場は純粋の日本家屋の旅館だった。母屋のおくに数寄をこらした庭があり、庭のあちこちに点々として茶室ふうの建物が散在している。これらの建物はそれぞれ玄関がつき、三畳と四畳半からなりたっており、せまいながらもガス風呂とご不浄もついている。

しかも、それらの建物は三方を竹藪《たけやぶ》に取りかこまれていて、いまは葉が落ちているが、それが茂っているときは笹《ささ》の葉ずれによって、内部から漏れるであろう物音を、いくらかでも消そうという構造になっている。

これらの建物は母屋の玄関へあがることなく、玄関わきのしおり戸から庭づたいに案内されることになっている。金田一耕助が三波石の飛び石を踏んで案内されたのは、格子戸のうえに藤乃舎《ふじのや》と彫った虫食いの舟板がかかっている雅致《がち》にとんだひと構えであった。

なかへ足を踏み入れるまえ金田一耕助が見まわすと、母屋をとりまいて放射状に散在する、これらのささやかな夢殿はつごう六戸あったが、ひとつひとつ花の名がついているらしい。いかにも事件のあったあとらしく、捜査員がうろうろしているなかから、

「ああ、金田一先生、よくいらした。どうぞこちらへ」

玄関から顔を出したのは新井刑事だ。そうとう興奮しているようだ。

「青トカゲだそうですね」

「金田一先生、山田三吉殺しはやっぱりこんどの事件の捨て石だったんですぜ」

「殺《や》られたのはやはり夜の女？」

「それがこんどはすこし勝手がちがうんですが、まあ、御自分の眼で見てください」

ちゃぶ台の出ている三畳から四畳半へ踏みこむと、等々力警部がむつかしい顔をして、

「金田一先生、紹介しときましょう。こちら向島署の牧野警部補」

このひととは初対面である。牧野警部補はやあとみじかくあいさつしたきりで、うさん臭そうに横眼で金田一耕助を目測している。こういうことにはなれているので、金田一耕助はさりげなく四畳半の中央へ眼を落とした。

そこにはなまめかしい絹夜具がしいてあり、朱色のめだつ派手な掛け布団がめくれあがって、裸身の女が上半身を鳩尾《みずおち》のあたりまで露出している。その首にはナイロンの靴下が食いいらんばかりに巻きついていた。

その被害者の顔をひと目見た刹那、金田一耕助は思わず大きく眼を見張った。

被害者は女というよりまだ少女とよぶべき年ごろである。年齢にして十五、六、中学生か、高校へ行っているとしても一年生くらいの年ごろである。髪かたち、化粧のぐあい、爪を染めているところなど、年齢にしてはませているところがあるとしてもだ。顔はお世辞にも美人とはいいにくい。これでも生きて潑溂《はつらつ》と動いているところをみれば、どこかに若い魅力が発見できたかもしれないが、恐怖と苦痛が凍りついて、いびつになったその顔は醜いというよりほかはない。

体質は脂肪の多い肥満型で、出《で》っ尻《ちり》鳩胸というタイプ、しかも猪首《いくび》ときているから、スタイルもよいとはいえなかったにちがいない。こういうタイプにはえてして早熟児がありがちとはいえ、乳房の隆起もまだ十分でなく、女としての成熟までには、まだそうとうまがあるのではないかと思われた。

その子どもっぽく盛りあがった乳房と乳房のあいだを、例の稚拙《ちせつ》ななぐりがきの青トカゲがのたくっている。左の乳房に鎌首をもたげ、右の乳房にしっぽを巻きつけているその構図は、水町京子の胸にえがかれていたのと、そっくりおなじマジック・インキの筆運びだ。

金田一耕助はくらいため息とともに視線をそらして、改めて部屋のなかを見まわした。

茶室ふうのいきな構えの四畳半のすみに置き床があり、その上に一ぷくの軸、まがい九谷の花瓶《かびん》に山茶花《さざんか》の花が一輪。夜具のすそには朱塗りの衣桁《いこう》があり、衣桁の下に乱れ箱。乱れ箱のなかに女物のスーツが脱ぎすててあり、衣桁にかかったハンガーには真っ赤なオーバーがかかっている。

金田一耕助は悩ましげな眼であたりを見まわしたのち、等々力警部をふりかえった。

「で、被害者の身元は？」

「牧野君、あれを……」

「はあ、じつは被害者の所持品のなかからこれが出てきたんですがね」

牧野警部補がそっけなく出してみせたのは、小田急電鉄の成城学園前から目黒までの学生定期。成城学園前駅で発行されていて、名前は星島由紀《ゆき》、年齢は十五歳とある。

「十五歳といえば中学生でしょうか。それとももう高校へ行ってるんでしょうかねえ」

「その定期券が発行された七月一日で十五歳ですから、高校へはいってるんでしょうな」

「身分証明書は？」

「いや、それは持っておりません。しかし、いまうちのもんを成城学園前へやってありますから、身元はすぐわかりますよ。それにこういうものがハンド・バッグのなかから出てきたんですがね」

それは法楽園スケート場の入場券の半分で、十二月二十三日すなわちきのうの日付けである。

「すると被害者は法楽園からこちらへ？」

「いちおうそういう見込みでいま法楽園へひとをやってあります」

牧野警部補はどこまでもニべない調子だ。金田一耕助の存在がよほど目ざわりらしい。

それを取りなすように等々力警部が、

「金田一先生はこの青トカゲの絵をどうお思いですか」

「どう思うとおっしゃると……？」

「これが水町京子の胸にえがかれていた絵の写真なんですが、しっぽの巻きぐあいや鎌首のもたげかた、マジック・インキの筆の運びかたなどそっくりだと思うんですが……」

「なるほど、いちおう模倣者の犯行じゃないかってことも考慮されたわけですね」

金田一耕助は死体の胸と写真を見くらべたが、それは完全に一致しているようである。

新聞にも一度この青トカゲは凸版にして発表されたが、それは完全な複製ではなく、その印象をつたえる程度のもので、原画とはそうとう違っていたはずである。

「するとこれは女王と竜宮、前二件における犯人とおなじ人物の犯行とみてよいわけですな」

「まあ、そういうことでしょうな」

「畜生！　青トカゲのやつ、こんどは方向をかえて素人娘をねらやアがった」

新井刑事がそばからいきまいた。

「スケート場で網を張ってたんでしょうな」

牧野警部補にはまだもうひとつ、この事件の犯人の狡猾《こうかつ》さがわかっていないようである。

「それだと手掛かりもつかみやすいんだが……」

ことばを濁したところをみると、等々力警部はその線にはあんまり期待がもてないようだ。青トカゲのやりくちはいつももっと周到かつ綿密なのがふつうである。

「ときに犯行の時刻は？」

「ゆうべの十時から十一時までのあいだ」

「死因はもちろん絞殺でしょうね」

「十中八、九。もちろん詳しいことは解剖の結果を見なければわかりませんが……」

「事件が発見されたのは？」

「けさの十時ごろ。女中が発見したんです」

「それじゃ泊まっていくことに……？」

「この娘が自分で交渉したそうですよ」

「この娘が……十五歳の少女がねえ」

金田一耕助は思わず眼をそばだてた。

「金田一先生、その点についちゃあとでもう一度女中にきいてみる必要があると思うんです。牧野君がきいたときはまだこの事件の重大性がわかっていなかったんですからね」

牧野警部補は口をつぼめて顔をこわばらせたが、あえて抗弁しようとはしなかった。

「でも、そのまえにひととおり牧野さんからおききしておきたいんですがね。ふたりがここへきたのはゆうべの……？」

「九時半ごろ」

牧野警部補は木で鼻をくくったようにいい放ったが、等々力警部の視線に気がつくと思いなおしたように、隣りの三畳をふりかえり、

「あのちゃぶ台にビールが二本、コップがふたつ、おつまみもののチーズとクラッカーの皿が出てるでしょう。ビールは一本のほうにちょっぴり残ってるだけであらかた飲んでますし、おつまみものもほとんど食いつくされてます。それには少なくとも十五分か二十分、あるいは半時間くらいかかったかもしれない。だから横になったのが十時ちょっとまえとみて、その直後の犯行でしょう」

「性行為をおこなった痕跡《こんせき》は？」

「女のほうはそうとう上昇していたらしい痕跡があります。しかし、男のほうは最後まで遂行していません。おそらく女がわれを忘れた瞬間をねらってやったんですな」

女は枕から頭をおとしている。髪がひどくほつれているところをみると、そうとうはげしい運動がくりかえされたのであろう。

「男は何時ごろここを……？」

「それをだれも知らないんです。けさこれを発見してから調べると裏木戸の掛け金が外れている。おそらく犯行後ただちにここを立ち去ったんでしょう」

「犯人の遺留品らしきものは？」

「いまのところなにも。この青トカゲの絵以外はね」

「被害者の持ち物で紛失してるのではないかと思われるものは？」

「衣類所持品はだいたいこの乱れ箱にそろってると思うんです。ナイロンの靴下がかたっぽ欠けてますが、そいつは被害者の首にちゃあんとね」

牧野警部補は意味のない笑いかたをすると、

「それにこのハンド・バッグのなかにゃ、この年ごろの娘の持っていそうなものはだいたいそろってますよ。もしこの娘が身分証明書をもっていたとすれば持ち去ったんでしょうが、身分証明書を持ち去っても、この定期を残していけゃなんにもならない」

牧野警部補の説明はいかにも投げやりな調子だった。

そのあと金田一耕助は藤乃舎を出て裏木戸の戸締まりを調べてみた。冠木門《かぶき》になっている裏木戸には、かんぬきと掛け金と二重の戸締まりになっているので鍵はかかっていなかった。犯人がそこまで飛び石づたいに行ったとすれば、足跡を発見するのも困難だろう。

金田一耕助はその裏木戸を出ようとしてふと左側の苔《こけ》に眼をとめた。苔の名は知らない。しかし、この季節にもかかわらず、茶褐《かつ》色をおびてはいるがビロードのような柔軟さをたもっている苔の上に、うっすら跡がついている。箱のようなものをおいたらしい跡である。

「牧野さん、これは……?」

さっきから不敵な笑みをうかべて相手のようすを見守っていた牧野警部補は、金田一耕助に苔のうえの跡を指摘されてはじめてあわてた。

「おや！」

と、つぶやいて身を起こしたとき、あきらかに狼狽《ろうばい》の色が動揺していた。

「おい、町田君、町田君」

そばにいる若い刑事をふりかえって、

「きみゃこれに気がつかなかったのか」

「なにかそこに……」

「馬鹿野郎、きさまの眼はどこについてンだ」

その冠木門は内側へ観音びらきに開くようになっている。ここから出ていった犯人がその門を開くとき、手になにか持っていたとしたら、ちょうどその苔の上におくだろう。

「いちおうその跡のサイズを測っておかれることですね。余計なお節介かもしれないが……」

裏木戸の外は幅二メートルほどの道をへだてて寺院の塀《へい》、それにつづいてテニス・コート、犯人が用心しさえすれば人目につく心配はなさそうだ。道路は舗装されている。犯人はこれらのことを考慮にいれていたのだろうから、あらかじめこの家を偵察しておいたにちがいない。

「警部さん、それじゃゆうべの係りの女中に、話を聞いてみようじゃありませんか」

「はあ、それでは……」

母屋の玄関わきのお帳場では、おかみの磯貝《いそがい》せんと係りの女中の花村スミ子が長火鉢

をなかに待機していた。ふたりとも顔をこわばらせていたが、おかみはさすがに如才なく、

「さあさあ、どうぞ。お寒いところをご苦労さまで。スミ子さん、みなさんにお座布団を」

「いやあ、おかみ、あんまり構わんでくれ」

牧野警部補は顔なじみらしく、

「紹介しとこう。こちら金田一耕助先生とおっしゃって玄人はだしの名探偵、座るとぴたりという口さ。あっはっは、いや、失礼。それでゆうべのことについて改めてききたいとおっしゃる。なんでも正直に、つつみかくさず申し上げるんだぜ」

「はあ……」

まぶしそうな眼で金田一耕助を見るふたりは、たいがい毒気を抜かれたような顔色だ。しかし、さすがにおかみはすぐ眼をそらし、

「いえね、牧野さん、それについてあたしからまず申し上げたいことがございますの。さきほどいおうとしているところへ、お医者さまがいらしたもんですから」

「どんなことか知らないが、じゃ、金田一先生のまえで改めて聞かせてもらおうか」

「あれはゆうべの八時過ぎのことでしたわね。このお帳場へ外からお電話がございまして、今晩ひと晩世話になりたいんだが、離れにあいてる部屋があるかとのお尋ねなんですの」

「それ、男？　女？」

間髪をいれぬ金田一耕助の質問に、

「そうそう、殿方の声でございました。それが妙にノロノロとした低い聞きとりにくい声でしてねえ。なんどきき返したかわかりません」

金田一耕助は等々力警部の視線を背後につよく感じながら、

「それで……？」

「ちょうど藤乃舎があいておりましたからそう申し上げたら、それじゃそこをとっておいてほしいとおっしゃいますので……」

「すると電話のぬしはこの家の庭に、ああいう離れがあることを知っていたんですね」

「はあ、それはいちおう。はじめから離れの部屋をとご指定でしたから」

「なるほど、それで……？」

「それでお待ちしておりますと申し上げたら、一時間ほどして行くとおっしゃいます。それで時計を見たら八時半だったんですの」

「それでふたりいっしょにやってきたんですか」

「いえ、それがそうじゃなく、一時間ほどして行くとおっしゃったあとで、たぶん連れのほうがさきになるだろうから、その娘《こ》が藤乃舎といったらすぐ通してほしいとおっしゃるんです。それでその旨このひと……スミ子に申しつたえておいたんです」

「それで女のほうがやっぱりさきに？」

「はあ、そうだそうです。じつはそのときあたしこのお帳場にいなかったものですから……それからあとのことはスミ子さん、あなたから直接申し上げたら」

「はあ……」

スミ子の声はおどおどとふるえている。

花村スミ子は二十前後、思いがけなく殺人事件の発見者となってすっかり逆上しているらしく、いまだに眼がつりあがっている。

金田一耕助はできるだけこの少女を刺激しないように気を配りながら、

「それじゃスミ子さん、ぼくが質問するからね、あんたははいとかいいえとか答えてくだされぱいい。それならできるでしょう」

「はい」

「いまのおかみさんの話によると、いま奥の離れで死んでるあの娘がさきにきたんだね」

「はい」

「何時ごろ?」

「九時半でした」

「あの娘、なんていったの?」

「ただ藤乃舎とおっしゃったきり」

「それであんたはすぐご案内したんだね」

「はい。おかみさんにそういいつかっていたもんですから」

「あんたあの娘があんまり若いんで驚きゃアしなかった？」

「いいえ、べつに……あたしどもどんなお客様にたいしても、好奇心をもっちゃいけないといいつかっているもんですから」

なるほど、こういうところに働く人間にとってはその心がけがぜひ必要なのだろう。

「あんたあの娘さんとなにか話をした？」

「はい」

「どういう……？」

「あそこからひきさがるまえになにか召し上がりものはとお伺いしたら、それは連れがきてからと……」

「そのとき娘さんのようすはどうだった？　なにかにおびえてるってふうは？」

「いいえ、べつに。立ったまま珍しそうにそこらを見まわし、おもしろそうというか、楽しそうというか、そんなふうでした」

「それからどのくらいして男がきたの？」

「それが……それが……」

スミ子の眼がまたつりあがってきて、

「いつからしたのか、あたしちっとも知らなかったんですの」

「と、いうと？」

「お帳場へかえってから十分ほどだったでしょうか、呼び鈴が鳴ったので見ると藤乃舎でしょう。それで行ってみたらいついらしたのか男のかたがお見えになっていたんですの」

「あんた、その男の顔を見た？」

「いいえ、それが……」

スミ子はいよいよ逆上気味で、

「藤乃舎のお玄関へ入っていくと四畳半の襖が開いていて、そのむこうに男のかたが立っていて、押し入れからお布団を出していらっしゃるところだったんですの」

「はあ」

「顔は見えなかったというんですね」

「でも姿かたちは見えたでしょう。どんな服装をしていたの？」

「はあ、それが……」

スミ子は蚊の鳴くような声で、

「新聞に出ておりました青トカゲとやらにそっくりで……」

金田一耕助はちらと警部のほうに視線を走らせると、

「つまり黒豹《ひょう》のように艶《つや》のあるオーバーを裾長《すそなが》に着て、おなじく黒い艶のある帽子をかぶっていたというんですね」

「はあ……けさになって気がついたんですけれど、そのときそのひと、あたしの気配に気がつくとすぐ襖《ふすま》をしめてしまったので……」

「娘のほうはそのときどうしてたの？」

「あのかたは三畳のちゃぶ台のそばにヒーターをつけて座っていらっしゃいました。あたしがびっくりしてるのをごらんになると、おかしそうににやにやしながら、なにをそんなに驚いてンのようと、蓮《はす》っ葉《ぱ》な調子でおっしゃいます。それであたしがお連れさんいついらしたか存じませんでした。どこから入っていらしたのかとお尋ねしたら、ちゃんとしおり戸から入ってきたのよ、あんた居眠りでもしてたんじゃないって笑ってらっしゃるんですの。それであたしがムキになってなにかいおうとすると、いいからおビール二本にチーズとクラッカーのおつまみもの、それから宿帳とお会計を、今夜は泊まっていくが、あしたは十時まで起こさないでちょうだい。朝の食事はそのときになってからとおっしゃいます。それでいったんひきさがったんですの」

「そのあいだじゅう男は出てこなかったんだね」

「はい」

「それで注文のものを持っていったときは？」

「やっぱり見えませんでした。あたしがおききしますとおトイレよといってから急におかしそうに、とってもハニカミ屋さんなの。だからあしたの朝もあんまりジロジロ見ないでねって笑っていらっしゃいました」

「あの娘がねえ。それゃそうとうの心臓だな」

そばで等々力警部がため息をついた。

「それじゃお会計も娘のほうがしたんだね」

「はい、宿帳もお嬢さまが……」

宿帳によると男の名は神崎俊雄《かんざきとしお》、女のほうは山本雪子となっているが、山本雪子がすでに変名である以上、男の名前や住所などもでたらめであることはいうまでもあるまい。

「それでけさあの事件を発見したのもあんたなんだね」

「はい、べつに十時に起こしてほしいっていいつかってたわけじゃございませんけれど、あんまり遅くなるのもと思って行ってみたら玄関の戸締まりがしてございませんでしょう。それでなにげなく奥の四畳半をのぞいてみたら……」

スミ子はまたおびえて両の瞳がつりあがった。

「するとあんたは青トカゲのことを知ってたことは知ってたんだね」

金田一耕助がまた改めて聞きなおした。

「はい、それは新聞でも読んでおりましたし、おかみさんからもよく注意するようにっていいつかっていたもんですから」

「それでいながらゆうべの男を青トカゲだとは気がつかなかったんだね」

「だってあたし、ほんのちらっとしか見なかったんですもの……それに青トカゲは夜の女専門のように聞いておりましたのに、いま離れにいるお嬢さん、それゃそうとう大胆だとは思いましたが、どう見ても夜の女とは見えませんわね。それですから……」

スミ子がしくしく泣き出すのを、

「いいよ、いいよ、きみの責任じゃないんだからね」

金田一耕助がいたわるように、

「それじゃ最後にもうひとつききたいんだが、お嬢さんにしろあとからきた男にしろ、スーツ・ケースのようなものを持ってやアしなかったかね」

「いえ、あの……お嬢さんのほうは手ぶらでした。殿方のほうはあたし見てないものですから」

「しかし、男がきてからあんたは二度藤乃舎をのぞいてるわけだが、スーツ・ケースのようなものは見なかった？」

「いいえ、あったとすれば奥の四畳半じゃなかったんでしょうか。あたしは気がつきませんでした」

そのとき電話のベルが鳴り出したので、おかみが受話器を取りあげてふたことみこと話していたが、

「ああ、そう、いまここにいらっしゃいますから……牧野さん、浜本さんから」

「ああ、そう」

牧野警部補は受話器を受け取ると、

「ああ、浜本君、こちら牧野だ。ええっ？　被害者の身元がわれたって？　ああ、そう、なるほど、なるほど。それじゃその保護者のかたにいちおうこちらへきてもらって、死体を確認していただこうじゃないか。ええっ？　死体は星島由紀にちがいないって？

よし、じゃその写真を二、三枚借りてくるんだね。それゃよく気がついた。きみゃアいま築地にいるんだね。ああ、そう、じゃ、待ってる」

ガチャンと受話器をおくと牧野警部補は、勝ち誇ったような眼をかがやかせて、金田一耕助や等々力警部のほうをふりかえった。

「浜本というのは成城学園前駅へ調べにいったうちのもんですが、どうやら身元がわかったようです。いま義理の父にあたる人物をここへ連れてくるそうですよ」

「義理の父というと？」

「いや、まだよくわからないんですが、名前は佐々木裕介《ゆうすけ》、築地の聖ニコライ病院へ勤めている内科の医者だそうで、被害者の星島由紀というのは佐々木医師の細君の連れ子らしいんですね」

画家と漫画家

十二月二十四日午後三時ごろ、向島署の殺風景な取調べ室へ、牧野警部補や浜本刑事といっしょにやってきた佐々木裕介の顔はふかい憂色におおわれていた。

「やあ、警部さん、新井君、こちらが佐々木裕介さん。佐々木さん、こちらがこの事件を担当していらっしゃる本庁の等々力警部と新井刑事」

ひとあしさきに向島署へひきあげて待っていた等々力警部や新井刑事に、佐々木裕介を紹介したのはよかったが、金田一耕助は完全に無視してしまった。

「いや、このたびはとんだことで。それで牧野君、あのお嬢さんは？」

「やっぱりこちらのお嬢さん、星島由紀さんでしたよ」

「わたしという保護者がついておりながら、監督不行き届きでまことに面目しだいもございません」

佐々木裕介は警部のまえにふかく頭を垂れて粛然たる面持ちだった。年齢は四十前後、色白の好男子で、柔和そうな人物だが、なんとなく面やつれしてみえるようなのは、聖ニコライ病院の仕事が劇務なのか、それともこんどの事件がショックだったのか。

「失礼ですが星島由紀さんとのご関係は？　なんでも奥さんの連れ子でいらっしゃるとか……？」

「去年亡くなった家内麻耶子《まやこ》の連れ子になっております」

「ああ、奥さんも亡くなられたんですか」

「はあ、去年の夏軽井沢で……自動車事故でした。そのこと当時の新聞にかなり大きく報道されました。家内はちょっと有名な女流洋画家でしたから」

「ああ、それじゃあなたの奥さま星島麻耶子さんでいらっしゃいましたか」

金田一耕助が思わずそばから口走るのを、佐々木裕介はふしぎそうに見て、

「失礼ですがこちらは……？」

「いや、それはわたしから紹介しましょう」

牧野警部補がくちびるをまげてなにかいおうとするのを、等々力警部が先手をうって、

「こちら金田一耕助とおっしゃって私立探偵、われわれのよき協力者でこんどの事件、青トカゲの事件にもはじめからご協力を願ってるようなしだいで」

そのときはじめて佐々木裕介のくちびるのはしに渋い微笑があらわれた。

「これは、これは……金田一先生のご尊名なら存じております。それじゃ先生もこの事件に……？」

「いっこうお役に立たなくて汗顔のいたりなんですがね」

「いや、とんでもない。金田一先生が関係していらっしゃるとすると事件もまもなく解決でしょう。これでわたしも意を強くしました。それにしても先生は亡くなった家内をご存じでしたか」

「はあ、星島麻耶子さんの作品ならわたしも拝見したことがございます。たしか去年の秋銀座の画廊で遺作展がございましたね」

裕介は満面に笑みをうかべて、

「先生あれをごらんくださいましたか」

「ぼく、わりに絵を見るのが好きですから。奥さんはたしか芙蓉《ふよう》会に属していらしたんですね」

「はあ、あの遺作展なんかも芙蓉会のグループがめんどうをみてくれましてね、わたしとしてもせめてもの心やりでした」

「失礼ですが……」

と、そばから言葉をはさんだのは等々力警部だ。

「奥さん、去年の夏軽井沢で自動車事故で亡くなられたということですが、どういう事故でした」

「はあ、軽井沢と熊の平のあいだの碓氷《うすい》の難所で、自動車のハンドルを切りそこなったんですね」

「そのとき奥さんおひとりで……？」

「はあ、東京に急用ができたもんですから、自分で自動車を運転してかえる途中の奇禍でした」

「そのときあなたは？」

「わたしゃ貧乏暇なしで軽井沢に別荘があるとはいえ、出向いていけるのはひと夏にせいぜい三回か四回、それもだいたいひと晩泊まりで、だから毎年夏になると男やもめ同様でした」

「そのとき……奥さんが奇禍に遭われたとき由紀さんは？」

「東京でした。高校の受験準備で去年の夏は避暑どころではなかったんです。家内が東京に急用ができたというのも由紀のことでした」

「失礼ですがあなた奥さんとご結婚なすったのはいつごろ」

「昭和三十二年の秋でした」

「それにもかかわらず奥さんは星島姓を名乗っていられたんですか」

裕介は苦笑をうかべて、

「金田一先生はおそらくご存じだろうと思いますが、家内はわたしと結婚する以前すでに星島麻耶子で売り出していたんです。ですからペン・ネームもおなじことで、戸籍上の名前はもちろん佐々木麻耶子でした」

「由紀さんはどういうことに……？」

「あれは麻耶子の先夫星島重吾氏とのあいだにうまれたひと粒種の娘ですから、うちへ入籍するわけにゃいかなかったんです」

「なるほど。いや、いろいろ立ち入ったことをご質問申し上げて失礼いたしました。ときに、こんどのことについてなにかお心当たりは？」

裕介はちょっといぶかしそうな眼をして等々力警部の顔を見なおすと、

「それはもちろん近ごろ評判の青トカゲとやらの毒牙《どくが》にかかったんじゃないですか。ここにいらっしゃる牧野さんのご意見もそうのようでしたが……」

「いや、それはそうですが、青トカゲに狙われるのは職業的な売春婦に限られている……と、われわれは思いこんでいたんです。それがこんどはじめて堅気のお嬢さんが犠牲になった。しかもまだ十五やそこいらの幼い少女がですね。それについて由紀さんの性格なり、日常の素行なりについてお尋ねしておきたいんですが……」

裕介はしばらく沈痛な面持ちでデスクの上を見つめていたが、やがてものうげに眼を

あげると、

「いや、こういうことはお調べになればすぐわかることですから、ここで申し上げてしまいましょう。あの娘は夫婦にとって苦労の種でした。家内が去年の夏奇禍に遭ったというのもあの娘が原因だったんです」

「と、おっしゃると？」

「さきほど東京に急用ができて、かえる途中で奇禍に遭ったと申し上げましたが、その急用というのが由紀のことで、あの娘がまた家出をしたものですから……」

「また……とおっしゃると以前にも……」

「はあ、ちょくちょく……それが麻耶子にとってもわたしにとっても頭痛の種でした」

「なにか原因でも……？」

「それゃ当人にとってはそれそうとうの理由があるんでしょうがねえ。いや、結局麻耶子とわたしに責任があったのかもしれません」

「と、おっしゃると……？」

「麻耶子とわたしが結婚したときあの娘は十二の年でした。そろそろ思春期という年ごろですね。中学の一年でしたから。ところがあの娘が実父星島重吾氏を失ったのは昭和二十九年、あの娘が九つの年で、それ以来まる三年、母ひとり娘ひとりとして暮らしてきたわけです。そこへわたしというものが現われたもんですから……まあ、むつかしい年ごろですからね」

「なるほど。お察しいたします」

等々力警部は同情したようにうなずくと、

「それで家出癖がおありだとして、ボーイ・フレンドのようなものは……？」

裕介はまたしばらく黙っていた。沈痛の色がひとしお濃くなったが、それをふっ切るように、

「どうせ解剖されれば分明することですからここで申し上げてしまいましょう。あの娘、中学の二年のときに処女を失ったんです。つまり男を知ったわけです」

金田一耕助と等々力警部は思わず顔を見合わせた。裕介の面上には沈痛の色が深刻だった。

「相手はどういう……？」

「あの娘にとっては血をわけたいとこです」

「いとことおっしゃると？」

「つまり由紀の実父星島重吾氏の妹のせがれですが、妙なやつでして、なにかこう猫みたいな感じのする青年で……」

なにか汚いものでも吐きすてるように言い放つ裕介のことばを一同はハッと聞きとがめて、

「猫みたいな感じとおっしゃると……？」

「つまり女性的……と、いう意味ですね。口の利きかたから態度ものごし、すべてが…

…そいつがまた麻耶子に一種の憧憬《どうけい》みたいなものを持っていたんですね。麻耶子にはまたそういう倒錯的な青年を魅了するなにかがあったようです。金田一先生は麻耶子にお会いになったことは？」

「いいえ、お眼にかかったことはありませんが、いつか週刊誌かなんかの口絵で拝見したことがございます。とってもきれいなかたでしたね」

「きれいもきれいでしたが、すごく気っぷのいい女でしてね。女にしては珍しくこだわりのない、サッパリとした性分で……それでああいう女性的な感じのする年下の青年から慕われたんでしょうな」

「奥さん、おいくつでした」

「生きてればことしの十月五日で三十八になるところでした」

「失礼ですがあなたは？」

「こないだ四十歳になったばかり」

「すると麻耶子さんと結婚なさるまえは？」

「いや、わたしは初婚でした。わたしみたいな職業を長年やってると、結婚なんてことがめんどうくさくなってくるんですね。それがひとたび麻耶子に会うと、まさかひとめ惚《ぼ》れというわけじゃありませんが、三月とつきあわないうちに強引に求婚したんだから、わたしにも多少女性的なところがあるんですかね」

「いや、それはそれとして……」

さっきからふたりの会話を聞いていた等々力警部が、そのときあいだに割りこんできて、

「さっきおっしゃった猫みたいな感じのするいとこさんですがね、名前は？」

「そうそう、岡戸圭吉《けいきち》というんです。岡は岡山の岡、戸は神戸の戸、圭は土ふたつ重ねた圭です」

「年格好は？」

「由紀と問題を起こしたとき由紀が十三、圭吉とちょうど十ちがいでしたから当時で二十三、いま二十五じゃありませんか」

「いま、なにを……」

「絵をかいてますよ、低級な週刊誌やなんかに、いやにエロティークな漫画というやつをね、ご存じじゃありませんか、丘朱之助《あけのすけ》と名乗ってますがね」

「ああ、あの丘朱之助……」

つぶやいたのは浜本刑事だ。さっきからメモをとっていた手をやすめて佐々木裕介の顔を見た。

「浜本君、君は丘朱之助という漫画家を知ってるのかい」

と牧野警部補にきかれて、

「はあ、よく週刊グロテスクにかいてますから……近ごろ売り出してきたんじゃありませんか」

「妙に陰惨でエロティークな絵をかくひとですね」

金田一耕助も知っていた。

「それでその青年と由紀君が問題を起こしたというのは？」

「駆け落ちしたんです」

「駆け落ち……？」

「はあ、われわれが結婚した年の翌年の秋でした。われわれはふたりのあいだにそういう関係ができてるとは気がつかなかったもんですから、寝耳に水でずいぶん驚きました。圭吉はともかく由紀はいくらなんでもあんまり早いですからね」

「駆け落ちしてどこかにひそんでるのが見つかったんですか」

「いや、ふたりで駆け落ちしたらしいとわかって、岡戸のうちとわたしどもの両家で極秘裏に捜索してたんです。ところが一週間ほどして由紀のほうからひょっこり舞いもどってきたんです。あとでわかったんですが信州のYという温泉宿に夫婦気取りで泊まってたんですね。由紀はあのとおり大柄で、当時からませたほうでしたから、宿のほうでもまさか十三とは気がつかなかったといってました。宿帳には十六とつけてましたがね」

「由紀さんのほうから舞いもどってきたというのは、金でもなくなったというわけで？」

「いや、それが結局圭吉とけんかをして跳び出してきたんですね。そのけんかの原因というのが……」

裕介はそこまでいってはたと口をつぐんだ。白皙《はくせき》の面上にさっと朱が走った。額にジットリと汗ばんでいるのは暖房のせいではないらしい。

「けんかの原因というのが……？　佐々木さん、それゃいろいろいいにくいこともおありでしょうが、ここまで打ち明けてくださったんですから、ついでのことにおっしゃってくださいませんか」

「はあ……それが……」

と、ものうげにうなずくと、

「じつはひょっこり舞いもどってくると、その当座、ことごとに麻耶子に楯《たて》つくんです。それでいてわたしには妙にすなおでやさしいんです。麻耶子にはそれがつらいんですね。いや、こういうわたしもつらかった。いきおい、麻耶子もわたしもハレモノにさわるような調子でしたが、そのうちに麻耶子がなぜ自分にだけとくにあんなにトゲトゲしくするのか、一度あの娘の気持ちを聞いてほしいといい出したんです。それである夜ひざつきあわせてあの娘の話を聞いてみたら……」

「あの娘の話を聞いてみたら……？」

「はあ、そうすると……」

裕介はちょっとヘドモドしながら、

「たいへん露骨な話になって恐縮なんですが、由紀の告白によるとこうなんです。つまり圭吉と夫婦気取りで抱きあってあの行為にふけっているときですね。最後の瞬間に到達するさい圭吉が絶叫するというんです。おばさま、おばさま……と」

裕介の額に脂汗がにじんでくるのを、一同はシーンとした顔色で見守っていた。

等々力警部は嫌悪《けんお》の色をかくそうともしなかったし、金田一耕助は金田一耕助で、腹の底からこみあげてくる不快感をおさえることができなかった。

裕介は放心したような表情で、

「そういうことが二、三度あったもんだから由紀のほうから問いつめたんですね。そうしたら圭吉がヌケヌケといったそうです。自分がほんとうに好きなのはおばさまなのだ。おばさまだと思っておまえを抱いているだけのことで、おまえなんかなんとも思ってやあしないって」

しばらく無言ののち等々力警部がのどにからまる痰《たん》を切るような音をたて、

「それで、そのことをあなたは奥さまにおっしゃったんですか」

「いや、ぼくのほうからしゃべったというよりは、麻耶子がぼくの口からその話をむしり取ったといったほうが正しいでしょう。麻耶子はそれを聞かずには承知しなかったのです」

金田一耕助の質問である。

「そのときの奥さまの反応はどうでした」

「もちろん非常なショックでした。それ以来母と娘は完全に離反してしまったというよりは、むしろ敵視しあうようになってしまったのです。もちろん麻耶子のほうでは内心いろいろ心配していたのでしょうが、表面では由紀のことに関していっさい無関心をよそおうようになってしまったのです。いきおい由紀に関する苦労の種は全部わたしの肩にかかってきました」

裕介はほろ苦い微笑とともによじれるようにくちびるをかみしめた。

「それで、その後も由紀君と圭吉という青年との関係はつづいていたんですか」

「そのとき、岡戸のうちとも相談していちおうはふたりを別れさせたんです。圭吉が学校をやめ家を出て、丘朱之助の名前で漫画をかき出したのはそれからまもなくのことです。この圭吉というのが一種の変質者というんですかねえ。年上の女に心をひかれるというような女性的な面をもちながら、一面では少女趣味で、その後十二歳の少女と関係したというので訴えられかけたことがあるそうです」

「それで、由紀さんとの関係は……？」

「わたしにはよくわかりませんが全然手が切れてしまったわけじゃなさそうです。もちろん由紀の関係した男は圭吉ひとりじゃなく、圭吉とのことがあって以来ちょくちょく家出をするんですが、居所がわかって迎えにいくといつも相手の男の子はちがっていました」

裕介のくちびるがまたねじれた。

「しかし、そうして家出をするにゃ金がかかりましょう。その金はどうしてたんです」

「由紀は財産をもっていました。父の星島重吾氏が死亡したとき、財産の一部が麻耶子のものに、残り全部が由紀のものになったわけです。麻耶子がそれを管理してたんですけれど、母と娘の心が完全に離反してからというもの、由紀に要求されると麻耶子はさからわずに出しておりました。でないと由紀がいろいろ毒づくもんですから」

「奥さんの亡くなられたあとは？」

「わたしが管理してたんですが、わたしには由紀の要求を拒む権利はありませんからね」

「由紀さんが亡くなられるとその財産は？」

「岡戸のうちへいくんじゃないですか。由紀とわたしとは法律上なんの関係もないことになってるんですから」

「あなた、ご家族は？」

「由紀とわたしのほかに坂口貞子《さだこ》というばあやがおります。わたしといっしょになるまえから麻耶子に仕えていた、いわば家付きばあやです。浜本さんもさっき会ってこられたはずですが、あのひとに聞いてくだされば、われわれがいかにあの娘に手をやいてたかおわかりでしょう」

「由紀さん、学校はどちら？　目黒のほうらしいですけれど」

「黒白学院の高校一年でした」

黒白学院といえば札つきの学校である。あちこちでお払い箱になった連中の落ち着き場所と、金田一耕助も聞いている。

「それでは最後に、ゆうべあなたはどちらに？」

「ゆうべは泊まりでした。ですからけさ坂口さんから電話があって由紀が外泊したことを知ったんです。しかし、毎度のことですからたいして気にもとめずにいるところへ、浜本さんがこられたというわけです」

「いや、どうも、いろいろぶしつけな質問を申し上げて失礼いたしました。それではきょうはこのくらいで……金田一先生、あなたなにか……？」

「はあ、そうですねえ」

金田一耕助はにこにこしながら、

「佐々木さん、あなた再婚のご意志は？」

「いやあ」

裕介はちょっとてれたように、

「わたしも長年独身生活をエンジョイしてきたんですが、一度世帯をもってみるとひとりではやっぱり不自由でしてねえ。近く再婚しようと思ってたんですが、この一件でどういうことになりますか」

「意中のご婦人でも？」

「芙蓉会のメンバーです。麻耶子の死後、遺作展やなんかでいろいろ世話になってるうちに、わたしよりもまず由紀がなついてしまいましてねえ。パパは中条のおばさまと結婚すればいいわなんていってたもんです。あの娘もわたしにだけはふしぎによかったんですがねえ」

「失礼ですが、中条のおばさまとおっしゃったのは、中条奈々子《ななこ》さんのことじゃありませんか」

「金田一先生は絵のことにお詳しいんですね」

「いや、中条奈々子さんくらいなら存じております。有名なかたですからね。では、これくらいで」

「ああ、ちょっと」

やおら腰をあげようとする裕介に、そばから声をかけたのは牧野警部補である。

「失礼ですが由紀の亡父星島重吾というのはなにをやってたひとですか」

「そうそう、星島商事といってカメラやミシン、トランジスターなどの輸出業をやってたひとです。星島商事はいまでもありますが、重吾氏の死後、麻耶子は事業のほうとは手が切れていたんです」

「それじゃ遺産はそうとうあったんでしょうね」

「はあ、それはそうとう」

裕介は表情もかえなかった。

「圭吉のおやじの岡戸というのは？」

「そうそう、そのひと岡戸竜平と申しまして西銀座六丁目で『双竜』というキャバレーを経営してる人物です。住所は電話帳をお調べになればわかりましょう」

「そのひとの奥さんが重吾氏の妹になるわけですね」

「そうそう、名前は志保子といったんですが、このひともも う故人になってます。そのひとと重吾氏とは兄ひとり妹ひとりという兄妹でしたから、由紀の遺産はそこよりほかにいくところはないわけです。麻耶子には身寄りらしい身寄りはひとりもありませんでしたから」

「丘朱之助こと岡戸圭吉の住所は?」

「なんでも五反田のほうのアパートにいると聞いてましたが、詳しいことは……しかし、それは実家なり、雑誌社なりにお聞きになればすぐわかりましょう」

「いや、どうもありがとうございました。それではこれで……」

エロ・グロ漫画

それからまもなく、佐々木裕介がかえっていくと、それまで一言もきかずにひかえていた新井刑事が浜本刑事をふりかえって、

「浜本君、こちらに東京都の区分地図があるだろう。中央区の詳細地図がほしいんだが……」

中央区の詳細地図がデスクの上にひろげられると、新井刑事はその一部分を指さして、

「ほら、警部さん、やっぱりそうです。西銀座六丁目といやアみゆき通りのすぐそばですぜ」

「そうそう、みゆき通りといえば水町京子がタキシーを拾った場所でしたね」

金田一耕助がそばから口をはさんだ。

「そうですよ。京子はその直前に青トカゲに会ってるはずなんだ。そのすぐそばに圭吉のおやじの経営してるキャバレーがあるというのは……」

等々力警部はむつかしい顔をして、

「それじゃ新井君の考えじゃ岡戸圭吉が青トカゲじゃないかというのかね」

「だって、さっきの男、岡戸圭吉のことを猫のような感じのする男っていったじゃありませんか。たしかホテル竜宮のフロントがおなじことばを使ったとか……」

「金田一先生」

「はあ……？」

「あなたは岡戸圭吉のかいた絵をごらんになったことがおありなんですね」

「はあ、丘朱之助の漫画なら……そうそう、警部さんも一度あの絵をごらんになってお く必要があるかもしれませんね。妙に薄気味悪い漫画ですよ」

「丘朱之助の漫画なら『週刊グロテスク』か『週刊ハード・ボイルド』を見れば、かならず毎号出てますよ」

そばからことばをはさんだのは浜本刑事だ。

「よし、牧野君、だれかひとをやって『週刊グロテスク』と『週刊ハード・ボイルド』とやらを買ってこさせてくれたまえ。ひとつわれわれも参考のために、この興味ある人物の絵を見ておこうじゃないか」

浜本刑事が出ていったあと、牧野警部補が電話帳をひろげてみて、

「警部さん、ここに岡戸竜平のところが出てます。田園調布二丁目……」

「なかなかいいところに住んでるね」

「ここへ電話をかけて圭吉のところを聞いてみようじゃありませんか」

「主任さん、それゃ考えもんですぜ」

そばから横槍《よこやり》を入れたのは新井刑事だ。

「そんな札つきの人物なら、うちのほうでもはばかって、すなおにところを教えねえかもしれねえ」

「しかし、こちら警察だといえば……」

「それじゃ困るんで。わたしゃこのことが圭吉の耳に入るまえに会ってみてえと思ってるんで」

「じゃ、どうすればいいんだ」

牧野警部補はつっかかるような調子である。

「いまに雑誌がくるんでしょう。雑誌社へ聞いたほうが早わかりじゃありませんか。こちらもでたらめの雑誌の名前をいって、うちの雑誌でもぜひ丘朱之助先生に漫画をお願いしたいんですが……」

「圭吉に怪しまれないように住所を知りたいのならそのほうがよさそうだね」

等々力警部のことばに牧野警部補がバタンと電話帳を閉じようとするのを、

「おっと、牧野君、ついでに星島商事というのを調べておいたらどうかね。そうとう手広く商売をしていたらしいから電話くらいは持ってるだろう」

星島商事というのはふたつあったが、精密機械輸出業というのが築地三丁目の丸菱ビルの二階にあった。新井刑事はもうひとつ西銀座六丁目のキャバレー双竜の電話番号も調べてひかえた。

「それにしても、金田一先生」

「はあ」

「いまの佐々木裕介氏の話はそのまま鵜《う》のみにしてもいいんでしょうな」

「まさか見えすいたうそはつかんでしょうね。調べればすぐわかるこってすから」

「しかし、麻耶子とやらいう女房の死後、そうとうの遺産がころがりこんだらしいのが気にくわねえな」

「そこいらの事情もいちおうは調査しておかれるんですな」

金田一耕助のことばをそばからねじふせるように、

「しかし、そのこととこんどの事件とは関係ないでしょう。こんどの場合、由紀が死んでも佐々木は一文のトクにもならない。まさかそんな重大なことに関してあの男もうそはつかんでしょう。金田一先生もいまおっしゃったように、調べればすぐわかるこってすからね」

牧野警部補のいやにねちねちしたことばつきである。

「あっはっは、そうおっしゃればそうですね」

金田一先生は笑ってとりあおうとはしなかったが、ちょっとしらけた空気が座を支配した。それを救おうとするかのように等々力警部が空咳《からせき》をして、

「それにしても佐々木の話を聞いてると、由紀という娘もそうとうのもんらしいね。これじゃみやこ鳥の花村スミ子の話もうなずける。そうとう場慣れしてたんでしょうが、十五やそこいらでねえ」

等々力警部が苦笑しているところへ、高輪署から加納警部補と辰野刑事が駆けつけてきた。

「やあ、牧野君、しばらく。警部さん、失礼しました。ご連絡があったとき、ふたりともあいにく出払ってたもんですから……」

「金田一先生、青トカゲのやつ、とうとうまたやりましたね」

辰野刑事は目玉をギロギロさせて興奮している。

「きみたち死体を見てきたろうが、あの青トカゲをどう思うね。わたしゃあれを水町京子の場合とそっくりおなじだと思うんだが……」

「わたしもここに水町京子の胸部の写真の引き伸ばしを持ってきましたがね」

と、加納警部補は週刊誌ほどの大きさに引き伸ばした写真をデスクの上に投げ出すと、

「なにからなにまでこれとそっくりおなじですぜ」

「しかし、警部さん、こんどの被害者どっか良家のお嬢さんだそうですね。いまみやこ鳥でこちらの町田君に聞いてきたんですが……」

「いや、そのことについていま被害者の保護者になる人物がここへきていたんだ、牧野君。さっきの話をきみからこのひとたちに話してやってくれないか。どうせ合同捜査になりそうだからね」

「承知しました」

牧野警部補は浜本刑事がおいていった供述書と自分のメモを参照しながら、かなり詳細にわたってさっきの話を再現すると、

「そういうわけでここにいる新井君なんか、丘朱之助というペン・ネームをもっている由紀のいとこ、本名岡戸圭吉という男がくさいんじゃないかといってるんだ」

「丘朱之助ならあたしも知ってます」

辰野刑事がひざ乗り出して、

「不良図書追放で問題になった週刊誌やなんかにかいてるやつでしょう」

「そうそう、いま、いちおうその男の絵を見とこうということになって、こちらの浜本君がその雑誌を買いにいってるところなんだがね」

「やっこさん、自分で買いにいったらしいが、いったいどこまで行ったのかな」

牧野警部補が眉をひそめて不きげんそうに舌打ちをした。

「雑誌がきたらその雑誌社へ電話をかけて丘朱之助の住所を聞き出し、そのほうは新井

君が担当したいといっている。牧野君」

「はあ」

「こちらのほうで念のためもう一度佐々木裕介の身辺を洗ってみてくれたまえ。麻耶子との結婚のいきさつや結婚まえの女関係、先生、結婚まえにそうとう女を知ってたようにいってたからね」

「承知しました」

「それから由紀のこともこちらにまかそう。なんといってもこちらの管轄内で起こった事件だからね」

「警部さん、そうするとわれわれの役どころは？」

牧野警部補とちがって高輪署の加納警部補はいたって気さくなほうである。

「ここにいる辰野君、どうやら腕がムズムズしてるらしいんですがね」

「そちらのほうには星島商事をたのもう。麻耶子はもう事業上星島商事と手が切れてるそうだが、麻耶子や麻耶子の先夫のこと、それから麻耶子がいったいどれくらいの財産をもっていたのか、由紀の死後岡戸家へいく財産がどれくらいあるか、星島商事のほうから調査していきゃわかりゃしないか」

「警部さん、岡戸竜平のことは？」

質問したのは牧野警部補だ。

「それはいっさい新井君にまかせよう。岡戸家やキャバレー双竜など、丘朱之助に関係ある事項は、新井君、いっさいきみにまかせる」

「承知しました」

「それで金田一先生の役回りは？」

これまた牧野警部補の質問だ。いささか皮肉なひびきがこもっている。

「そうですねえ」

金田一耕助はにこにこしながら、

「警部さん、われわれはひとつ中条奈々子女史に会ってみようじゃありませんか」

「中条奈々子というと佐々木裕介が再婚を考えてる婦人ですね」

「そうそう、佐々木氏のさっきの話によると由紀という娘がたいへんなついてたってことでしたね。なにかまた由紀について佐々木氏なんかの気づかぬことに気がついていたかもしれません。いま電話帳で調べたんですが吉祥寺のほうに住んでるようです」

等々力警部はさぐるように金田一耕助の顔を見ていたが、

「承知しました。きょうこれからですか」

「はあ、こういうことは早いほうがいいんじゃないですか。留守ならやむをえませんがね」

こうしてだいたいの手配がととのったところへ、浜本刑事があたふたとかえってきた。

「いや、どうもおそくなって、これ、ふつうの本屋では扱ってないんで、だいぶんあちこち走りまわりました」

『週刊グロテスク』に『週刊ハード・ボイルド』ともに不良雑誌としてたびたび槍玉にあがったことのある週刊誌である。その両方に丘朱之助が描いていた。

『週刊グロテスク』のほうは『強盗完全主義者』という題で内容はつぎのごときものである。

三十五、六の年輩とおぼしい豊満な肉体美人が、十以上も年少らしいわかい男とベッドのなかで抱きあっている。男は浴衣、女は長襦袢《じゅばん》一枚だが、脚と脚とをからませたふたりの裾《すそ》もあらわなポーズが、検閲制度のあった時代なら一も二もなく発禁を命じられそうなきわどさで描かれている。

そこへ忍びこんできたのがギャング・スタイルの強盗なのだが、この強盗が完全主義者なのであろう。男と女の身ぐるみ剥《は》いでいくのだが、女は完全に身ぐるみ剥がされて、ベッドの上に素っ裸にされた若者と、骨だけになった女の骸骨《がいこつ》が、背中あわせの数珠《じゅず》つなぎになっている。

それを尻眼にドアを出ていく強盗の小わきには、骨を抜かれた年増美人がゴム人形のようにだらりとぶらさがっているというつづき漫画である。

さてもう一冊の『週刊ハード・ボイルド』のほうは題して『虚像実像』。内容はこうである。

上半身裸の男と女が抱きあっている。男はなま若いグレン隊ふうのあんちゃんだが、その背中には毛むくじゃらのひげ奴《やっこ》が肌もあらわに刺青されている。さて、そのあんちゃんの腕に抱かれているのは、あきらかにまだ十二、三とおぼしい少女だが、その少女の背中にはあどけないお姫様が彫ってある。

お姫様とひげ奴はそれぞれの背中から身を乗り出して、若いふたりの抱擁をうらやましそうに見ていたが、とうとう背中から抜け出してこっちはこっちでお楽しみがはじまっている。つまりこれが虚像というわけだろう。

そのうちにあんちゃんと少女のことがおわりそうになったので、お姫様とひげ奴はあわてて背中へ舞いもどったが、あまり急いだとみえ背中をまちがえて、ひげ奴は少女の、お姫様はあんちゃんの背中におさまってしまう。

さてこの少女には重役タイプのパトロンがあるらしい。そのパトロンが少女の背中の刺青がちがっているので大いに怒って、少女を縛ってベッドの上の天井から逆《さか》さつりにして責め折檻《せっかん》、ここらが近ごろ流行の残酷趣味というところか。

ところが突然背中のひげ奴が抜け出してきて、逆に豚のような重役タイプをベッドの上につるしあげ、その男の見ている下で毛むくじゃらのひげ奴と、肌もあらわな少女とが歓喜の抱擁をしているところでこのつづき漫画はおわっている。

このふたつの漫画の着想もさることながら、その描線や主人公の表情などに、ふつうのナンセンス漫画に見られないなまなましい陰惨さがあって、それが主題の不健全なエロチシズムを、より強く刺激的なものにしている。

「なるほど」

等々力警部も思わず生つばをのみくだすと、

「そうとう薄気味悪い漫画ですな」

「主題そのものはたいしたことないと思います。しかし描線の陰惨な味とえがかれた男女の表情、そこにこの漫画家の異常性格がうかがわれるんじゃないでしょうか」

「いや、主題だってたいしたことないことはありませんぜ」

いきまいたのは新井刑事だ。

「この『強盗完全主義者』のほうではあきらかに年上の女賛美主義と、それから残酷なサジズムが出ていやアしませんか」

「あとのほうの『虚像実像』が少女愛好趣味なんだね」

加納警部補が相槌をうった。

「それにこのほうにゃのぞき趣味と露出趣味が同居してますぜ。しかも、こっちのほうにもサジズムが露骨に出てる。最後のひげ奴と女の子の抱擁は合意の上じゃなく、これゃあきらかにこの娘ひげ奴に暴行されてるんですぜ」

新井刑事がうなったのち、

「しかも、こういう趣味は青トカゲの変態趣味にも一脈通ずるものがあるんじゃねえんですかねえ」

「新井さん」

金田一耕助は眼をショボショボさせながら、

「この絵から丘朱之助の性格を判断するのはよいとしても、それをもってただちに丘朱之助を青トカゲだと断定してしまうのはいささか危険かもしれませんよ。いや、もっとも丘朱之助の性格をもっとよく研究してみなければなんともいえませんがねえ」

「金田一先生、それ、どういう意味ですか」

意味ありげな金田一耕助のくちぶりに、等々力警部は物問いたげな眼をむけた。しかし、金田一耕助はただなやましげな眼をショボつかせるだけで、警部の質問に答えようとはしなかった。

漫画家の部屋

国電環状線の五反田駅からあまり遠くないところに、大東館という三階建てのアパートがある。

一階は店舗やギャレージになっていて、二階から上の各階に六つずつ、つごう十二のフラットがあり、個人経営のアパートとしてはまず中くらいというところだろう。二階の七号室というのは階段をあがっていちばん奥に当たっているが、その七号室のドアの上に、

「丘朱之助」

と、いう表札があがっている。

新井刑事がそのまえに立ってドアをノックしたのは、十二月二十四日午後五時過ぎ。日の短い辻《つじ》のことで外はもうすっかり暮れていて、五反田の方角でネオンがあわただしく明滅するのが、いかにも師走の気ぜわしさを象徴しているようだ。七号室の前に立っていても国電の軋《きし》り、行きかう自動車のクラクションの音。……巷《ちまた》の騒音がとおい潮《しお》騒《さい》のようにとどろいてくる。

しかし、大東館の内部はうってかわって、うすら寒い静寂につつまれていた。しらじらとした照明のなかにある廊下に人影もなく、どの部屋も冷たくドアを閉ざしてしずまりかえっている。

さっきからドアをノックしていた新井刑事は苦笑した。ドアのわきにブザーがついている。

「てめえいったいなにをボヤボヤしてやがんだ」

自嘲《じちょう》するようにつぶやきながらブザーを押したが返事はなかった。

「はてな、さっきたしかに奥のほうで物音が聞こえたように思ったが……」

そら耳だったのかと眉をひそめながら、断続的につよくブザーを押してみた。ブザーの鳴りひびく音は聞こえながらひとの気配はない。取っ手に手をかけてゆすぶってみたが鍵《かぎ》がかかっているようである。

「留守かな」

舌打ちしながらドアのまえをはなれて廊下の突き当たりへ行ってみた。そこにドアがあり外はせまいテラス。そこから非常はしごが落下しており、下の路地をへだてて隣りは神社になっているらしい。

　この事件で非常はしごが大きな役割りをはたしていることを新井刑事も知っている。しかも、隣りは寂しい神社なのだから、七号室の住人はだれにも気づかれることなく、いつでもこの非常はしごによって自由に出入りすることができたのではないか。

　背後にひとの気配がしたのでふりかえると、六号室のドアを半分開いて若奥様ふうの女が顔を出していた。サロン・エプロンをかけているところをみると夕飯の支度でもしていたのだろう。女の物問いたげな視線にぶつかって新井刑事は頭をさげると、

「お隣りの奥さまでいらっしゃいますか」

「はあ」

「わたし雑誌社のものですが、丘先生お留守のようですね」

「はあ、それが、あの……」

　女は声をのむようにして、

「丘さんはどうか存じませんけれど、お部屋のなかにどなたかいらっしゃるようですよ」

　新井刑事もさっき聞いた物音を思い出してハッとしたが、顔には出さずさあらぬ顔で、

「しかし、いくらブザーを押してもご返事がないんですが……」

「あなた、丘さんとご昵懇《じっこん》でいらっしゃるんでしょうか」

　女はなんとなく警戒するような顔色だが、それでいて一方なにかにおびえているらし

い。新井刑事は女の心をはかりかねて、

「いや、昵懇といってもたかが雑誌社対寄稿家としてのおつきあいですが、丘先生がなにか……？」

「あたしいまよっぽど管理人さんのところへ行ってこようかと思ってたところなんですの。なんだか薄気味悪くて……」

「薄気味悪いとおっしゃいますと……？」

「いいえ、お隣りのごようすが少しおかしいんですの。どなたかいらっしゃることはいらっしゃるらしいんですの。でも、そのかたひょっとすると身動きもできず、口も利けないんじゃないかと……」

「どうしてそんなふうにお考えになるんですか」

新井刑事はギョッとするのを顔にも出さず、しかし、さすがに眉をひそめてみせることだけは忘れなかった。

「はあ、あの、それが……」

と、相手は依然として警戒気味で、

「あたしやっぱり管理人さんのところへ行ってきますわ。そのほうが……」

「ああ、ちょっと奥さん。たいへん失礼いたしました。じつはわたしこういうもんですが……」

と、警察手帳を出してみせると、

「いや、いまのところただちょっとした事件の参考人として、二、三おききしたいことがあってきたんですが……奥さんはなにかこの七号室にご不審の点でも……？」

「それじゃ、丘さんがなにか……？」

と、女は眼を見張って、

「まあ！」

女はまじまじと新井刑事を見つめていたが、やがてていねいに会釈をすると、

「失礼いたしました。あたし小田切恭子と申します。それじゃ刑事さまをご信頼申し上げてもよろしいんでしょうね」

「どうぞ」

「じゃ、ちょっとこちらへいらして」

小田切夫人はみずからさきに立って六号室へ入っていった。

ドアを入ると玄関になっており、玄関の左側がトイレと浴室、玄関の奥がむこうに長い洋風の居間。居間のむこうにベランダが見え、居間の一部に厨房《ちゅうぼう》がある。いわゆるリビング・キチンというやつである。この居間の左側に部屋がふたつあるらしいが、居間とのあいだには襖《ふすま》がしまっていた。

小田切夫人は足音をしのばせるようにして、この居間へ新井刑事を案内すると、

「お隣りの七号室もこのフラットとおなじ構造になっているはずなんですの」

と、声をひそめるようにして、

「ですから、この居間の壁のむこうが七号室の寝室になっているはずなんですの。ところが……ちょっとこの壁に耳を当ててお聞きになって」

新井刑事が壁に耳を当てていると、小田切夫人が、トン、トン、トンとそうとう強く壁をたたいた。と、それに応じるかのように壁のすぐむこうから、トン、トン、トンと鈍い音。

「刑事さま、お聞きになって？」

小田切夫人の声はふるえている。

「はあ、たしかに聞こえました」

「あたしの気のせいじゃありませんわね」

「いいえ、けっしてそうじゃありません。じゃ、こんどはわたしがやってみましょう」

新井刑事が壁をたたくと、やっぱりむこうから微弱な震動がかえってくる。だれかがこちらの合図に呼応しているのである。

「奥さんはいつごろこれに気がつきました」

小田切夫人は厨房の上の棚《たな》を見た。置時計はいま五時十分を示している。

「いまからちょうど半時間ほどまえ。お買い物からかえってきてお夕飯のお支度に取りかかっておりますと、お隣りからああいう物音が聞こえるでしょう。はじめは気にもとめませんでしたけれど、なんだかこちらへ合図をしてらっしゃるんじゃないかって気がして、こころみに壁をたたいてみたところがいまお聞きのとおりでございましょう」

「声をかけてみましたか」

「かけてみました。しかし、ここからでは失礼だと思って表へまわってブザーを押してみたんです。しかし、返事がございませんし、ドアには鍵がかかっておりましょう。それでどうかなすったんですか、どなたかいらっしゃるんですかとお呼びしてみたんですけれど、やはり返事はなくて、奥のほうでかすかにトン、トン、トン……」

　恭子は声をふるわせて、

「それでさっきからどうしようかと思案にあまっているところへ、ブザーの音が聞こえましたでしょう。あのときもさかんに壁のむこうから合図をしてらしたようです。それで出てみたらあなたがいらしたってわけなんですの」

　そうとう気を使ったとみえて恭子はぐったりしている。

「ところで丘朱之助というのはどういう男なんです。わたしまだ会ったことはないんですが……」

「どういうかただとおっしゃられても……」

　まぶしそうな小田切夫人の瞳にちょっと怯《おび》えの色が走った。うっかりしたことをいおうものなら、あとのたたりが恐ろしいというような顔色である。

「とても静かなかたですわねえ」

「まだ独身と聞いておりますが……」

「はあ、表向きはそういうことになっていらっしゃるようですけれど……」

「表向きとおっしゃると、そのじつだれか同棲《どうせい》してる女でも……？」

「いいえ、そういうかたはいらっしゃらないようですけれど、入れかわり立ちかわり……」

「女がくるんですか」

「はあ、それもまだお小さいかたばかり」

小田切夫人の顔にはベソをかくような表情がうかんだ。

「中学生か、高校の初年級程度の年ごろ？」

「まあ、ご存じでいらっしゃいましたの」

「はあ、だいたいのことは聞いておりました。それでそういう幼い少女が泊まっていくんですか」

「さあ……みなさんがそうというわけでもございますまいけれど、なかには……」

と、泣き笑いのような表情をみせ、

「あたしどももまだ子どもがございませんからよろしいようなものの、子どもがいたらとてもお隣りには……」

「そうそう、奥さんはこの娘に見覚えはございませんか」

新井刑事が出してみせたのは向島署の浜本刑事が、成城の佐々木家のアルバムから徴発してきた由紀の写真である。

小田切夫人にはすぐに写真のぬしがわかったらしく、色白の頰に朱が走った。

「ご存じなんですね」

「はあ、このかた目黒のほうの学校へ行ってらっしゃるんじゃございません？」

「じゃ、ここへもちょくちょくきてたんですね」

「はあ、たしかいとこさんだとかで、目黒の学校へ通うのにここのほうが便利だからあずかってるとかで、半月ほどお隣りにいらっしゃいました」

「それ、いつごろのこと？」

「あれは……去年の五月ごろじゃありませんでしたかしら。あたしどもここへ引っ越してきたのが去年の四月で、それからまもなくのことでしたから」

そうすると麻耶子の生きていた時分のことになる。麻耶子はおそらくさじを投げていたのだろう。

「その後もちょくちょくここへ……？」

「はあ、ときどきお見かけするようですわね」

「くると泊まってくんですか」

「さあ……そういうこともございますようですけれど、それ以上くわしいことは……」

小田切夫人はいかにも心苦しそうである。

「あなたはさっき丘朱之助のことをとっても静かな男とおっしゃったが、あれ、どういう意味？」

「ああ、あれ……廊下をお歩きになるにしても、足音を忍ばせるような歩きかたで、すれちがってごあいさつを申し上げても眼をそらせるようになすって……あたしこちらへ越してきてから一年半になりますけど、まだまともに口を利いたことがございませんの……」

「つまり猫みたいな感じの……」

「あら、そうおっしゃれば……」

と、弱々しい微笑をみせて、

「でも、お部屋のなかではそうとう快活に振る舞ってらっしゃるんじゃございません？ガール・フレンドがいらっしゃるような晩、ジャズだのポピュラーなどをかけて、ツイストなんか踊ってらっしゃるふうで、ときどき三階のお部屋から苦情がくるようですわね。しかし……」

と、小田切夫人は急に気がついたように、

「その写真のお嬢さんがどうかなすったんでしょうか」

「いや、なに、いまにお耳に入ってくるでしょう」

新井刑事がことばを濁したとき、壁のむこうからなにかが床に落ちたらしく、ドスンと鈍くて重い音が聞こえた。ふたりがハッと顔見合わせていると、ガラガラガチャンとガラスか陶器のこわれるような音がした。

「刑事さま！」

小田切夫人はおびえて跳びあがった。刑事にすがりつきそうにするのを、

「奥さん、そこに電話がありますね。管理人の部屋へかけて、七号室の鍵をもってくるようにいってください。責任はわたしが負います」

管理人の松本玄吉《げんきち》もかねてから丘朱之助の行動には、ある種の不安と疑惑をもっていたらしい。新井刑事の要請にたいしてべつに抵抗を示すようなことはなかった。

七号室も六号室とおなじ構造になっていた。ドアを入るとせまい玄関、その玄関の奥にむこうに長い洋風の居間があり、居間の一部が厨房《ちゅうぼう》になっていることも六号室とおなじである。この居間の左側に和室がふたつあるが、丘朱之助はベランダにむかった六畳を仕事場として使っていたらしい。

一方、玄関に近い四畳半の畳の上にじゅうたんをしき、背のひくいお座敷用のダブル・ベッドが部屋の大部分を占領しているが、その部屋へ一歩足を踏みいれた刹那、新井刑事や小田切夫人、松本管理人のくちびるからいっせいに驚きの声がほとばしった。

さっきドスンと鈍い音が聞こえたのはベッドからころがり落ちたにちがいない。半分裸身の女が手脚をしばられたまま、真っ赤なじゅうたんの上に倒れていた。いや、半分裸身といったが、実際は身につけたものをすっかり剝ぎとられているのである。しかし、さすがに全裸のままでは哀れと思ったのか、腰にバス・タオルを巻きつけていたのである。

「電気を……電気を……」

新井刑事がどなった。松本管理人もやっと気がついたように壁際のスイッチをひねっ

たが、そのとたん小田切夫人の口をついて出たのは、

「ヒーッ！」

と、こわれた笛のような声である。

「奥さん、あなたはむこうへいってらっしゃい。これはご婦人のごらんになるべきものじゃない」

小田切夫人はあわてて襖《ふすま》の外へ駆け出した。

あかるい電灯の光のなかに無残にさらしものにされた犠牲者というのは、まだ十二、三の少女であった。

真っ赤なじゅうたんの上によこたわっている胸も腰も臀部《でんぶ》も、これで男の情痴に対抗できるかと思われるように幼く、かつ未成熟であった。ベッドからころがり落ち、そこらじゅうをのたうちまわっているうちにまくれあがったにちがいないタオルの下からのぞいている太股《ふともも》は、これではたして男の攻撃に耐えうるであろうかと思われるほどか細かった。

「畜生！　ひどいことを……」

新井刑事のようにものなれた男でさえ激しい憎悪と怒りをおぼえた。

腰にバス・タオルをまきつけた少女は両手と両脚をしばられていた。口にハンケチを押しこまれ、ごていねいにその上をナイロンの靴下で猿《さる》ぐつわをはめられていた。そのうえしばられた両手と両脚のあいだに紐《ひも》を通されて、ベッドの頭と脚のほうの鉄柵にし

ばりつけられていたらしい。

いつごろからそんな姿勢におかれていたのかわからないが、むざんにすりきれて血のにじんでいる手首や足首の状態からして、ながいもがきと苦闘のさまがうかがわれるようである。

やっとベッドから解放されるとみずから床の上にころがり落ち、芋虫のように床の上をのたうちまわっているうちに、フロアー・スタンドにぶつかって倒したのであろう。大きな電気スタンドがベッドの枕もとにある小卓のうえに倒れかかり、そこにあった水瓶《がめ》やコップや置時計を粉砕していた。ガラスの破片が散乱して、その二、三片が少女の頬や肩を傷つけて血をにじませていた。

おそらくそれが神経のたえうる限界だったにちがいない。少女はそのまま失神してしまったのだ。

「畜生、ひでえことをしやアがる！」

新井刑事はもう一度怒りをぶちまけ、それから、まくれあがったバス・タオルで少女の下半身をおおうてやった。

「縛らないで……」

ちょうどそのころ等々力警部は金田一耕助とともに本庁へかえっていた。

等々力警部は金田一耕助のすすめで、吉祥寺の中条奈々子の宅へ電話をかけたが奈々子は留守だった。某テレビ放送局の婦人の時間に出演するとやらで正午ごろ出かけたが、かえりは遅くなるといいおいていったそうである。

その放送局の婦人の時間は午後二時から三十分間である。念のために電話をかけてみたが案の定奈々子はもうそこを出ていた。

等々力警部はそれほど急いで中条奈々子に会う必要もないであろうと考えた。それよりもあいついで起こった一連の殺人事件の合同捜査本部をどこにおくべきか、そのことに関して捜査一課長と相談してことを決めるほうがだいじであろうと考えた。

本庁へかえって捜査一課長と協議の結果、第一の殺人事件の起こった高輪署へ合同捜査本部をおくのが妥当であろうとの結論に達したところへ、新井刑事から電話で大東館の事件の報告が入ってきたのである。

五反田の大東館、二階七号室へ金田一耕助と等々力警部が足を踏みいれたのは、十二月二十四日午後六時半ごろのことだった。

金田一耕助はその部屋へ一歩足を踏みいれた刹那、一種のめまいのようなものを感じずにはいられなかった。

床のじゅうたんはいうにおよばず壁紙も襖の紙も、いっさいがいくらか黒味をおびた真紅であった。天井でさえがおなじ色のビロードのようにつやつやとした布でおおわれていた。しかもその真紅の上を黄色とピンクの線が静脈のように這《ほ》うていて、それがどすぐろい真紅のドギツさをいっそう毒々しいものにしている。

この部屋の設計者が部屋全体をもってなにを象徴しようとしていたのか、だいたい想像にかたくないようである。た。しかも、それはある程度成功しているように思われた。

現場は新井刑事によって発見されたときのままの状態で保存されていたが、さすがに失神した少女の体はひろいベッドに横たえられて、未成熟の裸身は毛布におおわれていた。ベッドのそばには所轄警察大崎署の樋口《ひぐち》警部補がひざまずいて、医者の手当てを見まもっていた。

少女の意識はまだもどっていなかったが、ときどき激しい痙攣《けいれん》が全身をつらぬいて走り、体をねじるようにして苦しむさまは目も当てられぬほど傷ましかった。そうかと思うと、

「行っちゃいや、行っちゃいや！　ここにいて……ここにいて……」

あえぐように絶叫するかと思うと、また声をあげて泣き出したりもする。

新井刑事からこれを発見するまでのいきさつを聞いて等々力警部は、憤激と憎悪にもえていた。

「それでやっぱりいたずらされてるんだろうね」

「それが、警部さん、みやこ鳥の一件とおんなじなんです。娘のほうはそうとうコッテリ絞られたらしいんですが、男のほうは遂行した形跡がないんです」

「どういうとこの娘かしらんが、年端《としは》もいかぬ体でずいぶんむごいことをされたもんだ」

医者は注射器を上になかの空気を抜きながら、

「男のほうが遂行してれゃここまで虐げられずにすんだろうに」

そのときまた猛烈にのたうちまわりながら少女のうわごとがはじまった。

「いいわ、いいわ、いいわ、行くならいいわ。行ってもいいわ。あたし尾《つ》けたりしやアしないわ。おとなしく待ってるわ。そのかわりここほどいて。お兄ちゃん、お兄ちゃん、あたしを縛らないで……」

「おお、よしよし、いまに楽にしてやるよ」

金田一耕助の見ているまえで、立てつづけに三本注射をすると少女はだいぶん楽になってきた。あの凄惨《せいさん》な痙攣もしだいにおさまり、昏睡《こんすい》状態におちいっていくようである。

「やれやれ、これであと数時間はだいじょうぶだろう」

「先生、生命にかかわるようなことは？」

「その心配はまずないじゃろう。しかし、この年齢でこの体じゃから刺激とショックが大きすぎた。神経がだいぶまいってるようじゃから、昏睡からさめても当分尋問は無理じゃろうな」

「しかし、それでは……」

「まあ、まあ、あんまり無理をいいなさんな。ことを急いでガツガツするとせっかく正常にもどりかけた精神状態を、また取りかえしのつかぬ錯乱に追いやらんとも限らんですぞ」

「そうすると、尋問に耐えうるまでに回復するにはあと何時間くらいかかりますか」

「そうじゃな。はやくても二十四時間は待ってやってほしいな」

医師はカバンのなかを整理しながら、

「どうも近ごろの子は刺激を追いすぎるんじゃないかな。これも大人が悪いということになるのか……それじゃ、樋口君、わしはこれでかえるよ。患者になにかまた変わったことがあったら電話をかけてくれたまえ」

医師がかえったあと樋口警部補は改めて等々力警部にあいさつをし、金田一耕助にも紹介された。この警部補は牧野警部補ほど金田一耕助を目の敵にしなかった。

「警部さん、いま新井君から聞いたんですが、これ青トカゲの一件に関係があるんですって」

「新井君、どうだね、その点についちゃ……」

「だって、警部さん、見れゃわかるじゃありませんか。このやりくちホテル女王の場合とそっくりおなじじゃありませんか」

「そういえばそうだね」

「ホテル女王の場合は山田三吉の気がつくのがはやかったので大事にいたらずにすんだが、こんどの場合は長いあいだベッドに縛りつけられていたうえに犠牲者が動き過ぎた。それでこういう結果になったんですが、やりくちはホテル女王とすっかりおなじだ」

「いったい何時間ぐらい縛られていたんだろう？」

その質問に答えたのは樋口警部補。

「いまかえった河村先生の話によると、いたずらされたのはゆうべのことだろうということです」

「と、するともうそろそろ二十時間も……金田一先生、さっきのうわごとをお聞きになりましたか。最初行っちゃいや、行っちゃいや、ここにいて……と、叫んでましたね」

「そうそう、そのあとでこういってますよ」

と、新井刑事は手帳のページをめくりながら、

「いいわ、いいわ、行くならいいわ、行ってもいいわ。あたし尾けたりしやアしないわ。おとなしく待ってるわ。そのかわりここほどいて。お兄ちゃん、お兄ちゃん、あたしを縛らないで……と」

「そうそう、そのうわごとから判断すると、お兄ちゃんというのが丘朱之助だとして、朱之助とこの娘がさんざん悪ふざけをしたあとで、朱之助がどこかへ出かけようとした。それをはじめはこの子が引きとめようとした……」

「出かけるんならあとを尾けるぞと、この娘がおどかしたんじゃないですかねえ」

「そうそう、それで朱之助があとを尾けられないようにこの娘をベッドに縛りつけた……」

「それにしてもどうして朱之助が急に出かけることになったのか、それに……」

と、金田一耕助は悩ましげな眼をして、

「この娘がおとなしく待ってるといったところを見ると、朱之助はそんなに長くかからないうちに、ここへかえってくる予定じゃなかったんでしょうかねえ。だとすると、朱之助はどうしたのか。なぜ最初の予定どおりかえってこなかったのか」

　思い悩んだような金田一耕助の横顔を等々力警部がさぐるように見守りながら、

「金田一先生はその点についてなにか……」

「いや、いや、いまのところ五里霧中、あまりにもいろんなことが起こりすぎますからね」

「いや、まったくおっしゃるとおりで。それにしても樋口君」

「はあ」

「この娘が何時ごろここへきたのか、また丘朱之助が何時ごろここを出ていったのか、まだわかっちゃいないんだろうね」

「そうそう、そのことについてなにか知ってるらしい男がいるんです、須藤《すどう》君。下のギャレージのおやじをここへ連れてきてくれたまえ。警部さん、隣りの居間でその男の話を聞こうじゃありませんか」

「下のギャレージのおやじというと？」

「それはこうです」

　この大東館の地階にギャレージがあることはまえにもいったが、そのギャレージというのは大東館とおなじ経営者が経営している会社で、それからまもなく須藤刑事につれられてやってきたのは、その大東ハイヤーの支配人をやっている飯塚五郎《いいづか》という男である。

「飯塚君、こちらがこの事件を担当していらっしゃる本庁の等々力警部。ゆうべきみが目撃したといういちぶしじゅうを、きみの口から直接警部さんに申し上げてくれないか」

飯塚支配人は四十前後、威勢のいい人物だが、なにを知ってるのかいやに張り切っていた。

「いえね、警部さん。ああたはご存じですかどうですか、この七号室のすぐ外にゃ非常はしごがついてます。その非常はしごをおりると隣りのお社とのあいだの路地ですが、南へ行くと行きどまり。だからいやがおうでも北のほう、つまりこのアパートの正面へ出なきゃならねえんで。てえことはあっしどものギャレージのすぐ横へ出てこなきゃならねえってことなんで」

「ああ、なるほど、それで……？」

「ところがここの先生どういうわけか、正面玄関から出入りするのをきらって非常はしごを利用することが多いんでさあ。管理人の松本さんの話によると、なんでも非常はしごへ出るドアの鍵を譲りうけて持ってるんだそうで」

「どうしてだろうねえ、それゃ……」

「どういうんですかねえ。妙に陰気なやつで、いつもなにかかくしごとでもあるような……」

「服装はどんなだったい、黒いつやのあるオーバーにおなじように黒いつやのあるソフトをかぶってやしなかったかね」

新井刑事が思い出したように尋ねた。

「いいえ、服装は派手一方でオーバーも粗いチェック、帽子をかぶってるなあ見たことがありませんね」

もしかりに丘朱之助が青トカゲだとしても、犯行の際着用しているトレード・マークのような衣装を、ふだん常用しているとは思えないから、それはそれでよいのかもしれぬ。

「それで顔かたちは？」

「いや、警部さん、それなら隣りの部屋に写真がありますからあとでごらんになってください。ちょっとした美青年ですよ。おとなしやかなね」

「そうです、そうです。だから、あたしゃいつかもうちの若いもんにいったことがあるんです。鳴かぬ猫が鼠《ねずみ》とるってえが、あんなのが案外すごいんだぜとね」

「よく女の子が出入りしてたそうだね」

「それもたいていは中学生、あっしどもの口からいやア小便くせえアマっ子ばかりでさあ。それがただのファンじゃなく、なかにゃ泊まってくのさえあるとわかってきたときにゃオドロキでしたね。そういうのが慣れてくると非常はしごを利用する。なかにゃ下から、先生、いるウ……なんて声をかけてる臆面《おくめん》のねえのもおりますよ」

「そういうのがきのうやってきたんだね」

「まあ、そういうこって。あれゃ夕方の五時ちょっと過ぎでした。中学生くらいの女の子が三人、うちのギャレージのまえを通って妙にこそこそしながら路地のなかへ入っていったんです」

「三人……？　三人やってきたのかね」

「ええ、三人、まちがいありません。そンときあっしゃ表に立ってた。その鼻っ先を通って路地のなかへ入ってったんです」

「それで……？」

「ええ、それからまもなく路地の奥で、先生、いるウ……と、あたりをはばかるように声をかけるのが聞こえましたよ。それから小一時間もたった時分でしたかねえ。そうそう、そンときもあっし表に立ってたんです。お隣りの薬局の先生と立ち話をしてたんです。ことしのクリスマスはもうひとつ景気がわかないようだなんてえ話をね。そしたらそこへ路地のなかから女の子がふたり出てきたんです」

「するとひとりだけあとへ残ったわけだな」

「警部さん、あそこの台所にふたりで食事をしたらしい跡が残ってますよ」

そばから注釈をいれたのは須藤刑事だ。

「ああ、そう、それで、飯塚君。かえっていったふたりの女の子だが、ようすはどうだった？　なにかおびえてるってえふうは？」

「べつにそんなようすはなかったですね。ただ大人がふたり立って話をしてたので、さすがにバツが悪そうに足ばやに行っちまいましたがね」

「それで、きみは……？」

「いや、ふたりのうしろ姿を見送ってしばらくお隣りの先生と話してましたよ。お二階の先生、たいそう人気がおありだとか、近ごろの女の子にゃあつかましいのがいるとかね。それからお隣りの先生に別れてギャレージへひっこんだんですが、ひっこむまえに路地のなかをのぞいてみたんです。そしたらだアれの姿も見えねえから、どうやらひとりはあとへ残ったらしいと思うと、なんだか危なっかしいような気がしたもんです。こういうといやに気にするようですが、なにせ相手が小便くせえ中学生、ここの先生がどんな手を使うのかしらねえが、少オし酷《こく》ったらしいような気がしてねえ」

「だけど、きみはなぜそれを表ざたにしようとしなかったんだね。相手が十二や三の少女ならわれわれにも保護する義務がある」

いきまいたのは樋口警部補だ。大崎署とここでは目と鼻のあいだである。そういうところでそういう不埒《ふらち》な行為が、なかば公然とおこなわれていたとあっては本庁にたいしても面目なかった。

「いや、それがね、表ざたにするにもできなかったんで」

「と、いうのは……？」

「管理人の松本さんから内緒にしておいてほしいって泣きつかれてたんです。その松本さんにしてからが追い出したいのはやまやまなんだが、それがどうにもぐあいが悪くてね」

「なぜ？」

「ここの先生、丘朱之助ですね、本名岡戸圭吉というんですがおやじの岡戸なにがし……竜平とかいってましたがね、こいつが西銀座でキャバレーかなんか経営してるって話ですが、そいつがひと筋なわじゃいかぬやつらしい。なんとか組とかいう暴力団の顔役なんだそうで、圭吉というのが竜平の後妻のせがれだとかいう話です」

「後妻……？」

と、新井刑事はあわてて手帳を繰ってみた。

さっきの佐々木裕介の話によると岡戸圭吉の母は志保子といって、そのひとが由紀の実父星島重吾の妹ということになっているが、佐々木氏は後妻とはいわなかった。

「朱之助の母は後妻だったのかね」

「そうだそうですよ。しかも、後妻だったそのおふくろさんも亡くなって、いま岡戸の家にいるのは三番目の女房だそうですが、これとここのとが折り合いが悪くって家をとび出してるって話です」

「たしか岡戸圭吉は次男だとか聞いてるが……」

「ええ、そう、ところがその兄貴というのが先妻の腹でここの先生とは腹ちがい、しかもこいつが全身に彫り物があるというすごい兄ちゃんで、おやじの関係してるなんとか組もその兄貴が実権を握ってるんだそうです。おまけにこの兄貴とここのとがあんまり仲がよくねえらしいという話で」

話を聞くと丘朱之助の身辺には、いろいろ複雑な事情がありそうである。

「なるほど、それでここの管理人、おやじや兄貴をはばかって出ていけともいえないわけなんだね」

「不仲とはいえいざとなれば兄弟ですからね。だからみんな触らぬ神にたたりなしなんで」

「きみはそのおやじや兄貴に会ったことがあるかね」

「いいえ、一度も。だアれもこのアパートにゃ寄りつかねえようですね」

「なるほど。それでゆうべのことだが、まだほかになにか……」

「いや、じつはあっしの聞いていただきてえ話ってえのはむしろこれからなんです」

飯塚支配人はなにかと捜査陣のお役に立ちたいと、意欲満々たる顔色である。

「お姉さん」なる女

「ここでちょっとここの電話のことをお話ししとかなきゃならねえんですが、ここ二階と三階でつごう十二部屋があります。その部屋ごとに電話がついてるんですが、直接外部へ通じるわけじゃなく、松本さんの部屋にある交換台をとおさなきゃならねえわけで。

ところが松本さんの部屋の電話とあっしどものギャレージの電話は親子電話になってるんです」

金田一耕助と等々力警部は思わず顔を見合わせた。新井刑事も身を乗り出して、

「ふむ、ふむ、それで……？」

「と、いうことはこのアパートにお住まいのかたはいったん松本さんとこの交換台へお話をして、そこから外線へつないでもらうわけです。外からかかってくる電話もいったん松本さんとこへかかってきて、そこから各部屋へつながるわけです。ところが、うちの電話はそんなこたアありません。ダイヤルをまわしさえすれぁ自由にお話ができます。そのかわり松本さんとこがふさがってれゃこっちはお手あげ、こっちがお話し中だと松本さんとこは使えねえわけです。なんでこんなことになってるかてえと、大東館の持ちぬしとギャレージの持ちぬしがおなじだもんですから……」

「それじゃ、このアパートの住人の電話が盗聴できるというわけかね」

新井刑事がもどかしそうに口をはさんだ。

「いや、そうはいきませんや。そこまで安直にゃできてません。だけど、ちょくちょくこんぐらがってくることがあるんです。松本さんの部屋へ電話がかかってきたとき、こっちの電話のベルが共鳴りすることがあるんです。いつもというわけじゃありませんがね」

「なるほど、それで……？」

「だけど、そんなときゃベルの鳴りかたでわかります。こっちへかかってきたときのように勢いよかア鳴らねえで、ジリジリ……ジリジリと低く、弱く鳴るもんですからね。だけど、こっちにも欲ってえものがありますから念のために取りあげる。そこで、ついひとの話を聞いちまう……と、そんなことがちょくちょくあるわけで」

「わかった、わかった。するとゆうべもそんなことがあったというわけかね」

「そうです、そうです。あれゃアたしか八時ちょっと過ぎだったですね。例によってジリジリ……ジリジリ……と、低く、弱く、電話のベルが鳴り出したんです。あっしゃチェッと思ったんですが、まあ、念のために受話器を取りあげたんです。そしたら……」

「そしたら……？」

と、一同がじりじりしているのを尻眼にかけて、飯塚支配人は革のジャンパーのポケットから、ピースとガス・ライターを取り出したから、この男なかなか役者である。

「そしたら……？　どんな話を聞いたんだ」

新井刑事がせきこむのを、

「まあまあ待ってくださいよ、いま思い出してるところですから……」

たばこの煙を吹きあげながら、

「最初あっしの聞いたのは女の声でしたね。ここでいっときますが直接かかってきた電話の声とちがって、混線してくる電話の声ってえなあ妙にまどおで、それにほかの雑音といっしょにまじってくるんですから、どういう声だったとお聞きになってもあっしにゃお答えできませんよ。ただそのことばつきから女だと判断したまでで……」

「ふむ、ふむ、それでその女がなんといったんだ」

「たしかこうでした。圭吉さん？　こちらなになによって、女が自分の名前をいったらしいんだが、その名前があいにくガーガーいう雑音に消されてよく聞こえなかったんで。だけど、そンとき女の名乗った名前ってえのが春子とか秋子とか、子がついた名前じゃなく、ハルミとか千鶴《ちず》とか、なんかそんなふうな名前だったんじゃないかって気がするんです」

「ふむ、ふむ、それで……？」

飯塚支配人を凝視している一同の顔には、キーンと張りつめた気持ちが痛いように凝結している。

「そしたら男の声で、あっ、お姉さんと……」

「あっ、お姉さん……？　男の声がお姉さんといったんだね」

「そうです、そうです。しかも、そのいいかたてえのが、なんてますか、呼吸をはずませて跳びつきそうなって感じなんです。そしたら女のほうがあわてたように、だめよ、だめよ、お姉さんなんていっちゃ……そちらにだれかいるんじゃないの……」

「ふむ、ふむ、そしたら……？」

「そしたらこんどは男のほうがあわてたように、いえ、べつに……とかなんとかことばを濁してましたが、急に改まった調子になって、きみ、いまどこにいるんだい……？」

「ふむ、ふむ、それで女がなんと答えた？」

「すみません。あっしの聞いたのはそこまでで……と、いうのはそこへ車が一台かえってきたんです。しかも、その少しまえからお得意さんにやいやいわれてたもんですから、すぐそこへ回るように若いもんにいわなきゃならねえ。それで電話を切っちまったんです」

しかし、飯塚支配人の話がそれきりでないらしいことはその顔色でわかるのである。

「ふむ、ふむ、それで……？」

等々力警部がうながすと、

「はあ、じつは、そうして若いもんを送りだしてから、もう一度いまの電話を思い出してみたんです。そしたらなんとなく気になりましてね。圭吉さん……？　と、女がきいたところをみるとたしかに漫画の先生にちがいねえが、漫画の先生、小便くせえアマっ子専門と思いきや、お姉さんと呼んだからにゃ年上の女にちがいねえ。しかも、いまの電話のようすじゃただの仲じゃねえらしい。いや、ただの仲じゃねえばかりか、ひとに知られたくねえ仲らしい。こいつァお見それいたしました。それじゃもう少しようすを聞いてやれってんで、もう一度受話器を取りあげたら……」

「もう一度受話器を取りあげたら……？」

「電話は切れてましたよ」

おあいにくさまというような笑いかたをすると、

「これにゃあっしも多少がっかりしたんです。それですぐ受話器をおいて表へ出て、ただなんとなく立ってるてえと、跳び出してきましたぜ、路地の奥から漫画の先生が……鉄砲玉のごとしてえのはあのこってすかねえ。チェックのオーバーに腕を通すのさえもどかしそうに、走るように大通りのほうへ……」

「それ、正確にいって何時ごろ……？」

「八時十二分でした。なんでそんなに正確におぼえてるかってえと、漫画の先生を見送ってから帳場へかえって電気時計を見たんです。あっしども商売柄時間に注意する習慣があるもんですからね。あっしの知ってるのはそこまでですが、いまにして思えば、あっしゃそンときひとり残った女の子のこたアすっかり忘れてましたね」

飯塚支配人のこの話には多くの暗示がふくまれているのではないか。

まず第一に、この話によっていま隣りの部屋に昏睡している少女のうわごとのつじつまが合ってくるのではないか。

八時ごろ朱之助はあの少女と悪ふざけにふけっていた。そこへお姉さんなる女性から呼び出し電話がかかってきた。そこで朱之助は悪ふざけを中断してお姉さんなる女性のところへ行こうとした。少女はヤキモチをやいた。朱之助を引きとめようとした。それが不可能だとわかるとあとを尾けてやるとおどかした。そこでそれを阻止するために朱之助は少女をベッドに縛りつけた。

以上のことからつぎのふたつの事柄が推理できないであろうか。

まずそのひとつは、朱之助はだれにもお姉さんなる女性のことを知られたくなかったらしいということ。それから第二に、朱之助には自分より年長の女につよい憧憬をもつという性向が顕著であること。しかも、その欲望が充足されぬ場合、それがひとつのコンプレックスとなって、こんどは逆に自分より年少の、いまだ女として成熟しきらぬ少女をもてあそぼうという、危険にしてやっかいな欲望に転化するのではないかということ……。

「それにしても……」

と、そばから口を出したのは金田一耕助。

「ここの漫画の先生はお宅のハイヤーを利用するという習慣はなかったんですか」

「ああ、そのこと。……ここンとこ絶えてひさしくご用命がございません。それでいてちょくちょく表通りでタキシーを拾ってる姿を見うけることがございます。うちはハイヤーですから料金がいくらか高くなりますが、ここの先生がうちのギャレージを敬遠なさるのはそれじゃなく、やっぱり出先を知られたくねえからじゃございませんか」

飯塚支配人は腰をあげると、眼もとで笑いながら一同の顔を見まわし、

「あっしゃだれにもしゃべりゃしませんが、これ、近ごろ評判の夜の女殺しの一件に関係があるんじゃございませんか」

一同はギョッとしたように相手の顔を見なおし、

「きみはどうしてそんなこと考えるんだ」

樋口警部補の声は鋭かった。

「なアに、一種のカンですがね。それにさっきどなたかがおききになった服装というのが青トカゲとやらにそっくりだったじゃありませんか。それにあっしゃこちらの先生が、青トカゲだとしてもちっとも驚きゃしませんがね」

しゃべりたいだけしゃべってしまうと、茫然《ぼうぜん》としている一同をあとに残して飯塚支配人は出て行った。

等々力警部は、卒然としてふりかえると、

「新井君、朱之助のおやじの岡戸竜平はきみの担当だったね」

「はあ、そうですが……」

「よし、ここはわれわれで引きうけるから、きみはさっそく丘朱之助こと岡戸圭吉の周辺を徹底的に洗ってみてくれたまえ。圭吉がお姉さんと呼んでいたのはいったいだれか……」

「承知しました。それじゃあとはみなさんにお任せして……そうそう、樋口さん、朱之助のアルバムからやっこさんの写真を一枚失敬していっちゃいけませんか」

「ああ、いいだろう。持っていきたまえ」

隣りの書斎から写真をはぎとってきた新井刑事は、玄関へ出るとき金田一耕助をふりかえって、

「金田一先生、あとで書斎にある絵をよく見ておおきなさいまし。『週刊グロテスク』や『週刊ハード・ボイルド』どころじゃありませんぜ。まったくもって豪華絢爛《けんらん》でさあ」

「くだらないことをいってないではやく行きたまえ。豪華絢爛はあとでゆっくり金田一先生といっしょに拝見するとしよう」

新井刑事がとび出していったあとで、等々力警部は樋口警部補をふりかえって、

「豪華絢爛は豪華絢爛として隣りの部屋で昏睡してる娘、身元は……？」

「いや、それはわかりました。上衣のポケットから学生定期と通学証明書が出てきたもんですからね」

通学証明書は目黒の黒白学院から発行されたもので、姓名は服部千恵《はっとりちえ》、年齢は十三歳、黒白学院中学部の二年生で自宅は八王子。

「星島由紀の後輩ですね」

「由紀のやつがつぎからつぎへと後輩を誘惑して、朱之助に紹介してたんじゃないですかね」

「そうかもしれません」

「樋口君、この娘の家庭への連絡は……？」

「はあ、さっき八王子署へ電話で連絡しときました。それから念のためにうちの若いもんを差しむけてあるんですが、なにしろ八王子といえばそうとうの距離ですからね」

時計を見ると七時半。刑事が六時にここを出発したとしても八王子から、父兄をここ

へ伴ってくるのにはまだそうとうの時間がかかりそうである。

「それにしても、警部さん、朱之助はどうしたんでしょうねえ。どうしてゆうべこちらへかえってこなかったんでしょう」

「と、おっしゃる意味は?」

等々力警部は探るような眼で金田一耕助の横顔を見つめている。金田一耕助は悩ましげな眼をほかへそらして、

「だって、ゆうべ朱之助はこちらへかえってくるつもりだったにちがいありませんよ。ここホテルでもなきゃ旅館でもない。自分の部屋なんですからねえ。朱之助が青トカゲであるにしろないにしろ、自分の部屋でこのていたらくが発見されれば、つごうの悪いことくらいはわかりきってる。朱之助が青トカゲだとすればなおさらのことですね。だからここをとび出していったときの朱之助の心づもりでは、ゆうべのうちにかえってくるつもりじゃなかったでしょうかねえ」

「なるほど、そうおっしゃればそうですが、それがなにか……」

等々力警部にはなにがそんなに金田一耕助を不安におとしいれているのかわからなかった。

「いや、ぼくにもまだよくわからないんですが、問題はだれが朱之助を呼び出したのか、それももちろん重大ですが、それと同時になにが朱之助がここへかえってくるのを妨げたか……それも大きな問題だと思うんです」

「なるほど、由紀を殺してそのまま逃亡したと考えるのは浅はかだとおっしゃるんですね」

「いや、浅はかとは申しませんが、由紀を殺して姿をくらますにしても、いったんここへかえってきて、あの娘を解き放ち、口止めしとくくらいの余裕はじゅうぶんあったはずだと思うんです。それがなぜできなかったか……」

金田一耕助はしばらく思い悩んでいるふうだったが、やがて等々力警部に笑顔をむけると、

「まあ、しかし、その問題は後日にゆずるとして、ここはひとつ新井さんのいわゆる豪華絢爛を拝見しようじゃありませんか」

しかし、新井刑事のいわゆる豪華絢爛はそれほど金田一耕助の興味をひかなかった。それは『週刊グロテスク』や『週刊ハード・ボイルド』の絵を極彩色にして、雑誌の漫画ではさすがにえがくことを避けた部分を、ここでは露骨にえげつなく描いてあるというただそれだけのちがいであった。

しかし、朱之助が秘蔵していたそれらの秘戯図を見ていえることは、朱之助がある種の欲求不満におちいっていたらしいということである。しかも、かれの満たされざる願望というのは、あきらかに年長の女性への渇仰にあるらしい。少女姦《かん》はその裏返しにすぎないようだ。

しかし、金田一耕助にはそれらの秘戯図より、朱之助のアルバムのほうがはるかに興

味をそそった。

そこには幼年期や少年期の写真はなかった。大学時代の写真が数枚あるところをみると、ここ二、三年来の写真集なのだろう。

佐々木裕介が女性的で猫のような感じといったのは当たっている。どのポートレートを見ても、色白、華奢《きゃしゃ》で、気の弱そうな美貌はお世辞にも男らしいとはいえなかった。しかし、それだけにこういう青年がひとたび思いつめたら、なにをやらかすかわからぬという危険性も感じさせる。

ことに眼が三方白で、どの写真を見てもうすら笑いをうかべているように見えるのが、ひと筋なわでいかぬ印象をひとにあたえる。その印象をひとくちに表現しろといわれれば、猫のような感じということになるだろう。

「あっ、金田一先生、ここに家族づれの写真がありますぜ」

それは昭和三十三年、岡戸竜平の還暦祝いの記念撮影だったが、あとでわかったところによるとこの写真が撮影された直後に、朱之助こと圭吉と由紀の駆け落ち事件が持ちあがったのである。

朱書で書いてあるアルバムの説明によると、中央に赤いちゃんちゃんこを着て座っているのが岡戸竜平である。

見たところ痩軀鶴《そうくつる》のごとしという形容がぴったり当てはまりそうな爺《じじ》いだが、特色的なのはその眼である。顔は笑っていてもその眼は少しも笑っていない。眼光炯々《けいけい》をとおりこして、瞳には針のような鋭さがあり、したがって、笑顔もどこかシニカルだ。

　この竜平のむかって左に座っている盛装の婦人を、朱之助の朱書は母操《みさお》と説明している。もちろん朱之助にとっては継母で、これが竜平の三番目の妻であろう。見たところ竜平とは二十以上も年齢がちがうのではないか。この写真では三十三、四、もっといっているとしてもせいぜい五、六というところだろう。

　このほうはにこやかな微笑にいつわりはなく屈託のなさそうな笑顔がさわやかである。年齢より地味な紋付きを着ているが、おんもらとした色気のなかに気品をふくんだ美貌である。前身はなにであるかこの写真だけでは知るよしもないが、竜平ごとき爺いにはもったいないような女性であることだけはたしかなようだ。

　竜平のむかって右にモーニング姿の男があぐらをかいている。朱之助の説明によると兄竜太郎とあるが、年齢は朱之助とは十くらいちがうらしく、この写真ですでに三十四、五か五、六である。

　体質はおやじの竜平や異母弟の朱之助とは正反対に、ずんぐりむっくりした体が衝立《ついたて》のようでたくましい。しかつめらしくモーニングのポケットからハンケチやなんかのぞかせているが、いかにも暴力団の顔役といった野性味に満ちた男である。しかし人間は案外親爺《おやじ》や朱之助より正直なのではないか。

　操の左に黒いイブニング姿の女が横座りに座っている。朱之助の説明によると兄の親友珠実《たまみ》とある。年齢は三十前後だがなかなかの美人である。操をさわやかで気品をふくんだ美貌とすれば、珠実のほうは派手ではなやかで、こってりとして蠱惑的である。あとでわかったところによると、これがこの写真の撮られた一年のち、すなわち去年竜太郎と結婚した女であった。

この四人の背後に朱之助の圭吉といとこの由紀が立てひざをしてならんでいる。朱之助は詰襟《つめえり》の制服姿、由紀は三つ編みにした髪を両肩に垂らしている。

このころすでに圭吉と由紀との間に関係があったのかどうかわからないが、思いなしか圭吉の表情にはどこか暗いカゲがある。それに反してこの写真の由紀はただ無邪気そうに見えている。

「金田一先生」

等々力警部は熱っぽい声でいって金田一耕助をふりかえった。

「ここにひとり朱之助がお姉さんと呼びそうな女が出てましたよ。しかも、珠実というこの女、いかにも朱之助のあこがれをもちそうなタイプじゃありませんか。それに朱之助の朱も珠実の珠からとったんじゃないですかねえ」

非行少女

星島由紀の事件が世間に大きな反響を呼び起こしたことはいうまでもない。

前二件の被害者が夜の女、あるいは夜の女とおぼしき女であったのに反してこんどは良家の子女、それもまだ未成熟な少女であったというところに、世論のはげしさときびしさがあった。

それはもはや犯罪事件の域をこえて、社会問題にまで発展していきそうな気配が必至となってきた。そこへもってきて五反田の事件である。わずか十三歳の少女が素っ裸のまま、二十時間以上もベッドの上に縛りつけられ、失神状態で発見されたという報道は、世間にまた新しい衝撃をあたえた。

十二月二十五日の朝刊にはじめて報道された大東館の事件に関しては、どの新聞もただ忠実に事実を報道するにとどめていた。

容疑者すなわち丘朱之助こと岡戸圭吉の人権を尊重してか、この事件もまた青トカゲの犯行ではないかとほのめかした新聞はまだ一紙も見当たらなかった。しかし、各紙の老練なデスクの担当者たちは、星島由紀の記事とならべることによって暗々裏にほのめかしているのも同様の効果をあげていた。

大東館事件の被害者、服部千恵の両親は立川で駐留軍相手の商売をやっているそうである。したがってその家庭はセックスという問題にたいして、わりに寛大でもあり、開放的でもあったらしい。そういう環境に生い立った千恵が早熟ならざるをえなかったのも当然かもしれぬ。千恵はふたつの中学を転々としたのち黒白学院に落ちついている。

千恵を朱之助に紹介したのはやはり由紀だった。

二十三日の夕方、千恵とともに朱之助のアパートを訪問した他のふたりの少女も発見された。彼女たちの告白によると、その日千恵に誘われて遊びにいったのだそうだが、そういうふたりにしても朱之助のアパートを訪れたのはそのときがはじめてではなかった。朱之助にいたずらされたということについてはふたりとも否定したが、いたずらされかけたことはあると認めている。それでいながら出入りをやめようとしなかったというところに、セックスにたいする強い好奇心が、その年ごろの少女に潜在することを認めないわけにはいかないだろう。

二十三日の夕方、ふたりの少女も朱之助から夕食をすすめられたそうである。それを断わって千恵ひとりを残してそこを立ち去ったのは、ふたりの家庭が千恵の家にくらべるといくらかでも厳格だったのと、もうひとつには、朱之助の女房か恋人気取りで振舞う千恵にたいする嫉妬《しっと》と反感も手伝ったらしい。

十二月二十五日正午現在、丘朱之助の行くえはまだ判明していない。一方服部千恵のほうもまだ尋問にたえうるまでには回復していなかった。

その正午ごろ。金田一耕助と等々力警部は、銀座のデパートM屋の六階喫茶室で中条奈々子と茶をのんでいた。

いまその六階の一部で奈々子の個展が開かれているので、彼女のほうからそこを会見の場所に指定してきたのである。

「あら、ま、婚約者は大げさでございますわね。佐々木さん、そんな気のはやいことといってらっしゃいますの」

それが等々力警部の最初の質問にたいする奈々子の答えだった。そのあとへ彼女ははじけるような笑いを付け加えた。

女としては上背のあるすらりとした姿がスマートだった。取り立てていうほどの美貌ではないが、化粧らしい化粧もしていない小ざっぱりとした眼鼻立ちが、かえっていきいきとした表情に富んでいて、それはそれなりにチャーミングである。言語動作、すべてがきびきびとして歯切れのよいのも爽快《そうかい》だった。年齢は三十二、三であろうか、広い額と表情に富んだ眼がこの女の聡明《そうめい》さを思わせる。

「すると、婚約してらっしゃるというのはまちがいだったんですか」

「それゃ……」

と、紅茶茶碗《ぢやわん》のなかをスプーンでかきまわしながら、奈々子はいたずらっぽく笑って、

「あのかたと結婚するなんてこと絶対にありえないなどとは申しません。あのかたはあのかたでなかなかスマートでいらっしゃいますしね。でも、いまのところ正式に婚約してるなんて事実はございません。まだ当分はメリー・ウィドウでいたいんですもの」

「ああ、まえに一度結婚していらしたんですね」

さりげなく口をはさんだのは金田一耕助である。

金田一耕助の顔色にはとくべつにこれといった表情はうかんでいなかった。ただその場のなり行きからきいたまでだといわぬばかりに、眠そうな眼をショボショボさせていた。

「せんの旦那さまは亡くなられたんですか」

「はあ……」

「いつごろ？」

「はあ」

「一昨年の秋……でも、どうしてでしょうか」

奈々子の瞳にちょっといたずらっぽい挑戦《ちょうせん》の色がひらめいた。しかし、金田一耕助は依然として眠そうな眼をショボショボさせながら、

「いや、ぼくは以前、もう八年も昔のことになりますが、小林奈々子さんといって、将来有望と折り紙をつけられていた若き閨秀《けいしゅう》画家がいたのを知ってるんです。ぼくそのひとの絵を拝見したこともございます。そのひとがこの二、三年急に売り出してこられた中条奈々子さんとおなじかたじゃないかという疑問を、まえから持っていたもんですから」

「あらまあ」

奈々子はうれしそうに声を立てて笑うと、

「金田一先生はなかなか絵画通でいらっしゃいますのね。はい、その小林奈々子があたしでございます」

「じゃ、結婚なすって一時絵をかくことをやめていらっしゃったんですね」

「家庭ではかいておりました。でもできるだけよい主婦になりたいと心がけていたもん

ですから」

「失礼ですがご主人はなにをなさるかたでした？」

「土建屋でしたの。中条組ってご存じじゃございません？　中条組のボスの中条辰馬《たつま》ってのが主人でしたの。そうとうのじいさんでしたのよ」

奈々子はおもしろそうに笑ったが、金田一耕助はにこりともせず、相変わらず眠そうな眼をショボショボさせながら、

「中条組ならぼくも知っております。それでご主人が亡くなられたのでまた絵を……？」

「いいえ、それはそうではございません」

奈々子も急にしんみりとして、

「あたし結婚五年目に妊娠いたしましたの。主人もあたしも喜んでいたのですけど不幸六か月で流産してしまったんですの。しかも、それがもとであたし生涯《しょうがい》子どもを産めない体になってしまったんですの」

「それはそれは……」

「そのときは主人もあたしもがっかりしました。しかし、主人にはせんの奥さまとのあいだに生まれた子どもがふたりございますから、後継者にはことかきません。しかし、あたしはねえ、やっぱり寂しゅうございますわねえ」

「ごもっともでございます」

「ちょうどその時分麻耶子さんにお眼にかかったんですの」

「由紀さんのお母さんですね」

「そうです、そうです」

と、奈々子ははやくちにいって、

「あのかたとあたしとは亡くなられた近江《おうみ》秋子先生の門下生、同門なんですの。あのかたはむしろ結婚……せんの旦那さまの星島重吾さんと結婚なすってから画家として世に認められたかたでございましょう。つまり家庭と仕事を両立させることに成功なすったかたです。流産してがっかりしてる時分あのかたにお眼にかかったら、ぜひかきなさい、個展でもお開きになるんならあたしが世話してあげましょうって、しきりにすすめてくださいますでしょう。それで主人に相談したら主人も賛成してくれたもんですから……それで改めて勉強しなおして、個展を開いてみたらちょっと評判がよかったもんですから、以来天狗《てんぐ》になってしまって……」

「あれはいつでしたっけ。『収穫』という絵が印象に残ってるんですけれど……」

「あらま！」

奈々子はまたうれしそうに声をあげて笑うと、

「金田一先生はあの個展ごらんくださいまして？」

「はあ、そのときです。この中条奈々子さんというのは昔の小林奈々子さんじゃないかって思ったのは……あれゃ一昨年……？　なんでも秋でしたね」

「一昨々年の秋でした。春から準備をはじめまして……でも、正式に芙蓉会のメンバーに加えていただいたのは一昨年の秋、主人が亡くなってからのことでございます」

「いや、どうも」

金田一耕助はペコリと頭をさげると、

「根掘り葉掘りお尋ねして恐縮でした。昔の小林奈々子さんのことが気になってたもんですから……警部さん、失礼しました。では、どうぞ」

しかし、等々力警部のほうから質問を切り出すまえに奈々子のほうから口を開いた。

「警部さん、さきほどは失礼申し上げました。はぐらかすようなことを申し上げて……」

「はあ……？」

「いいえ、佐々木さんから求婚されてることはたしかですの。それにたいしてあたしが躊躇《ちゅうちょ》しておりますのは、あのかたに不満があるわけではなく、あたしのほうに致命的な欠陥がございますでしょう」

「致命的な欠陥とおっしゃると？」

「あたし子どもが産めない体でございますわね。あのかたそんなこと構わないとおっしゃってくださいます。しかし、いまはまだお若うございますからよろしいようなものの、将来どうかと思いますと、やっぱりこのまま未亡人生活をつづけたほうがいいんじゃないかって、それで二の足踏んでるんでございますの。佐々木さんご自身はりっぱなかたです」

「しかし、佐々木氏と結婚なさる場合、由紀さんはどうなさるおつもりだったんですか」

「ああ、そのこと……」

奈々子もさすがに面をくもらせて、

「警部さんは岡戸竜平さんてかたのことをご存じでいらっしゃいますでしょう」

「はあ、けさの新聞に出ている丘朱之助こと岡戸圭吉の父なる人物でしょう」

「お会いになりまして？」

「いや、まだ」

「ああ、そう、でも、そのかたの二番目の奥さまが、由紀ちゃんの叔母さまに当たっていらっしゃることはご存じでしょう」

「はあ、それは知ってます。志保子さんといってそのひとがこんど問題を起こした、丘朱之助こと圭吉の母になるんでしょう」

「はあ」

「志保子というひとはどうしたんです。亡くなったんですか」

「はあ、数年まえに亡くなられたんだと聞いております。それでそのあとへいまの奥さまの操さまをお迎えになったんですけれど、このかた、麻耶子さんがお亡くなりになったあと、お弔いやご法事でちょくちょくお眼にかかっておりますけれど、ほんとうによくおできになったかたで、そのかたが由紀ちゃんを引きとろうとおっしゃってるんだそうです」

「しかし」

と、等々力警部はいよいよ鋭く奈々子の顔を凝視しながら、

「由紀ちゃんはあなたになついて慕っていたというじゃありませんか」

「ほっほっほ」

と、奈々子はさびしそうな笑いをもらして、

「あのひとったら早熟なんですのね。あたしにむかっておばさま、うちのパパと結婚なさいよ。おばさまならママにしてあげる……なんて真顔でいうんですの。でも、それには秘訣《ひけつ》がございましたのよ」

「秘訣とおっしゃると……？」

「麻耶子さんはとってもきれいなかたでした。ところが由紀ちゃんはお父さま似でいらしたんでしょうねえ。それが由紀ちゃんにとっては劣等感になってたらしいんですの。お母さまがあまりにも美人でいらしたもんですから。それでとかくお母さまに反抗なすったんですわね。ところが……」

「ところが……？」

「お母さまのお亡くなりになったあと、ひと月ほどうちへお預かりしてたことがございますの。そのときなにげなく由紀ちゃんをモデルにして絵をかいたんですの。ところがそうしてモデル台に立っていただいてカンバスにむかっておりますと、やっぱり争われないもので、麻耶子さんに似ていらっしゃるところがおありなんですの。そこを抜き出してかいたところが、そのポートレートがすっかり由紀ちゃんのお気に召したというわ

け)

「つまり実物よりきれいにかいたというわけですね」

「そうするつもりではなかったんですけれど、結局そうなったというこ
とは由紀ちゃんはご自分で勝手に決めて悲観してらっしゃるよりは、実際はおきれいだっ
たということです」

奈々子はキッパリと断定するようにいいきった。

金田一耕助も由紀の死に顔を見たときの印象を思い出していた。これでも生きて潑溂
と動いているところをみれば、どこかに若い魅力が発見できたかもしれないと。……

「あなたは由紀と朱之助、すなわち圭吉との関係はご存じでしたか」

等々力警部が単刀直入に切り出した。

「はあ、それは……駆け落ちまでなすったことですから。あれは一昨年の秋でした。そ
の前の年麻耶子さんが再婚なすったのが、由紀ちゃんにとってショックだったらしいん
ですのね」

「あなた朱之助にお会いになったことは？」

「はあ、圭吉さんならちょくちょく……成城のお宅でお眼にかかっております」

「あなた圭吉という男をどういうふうにお考えになりますか」

「さあ……」

奈々子は困ったように口ごもったのち、

「こんなことがあったあとで、そういうご質問にお答えするのがいちばん困るんですけれど、たってとおっしゃればたったひとこと、ひと口にいって女性的なタイプ……そうそう、それから麻耶子さんのアドマイヤーでいらしたようですわ。これくらいで堪忍していただけません？」

それだけいうのにも奈々子はいかにも心苦しそうだった。

「ああ、そう、それじゃこんどのことについてなにかご意見は……？」

「こんどのこととおっしゃいますと……？　由紀ちゃんのこと？　それとも大東館のほう？」

「いや、みやこ鳥旅館の一件ですがね」

「それならただただ驚いてしまったというよりほかはございません。由紀ちゃんがそうとう無軌道な生活をしてらっしゃることは存じておりました。うちにもひと月ほどお預かりしてみたんですけれど、あたしの手には負えませんでした」

「それじゃこんどのことについてお心当たりは？」

「青トカゲとやらでしたわね。それだったらわたしに心当たりのあるはずはございませんわね」

「奥さんは圭吉のことはどの程度にご存じでしたか」

「さあ……さっき申し上げた程度しか。……そうそう、家を出て漫画をかいてらっしゃるってことは由紀ちゃんから聞いたことがございます。しかし、このほうもけさの新聞を読んで、ただただ驚いてしまったというよりほかは申し上げようもございません」

「奥さんはこんどの事件……由紀ちゃんの事件ですが、それをお知りになったのはいつ？」

これは金田一耕助の質問である。

「ああ、そのことでございますけれど……きのうあたしがテレビに出たことはご存じでございますわね」

「はあ、存じております」

「テレビは二時から二時半まででございましょう。そのあと銀座のどこかで佐々木さんとお夕飯をごいっしょすることになってたんですの。ところが放送がおわると『週刊サンデー』から放送局へ電話がかかっておりまして、放送がおわったら電話をしてほしいっていうんですの。それで電話をかけてみると『週刊サンデー』でゆうべ座談会をやることになってたんです。その出席者のメンバーにあたしどもの芙蓉会の会員、安成《やすなり》友子さんが予定されていたんですの。ところが安成さん、このかた以前から少し血圧の高いかたなんですけれど、きのう急にめまいがするとかで出席を断わってこられた、そのピンチ・ヒッターとしてぜひ出席してほしいとおっしゃいますの。あたし断わりきれなくなって引き受けてしまいました」

「それで佐々木さんのほうはお断わりになったわけですね」

「はあ、あたしが築地の聖ニコライ病院へ電話をしたのは三時ごろでしたけれど、ちょうどそのころあのかたは刑事さんといっしょに向島へ行ってらしたわけですわね。しかし、そんなことあたしにはわかりません。お留守だったもんですから今夜の会食取りやめるむねことづけておいて、あと二時間ほど銀座へんの画廊を見てまわり、それから築地の会場柳屋という家へ出向いていったのはちょうど五時半でした。それから病院へ電話してみたんですが佐々木さんはまだお留守でした。佐々木さんはその時分田園調布の岡戸家へ行ってらしたそうです」

「ああ、なるほど、それで……」

「座談会がはじまったのは六時でした。その時分夕刊はもう出ていたんでしょうが、あたしつい読んでいなかったんですの。では、あたしがいつ知ったかと申しますと、八時ごろ座談会がおわったあと安成さん……安成さんのお宅は目白なんですけれど、そこへお見舞いにあがったら、あなたたいへんよ、これ麻耶子さんのお嬢さんじゃないって、あの夕刊を見せられてびっくりしてしまったわけです」

「そのあと、佐々木氏にお会いになりましたか」

「はあ、こうなると安成さんのお見舞いどころじゃございませんわね。そこで安成さんとこのお電話を拝借してあちこちかけてみたら、やっと聖ニコライ病院へかえってらした佐々木さんがつかまったわけです。佐々木さんすっかり途方に暮れてらして、……こんな際、殿方って案外だめなものでございますわね。あたし佐々木さんに請われるままに病院へ駆けつけてって、後始末のことやなんかいろいろと……ですからきょうもこれからあの方に会うことになってるんですの」

　奈々子はちらと腕時計に眼を走らせた。時計の針は一時を十五分過ぎている。

「いや、まあ、お取りこみのところを恐縮ですが、それじゃ最後にもうひとつお尋ね申し上げたいことがあるんですが……」

「はあ、どうぞ」

「麻耶子さんの災難ですがね。当時ぼくも新聞で読んだんですが、自動車事故でしたね」

「ああ、あの事件……」

　奈々子の顔色がまたいちだんとくもった。

「金田一先生。あの事件にはあたしにも責任がございますの」

「と、おっしゃいますと」

「あれは去年の九月十二日の出来事なんですけれど、当時あたしも軽井沢に滞在してたんですの」

「ああ、なるほど。それで……」

　金田一耕助は等々力警部の強い視線をいたいほど自分の横顔に感じながら、持ちまえの平静な態度はくずさなかった。

「軽井沢も九月へ入るとみなさんつぎからつぎへと東京へ引き揚げられて、どの別荘地帯も櫛《くし》の歯がぬけていくように寂しくなります。でも、あたしども九月二十日ごろまではがんばってよい仕事をしようといってたんですの。あのかたは千ヶ滝、あたしは南ヶ丘でございますけれど……そしたら九月十二日の午後四時ごろ、自動車を運転してあたしどもの別荘へやってこられて、主人から電話がかかってきたから帰京する。ひょっとするともうこれきりこれないかもしれない。二十日ごろまでという約束をほごにしてすまない、いずれ東京でと、つまりお別れのごあいさつにこられたんですの」

「なるほど、その直後の事故だったんですね」

金田一耕助のことばはあくまでも冷静である。等々力警部の瞳は怪しくかがやいていた。

「そうなんですの。そのときそろそろ霧がふかくなりかけてましたから、南ヶ丘でこれですから碓氷峠はたいへんじゃないかと、ご注意申し上げたのを、うちのお手伝いさんの妙子《たえこ》さんなんかもそばで聞いてたんですの。あとでわかったところによると、やっぱり由紀ちゃんのことだったんですけれど、あのときあたしがもう少しつよく申し上げたら……と、思うと、いまだになんとなく気になって……」

と、奈々子は泣き笑いをするような表情をみせてため息をついた。

「いや、まあ、それはあなたの責任というわけじゃ……それじゃ、警部さん。ついでといっちゃこちらに失礼だが、お作を拝見してかえろうじゃありませんか。いや、どうぞ、どうぞ、お構いなく。われわれ勝手に拝見させていただきますから」

奈々子の作品は全部で十六点あった。

金田一耕助と等々力警部は半時間ほどかけて会場を見てまわったが、どの作品も等々力警部が目を白黒させるような強い個性でつらぬかれていた。等々力警部にはいったいなにがかいてあるのかわからぬような作品ばかりだったが、それでも自由奔放に駆使されているタッチの力強さや色彩の強烈さから、奈々子の性格がわかるような気がした。

わが愛の記録

十二月二十五日午後七時にいたっても、丘朱之助の消息はまだつかめなかった。朱之助の立ちまわりそうなさきはシラミつぶしに調べられたがかれはそのどこへも姿を現わさなかった。したがって、二十三日の午後八時ごろ大東館を跳び出して以来の朱之助の足どりは完全に消滅していた。このなぞのような失踪《しっそう》が朱之助をおおう容疑をいっそう濃厚なものにした。

その夜の夕刊の社会面はどの新聞も蜂《はち》の巣をつついたような騒ぎだった。

みやこ鳥と大東館。あいついで発見された少女凌辱事件、しかも、そのふたつにまたがると思われる変質者的な漫画家の存在。——なかには丘朱之助こそ和製ジャック・ザ・リパー、すなわち青トカゲにちがいないと、断定的な筆を弄して、のちに物議をかもした新聞さえあった。

それはさておき十二月二十五日午後七時から、この事件の合同捜査本部と定められた高輪署の会議室で、第一回合同捜査会議がひらかれた。

出席者は等々力警部を頂点として関係各署の捜査主任、ならびに担当刑事たちを網羅《もうら》したのだから、その数十数名の多きにおよび、なるほど近来の大事件であることをあらためて認識させられた。金田一耕助もオブザーバー格でその末席をけがした。

最初等々力警部より事件の大要について説明があり、そのあと警部の指名によりイの一番に発言したのは、大東館を所轄管内にもつ大崎署の捜査主任樋口警部補であった。

樋口警部補はさすがに緊張の面持ちで、

「ええ、みなさんもご存じのとおりこの事件のもっとも重大なる容疑者と目されている丘朱之助こと岡戸圭吉でございますが、当人は二十三日夜八時過ぎ大東館を跳び出して以来、いまだに消息がわからないのであります。しかし……」

と、樋口警部補はそこで咳一番、ずらりと一同の顔を見わたすと、

「しかし、丘朱之助こと岡戸圭吉が二十三日午後八時過ぎ、大東館の二階七号室をとびだしていった前後のもようは、その後調査の結果つぎのごとく判明したのでございます。と、申しますのは二十四日夕刻、本庁の新井刑事によって発見されて以来、昏睡状態をつづけておりました服部千恵なる少女がついさきほど昏睡より覚めまして、尋問にたえうる程度までに回復いたしましたについて、いろいろききただしましたところ、つぎのような事情であったことが判明したのでございます」

樋口警部補はそこでことばを切ると調書の上に眼を落とした。

金田一耕助は思わず末席から身を乗りだした。かれはその午後中条奈々子の個展を見

たあと、等々力警部とわかれて別行動をとっていたので、服部千恵の供述についてはまだ聞いていなかったのである。

「さて、服部千恵の申し立てによりますと、その日、すなわち十二月二十三日午後五時過ぎ、千恵はふたりの友人とともに大東館二階七号室へ、丘朱之助こと岡戸圭吉を訪問していたことでございます。このことはふたりの友人の申し立てによってすでに判明しているのでございますが、それから小一時間、ひとりの漫画家と三人の少女が遊んでいた……しかし、そのときの遊びというのはべつにいかがわしい種類のものではなく、三人の少女がかわるがわる、朱之助に似顔や少女趣味の絵をかいてもらったんですな。そういう点から朱之助は少女たちのあいだで人気があったらしいんです」

「つまり絵という武器を餌《えさ》にして、少女たちを釣《つ》りよせていたというわけですな」

質問したのは高輪署の加納警部補だ。

「そうです、そうです。女の子というやつはそういうことには弱いんですね。それから六時ちょっと過ぎになってふたりの少女はかえっていった。そのとき朱之助はふたりの少女にも飯を食っていくようにすすめたそうですが、さすがに気がとがめたのと、千恵が女房気取りでのさばるので多少嫉《や》け気味でもあったらしい」

「そうすると、千恵は以前から朱之助と関係があったんですか」

この質問は向島署の牧野警部補である。この気むつかしい警部補はいかにも忌まわしそうに顔をしかめていた。

「いや、その関係というのが……いや、それはいずれあとでお話ししましょう。さて、ふたりの友人を送り出したあと千恵と朱之助が食事をとった。そして、そのあとふたりでベッドへ入ったというんですが、その関係というのが……」

と、樋口警部補はうすら笑いをうかべて、

「そういう関係をもうかれこれ半年あまりもつづけながら、千恵自身は自分はまだ処女であると主張してゆずらないんです」

「ああ、なるほど。ペッティングというやつですな」

末席から声をかけたのは高輪署の辰野刑事だ。

「近ごろあれがはやってるらしい。満足したいが子どもは困るというんでしょうなあ。しかも、女の子のほうでは、それだとまだ処女性は失われていないという自己弁解みたいのがあるらしい」

と、辰野刑事が得意になって、ペッティングのいろんなメソードを解説するのを、そばから加納警部補がやんわりたしなめるように、

「辰野君、きみはなかなかそのほうの通らしいが、きみのご高説はまたいずれゆっくり拝聴するとして、それよりここでは樋口君の話を聞かせてもらおうじゃないか」

「やっ、これゃどうも……」

辰野刑事が首をすくめるのを尻眼にかけて、樋口警部補はまた咳一番、

「それじゃ話をつづけさせていただくとして……いま辰野君からご説明のあったペッテ

ィングですがね、朱之助のやりかたもだいたいおなじようなもんらしいんですが、ただいささか奇妙なのは、朱之助の場合、自分は浪費することなく、相手だけを興奮させ、上昇させ、最後に昇華させるという方法をとる場合が多かったそうです。ですから、朱之助のほうではなんどでも繰り返しがきいたわけです」

「そいつはちょっと……」

と、眉をひそめたのは代々木署の捜査主任、稲尾警部補。

「若いのにそれができるとすれば人間ばなれがしてますぜ。それじゃまるで冷血動物じゃありませんか」

「そうです、そうです。そこいらに朱之助の異常性のほどがうかがわれるんですが……」

「青トカゲの青トカゲたるゆえんかもしれんな」

憮然《ぶぜん》としてつぶやいたのは加納警部補。そのときそばから等々力警部が口を出して、

「樋口君、あとをつづけたまえ。諸君も意見があったら話を聞きおわってから聞こうじゃないか。万事は樋口君の話がおわってから」

「はっ、承知しました。では……さて、そうして一時間前後ベッドのなかで悪ふざけに興じていた。と、そこへ電話のベルが鳴り出した……ところが千恵はこの電話のかかった時間について正確な記憶がないんですが、さいわい大東館の地階に大東ハイヤーというのがございまして……」

と、樋口警部補はここで大東館と大東ハイヤーの電話の関係を説明すると、

「さいわい大東ハイヤーのマネジャー飯塚五郎というものが、その電話を盗聴していたんですが、それによると八時ちょっと過ぎだったようです。さて、以下は千恵の供述によるところなんですが、七号室の電話は居間のほうについている。それで朱之助がベッドをぬけ出し居間のほうへ行った。ところがその電話にむかって朱之助が開口一番叫んだのが、あっ、お姉さん！……しかも、それが跳び立つばかりの調子だったので、大いに千恵の疑惑を買ったわけです」

樋口警部補はことばをついで、

「そこで千恵がベッドのなかで利き耳を立てていると、しばらくして急に改まった調子になり、きみ、いまどこにいるんだいと、打って変わって高飛車になったのがかえって千恵の疑惑をそそった、こいつは臭いとなおも利き耳を立てていると、しばらく低い声で話をしていたが、しばらくすると聞こえよがしの大声で、じゃ、そこに待ってろ、いますぐ行ってやる……と、電話を切ったかと思うと、そそくさと寝室へかえってきて、おれはこれから出かけていく。おまえはかえれとさっさと身支度をはじめた。それがいっそう千恵の疑惑を招いたわけです」

樋口警部補はひと息入れると、調書のページを繰りながらさらにあとをつづけた。

「千恵はそこで駄々《だだ》をこねた。行っちゃいやだと男から衣類をはぎとろうとした。お姉さんとはいったいだれ？　そのひとのところへ会いに行くんだろうといったところが、朱之助がとっても怖い顔をして千恵をにらんだそうです。おまけにお姉さんなんていったおぼえはないと。……このゴマ化しかたがまずかったんですね。千恵はますます疑惑を募らせた。そこで行くなら行ってもいいわ。あたしも尾《つ》けてってやるわと身支度をはじめたら、いきなり朱之助が躍りかかって……あとは諸君もご存じのとおりです」

「身ぐるみはいでベッドへ縛りつけ、猿ぐつわまでかませていったんですね」

と、等々力警部が補足しておいて、

「ところで、金田一先生」

「はあ」

「きのうあなたがあの現場で提出なすった疑問はやっぱり当たってましたよ」

「ぼくが提出した疑問とおっしゃると……？」

「あなたはきのうこうおっしゃった。朱之助はゆうべのうちにこちらへかえってくるつもりだったにちがいない。だから問題はだれが朱之助を呼び出したかということと同時に、なにが朱之助がかえってくるのを妨げたか……」

「そうそう、それがなにか……？」

「いや、千恵の自供によってもやっぱりあなたの考えられたとおりでした。朱之助は出ていくとき、一時間か二時間そうしてろ。かえってきたらほどいてやると……このことは諸君もいっしょに考えてもらいたいんだ。だれが二十三日の晩朱之助を呼び出したか……と、いうことと同時に、なにが朱之助のアパートへかえってくることを妨げたか……このことはひとつ諸君も念頭においてもらいたい。それじゃ、樋口君、あとをつづけ

「はあ、いや、それでは……そういうわけで朱之助の行くえはまだわからず、また、朱之助が青トカゲであるという決定的な証拠もまだ発見されておりません。アパートの部屋は厳重捜査いたしましたが、青トカゲがつねに着用しているという黒ずくめの衣類や帽子もまだ発見されてはおりません」


「しかし、それゃ……」

と、ことばをはさんだのは向島署の牧野警部補。

「朱之助が着用したまま失踪したとすれゃ当然じゃないかな」

「しかし、牧野君、大東館を跳びだしたときの朱之助の服装はまるでちがってるんだぜ」

「朱之助のやつどこかにアジトを持ってるんだろ。いまもそこに潜伏してるんだろうから、朱之助が二十三日の晩大東館へかえってこなかったってこと、べつに意味はないんじゃないかな。いや、かえってきたほうがよっぽどおかしいぜ。要は朱之助のアジトを発見することだよ」


この警部補はいまだに金田一耕助を目の敵にしているようだ。突っかかるような口調に毒がある。

「なるほど、牧野君の説にも一理あるな。それもあとで検討してみようじゃないか」

等々力警部は柳に風と聞き流して、

「それじゃ、樋口君、あとを……」

「はっ！　そういうわけで、丘朱之助を青トカゲであると断定できるような決定的な証拠はまだ発見されておりませんが、ここにちょっと暗示的なシロモノがデスクのかくし引き出しから出てきたんですが……」

「かくし引き出し……？　かくし引き出しがあったのかい」

この質問は高輪署の加納警部補。

「はあ、それを発見したのはそこにいる須藤刑事の手柄なんですが、デスクの引き出しの奥にもうひとつ秘密の引き出しがあって、そこからこの日記が出てきたんですがね」

樋口警部補がもったいらしくかざしてみせたのは、女の子の使うような文庫版型の日記である。ピンク色の表紙に鈴蘭《すずらん》の花が散らしてあり、いかにも少女趣味の日記だが、そこに朱之助の手によるものなのだろう、

「わが愛の記録」

加納警部補は眼をまるくして、

「樋口君、それ、朱之助の性愛日記かい？」

「そうです、そうです。これでみると朱之助はほとんど毎日のように女の子と遊んでいるんですが、その遊びかたというのが……」

と、樋口警部補は顔をしかめて苦笑した。

金田一耕助もあとで詳しくその日記を見せてもらったが、それはたしかに一種異様な性愛体験秘録であった。ここにその一節を引用してみよう。

――某月某日。F・M子（十三歳と八か月）余の技巧に屈して女であることを立証せり。喜悦絶大。

　されど余はよく持ちこたえたり。

日記のほとんどがこのたぐいであり、なかには誇らしげにその技巧なるものを、ことこまかに書き記している部分もあった。しかも、ここに注目すべきは、ほとんどの場合、されど余はよく持ちこたえたりとか、余は自重して最後まで至らざりきとかあることである。ごくまれに本日は失敗せりとある場合もあるが、そんなときにはいかにも腹立たしげに、「無念」と、大書してあるのだった。

　金田一耕助はこの手記を読みおわったとき、しばし惘然《ぼうぜん》たらざるをえなかった。

　こんなことが果たして可能なのであろうか。それも一度や二度ならばいざ知らず、ほとんどの場合相手の少女だけを昇華せしめ、自分はよく持ちこたえうるということが。それも朱之助のような血気さかんな年輩で。

　もしそれが可能とすれば、よく持ちこたえて最後まで到達させぬなにものかが……心理的ブレーキのようなものが……朱之助にはあるのではないか。そしてそれが朱之助のいわゆるお姉さんなる女性の存在なのではあるまいか。

　もしそうだとすれば、朱之助のお姉さんなる女性に寄せる想《おも》いのなみなみならぬ想《おも》いが忍ばれて、金田一耕助は背筋の寒くなるような薄気味悪さをおぼえずにはいられなかった。

この日記がひととおり回覧されたとき、例によって切り込むような鋭い口調で発言したのは向島署の牧野警部補だ。

「樋口君。きみはいま丘朱之助が青トカゲであるかどうかを決定するについて、この日記ははなはだ暗示的であるというようなことをいったが、どこが暗示的なんだね。どこにも朱之助が青トカゲであることを暗示するような記述はないじゃないか」

「いやあ、記述のないところが暗示的なんでしてね」

「なにを！」

「いや、失敬、失敬。記述のないところが暗示的といったのはこういう意味なんだ。朱之助はほとんど毎日女の子と遊んでいるが、それでもときどきブランクの日があるだろう。それが朱之助の休養日であったのか、それとも日記に書かずにおいたほうがよいと朱之助がきめてあった、朱之助の別種の性愛日だったのか……そこンところはまだわからないんだが、そのブランクになってる日を警部さんや新井君と検討してみた結果、青トカゲが東京のどこかに姿をあらわし、殺人あるいは殺人未遂のことがあったのは、みんなそのブランクになっている日、つまり金曜日の出来事ということになってるんだ。ホテル女王の事件しかり。ホテル竜宮の事件またしかり。山田三吉轢《れきさつ》殺のことがあった日もまたしかり。さらに一昨日二十三日の金曜日がまたしかり。牧野君、これ、やっぱりそうとう暗示的とは思わないかね」

朱之助を繞《めぐ》る人々

この日記はことしの五月上旬から書きつづられているのだが、あとで一同が検討したところによると、朱之助は連日のごとく女の子と遊んでおり、その記録が綿々と書きつづられているのだが、毎月きまって二回ないし三回、ブランクの日があり、それがことごとく金曜日であり、しかも青トカゲ事件の起こった日と一致している。これを偶然の暗合と見てよいだろうか。

「まあ、そういうわけでそのブランクになってる日の朱之助の行動を調査してみる必要があると思うんだが、それは今後にまつとして、こんどは牧野君、きみのほうの捜査の結果を発表してくれたまえ。きみの担当は佐々木裕介と星島由紀の件だったね」

等々力警部の要請に牧野警部補はもったいぶって咳一番。

「ええ、それではこれよりわれわれの捜査の結果をご報告申し上げます。まず星島由紀の死因や死亡時刻ですが、死亡時刻は二十三日午後十時前後、死因は絞殺、男と同衾《どうきん》中の出来事ですが、男のほうが最後まで遂行していなかったことは、みなさんもすでにご存じのとおりです。さて、星島由紀の行状でありますが……」

と、牧野警部補はおそろしく早口である。ペラペラと忙しそうにページを繰りながら、

「これがおよそ乱脈をきわめておりまして、いままでに判明しただけでも肉体関係あり

と断定しうるボーイフレンドを三人持っております。幸か不幸かそれら三人の少年には二十三日夜のアリバイがあるんでありますが、かれらの申し立てるところから判断いたしまするに、星島由紀はみやこ鳥のごとき旅館やホテルへ出入りすることにそうとう経験をもっていたようで、三人とも同様の場所へ連れこまれたことがあるそうでありますが、そんな場合、いつも由紀のほうが姐御《あねご》ぶって、いっさいの応対から支払いまで賄っていたそうであります。さて、ここに注目すべき証言として、三人が三人とも口をそろえていってることでありますが、由紀にはほかに秘密の愛人があったらしい。その愛人に関するかぎり由紀はひたかくしにかくしていたそうでありますが、由紀がホテルや旅館のことに通暁《つうぎょう》しているのは、おそらくかくれたる愛人の指導によるところであろうというのであります。しかも……」

と、牧野警部補は、だれかに半畳《はんじょう》を入れられるのをおそれるがごとく、いそいでことばをつぐと、

「この三人が三人とも丘朱之助と由紀との関係は全然知っていなかったのであります。したがって三人がうすうす察知していた由紀のかくれたる愛人というのが、丘朱之助でなかったかという可能性が、強くなってくるのではないかと思うのであります。なお……

……」

と、牧野警部補は邪魔が入らぬよういそいでメモのページを繰ると、

「法楽園のスケート・リンクでありますが、二十三日の晩八時ごろ由紀をそこで見たと

いう証人が数人いることはいるんであります。由紀はそのスケート・リンクのご常連で、現に三人のボーイ・フレンドのうちふたりまで、そこで由紀と相知り、由紀に誘惑されたそうであります。ところが残念ながら、由紀がいつそこを立ち去ったのか。それを記憶しているものはひとりもいないのであります。したがってそのとき彼女がひとりであったか、連れがあったかということは残念ながらいまのところまだ判明しておらんのであります。しかし、さっきから樋口君の話を聞いて、わたしがつらつら按《あん》じるには……」

「ふむ、ふむ、きみがつらつら按じるには……？」

と、すかさず半畳を入れたのは樋口警部補。樋口警部補はニヤニヤ笑っている。牧野警部補はムッとしたような顔色を露骨にみせて、

「三人のボーイ・フレンドの証言によっても明らかでありますが、由紀は年齢よりませたほうで、しかも姐御ぶるのが好きだったようであります。それに反して丘朱之助はいたって女性的であったということは、あらゆる証言の一致するところであります。したがって朱之助が電話でお姉さんと呼んだ女、また日記のうえでブランクになっている日にひそかに逢《あ》っていたのは由紀ではなかったかと思うのであります」

「しかし……」

と、おだやかにことばをはさんだのは等々力警部。

「朱之助はなぜ由紀との関係をかくさねばならなかったのかね。ふたりのあいだに昔関係があったことは親戚一同知ってるはずだが」

「しかし、それはいったん切れたことになっております。しかし、朱之助はその後もひそかに由紀と情交をつづけ、しかもそれを秘密にしておきたかった……と、いうのは朱之助はかねてから由紀にたいして殺意を抱いていたからであります」

「由紀に殺意を……？　動機は……？」

「もちろん由紀の財産がめあてであります。これはあとで本庁の新井刑事より説明があると思いますが、朱之助は由紀にとってただひとりの血縁であります。だから、由紀が死亡すれば彼女の財産は当然朱之助のものとなるわけでありますし、その財産はそうとうのものと値踏みされるのであります」

「しかし、牧野君。それも一説だが、しかし、それじゃホテル女王の事件や水町京子殺しはどういうことになるんだね。水町京子を殺したところで朱之助はビタ一文得《とく》にゃならんが」

「だから、あれは殺人の予行演習だと思うんであります」

「予行演習……？」

　このとっぴな意見に一同は度肝を抜かれた。

「さよう、朱之助はみやこ鳥で真の目的を達するまえに、いちおうああいう場所における殺人の可能性、うまくいくかどうか、うまくいったとして捜査活動の限界性、そういうものを確かめてみようと思ったのでしょう。だから、最初のホテル女王の場合、失敗して逮捕されても大した罪にならぬよう被害者を殺さずにおいた。ところがそれがうまくいったので、ホテル竜宮においては殺人を決行してみた。しかも、これが成功するに及んで朱之助はついにほんとうの目的であるところの由紀殺しを決行した……と、これが事件の真相だと、わたしは思うのであります」

この奇想天外な推理をきいて一同はいよいよ度肝を抜かれたが、そのとき末席のほうから声がかかった。

「いや、まことに卓抜した名推理。わたしもその説には、心の底から敬服し、賛意を表するものであります」

一同が愕然《がくぜん》としてふりかえれば、金田一耕助が大まじめな顔をしている。

等々力警部は眉をひそめて、

「金田一先生、あなたはほんとうにそんなこと考えていらっしゃるんですか」

「もちろん」

金田一耕助はケロリとして、

「それよりほかに前の二件、解釈しようがありませんからね。しかし、それより牧野さんは佐々木裕介氏のことを調べていらしたはずですから、そのことを聞かせていただこうじゃありませんか」

牧野警部補は思いがけない方面から支持者があらわれたので、ちょっと戸惑いしたふうだったが、このひとはよっぽど気むつかしい人物にちがいない。かえって不愉快そうに頰《ほお》の筋肉をヒクヒクさせながら、

「ええ……と、それじゃ星島由紀のことはこれくらいにしておいて、由紀の保護者、佐々木裕介氏のことに移りますが……」

しかし、このひとは由紀が死んでも佐々木裕介は一文の得にもならないと聞いた瞬間から、裕介を容疑の圏外にはじき出しておいたにちがいない。調査の結果はしごく簡単だった。

佐々木裕介、戦争中にC市の医大を出て応召したが、内地勤務だったので復員ははやかった。戦後母校の研究室へ入り、昭和二十四年に学位をとっている。その後数年母校の附属病院で働いていたが、昭和三十年現在の病院にうつり今日に及んでいる。内科の医師としては診療に当たって熱心かつ忠実でもあり、いちおう経験もつんでいるので、年齢のわりには有能視されている。それに持ちまえのひとざわりの柔らかさから、患者、ことに婦人患者のあいだで評判がよかった。

それだけに私生活にはとかくのうわさが多く、C市の病院を棒にふったのも婦人関係がたたったのだといわれている。現在の病院へうつってからも婦人患者と一度、看護婦と一度問題を起こしたことがあるが、昭和三十二年の秋、星島麻耶子と結婚して以来おさまっているようである。

「さて、星島麻耶子と相知ったいきさつですが、昭和三十二年の春、麻耶子が消化器系統の病気で聖ニコライ病院の人間ドックにひと月ほど入っていたことがあるんですが、そのときの主治医が佐々木裕介だったというわけで、その秋ふたりは結婚してるんです」

「麻耶子の先夫星島重吾が亡くなったのは、昭和二十九年といってたっけな」

「はあ」

「そうすると……」

と、末席から口を入れたのは本庁の新井刑事だ。

「四年間の空閨に耐えきれなくなって、とうとう佐々木裕介先生の猫なで声に陥落したというわけか。あの先生、ちょっと女たらしみたいでいやらしいところがあるからな」

「しかし、そのこととこんどのこととは関係ないでしょう」

牧野警部補は頰っぺたをヒクヒクさせながら、憤然とした顔色である。この警部補は自分の話に半畳を入れられると、いちいち気になる性分らしい。

「ところで、成城の家というのはどういうんだね。佐々木の家なのかね、それとも麻耶子の……？」

「はあ、それはこうです。星島の家はもと池袋にあったんですね。麻耶子は先の亭主の死後もそこに住んでたんですが、佐々木裕介と結婚するとき、池袋の家を手ばなし、成城の家をあたらしく手に入れたんです。だから麻耶子の生前は麻耶子の名義になってたんですが、いまじゃ当然佐々木裕介のものになってます」

「広い家なのかね」

「それは浜本君から話してもらいましょう。浜本君、きみからひとつ」

「はあ。成城の家には坂口貞子というばあやがおります。これは麻耶子の先夫の生きてるころから星島家に仕えている女なんですが、その女の話によると成城の家、敷地だけでも三百坪はあるそうです。あのへんそろそろ坪十万円だそうですから、地所だけでもたいへんな財産ですね」

「それで、佐々木と麻耶子の夫婦仲は？」

「いや、それは悪くはなかったそうです。ただ、お嬢さまのことがあるもんですから、旦那様もずいぶんご苦労なさいましたと、坂口貞子は佐々木裕介に同情的な口ぶりでしたね」

「やれやれ、ばあやまであの猫なで声にまるめこまれたか」

新井刑事はあくまで佐々木裕介にたいして不信の念が晴れぬらしい。

「しかし、新井君。われわれの調査の結果によると、二十三日の夜の佐々木裕介のアリバイは完全なんだぜ。かれは一歩も築地の聖ニコライ病院を出ていない。それともきみはわれわれの捜査に杜撰《ずさん》なところでもあったというのかい」

「さあ、どうですかな」

「なにを！」

「いや、まあ、まあ」

と、等々力警部はふたりを制すると、

「おたがいに角目立つのはよそう。こんな場合いろいろ意見が出るのは当然なんだから……それより佐々木裕介が相続した麻耶子の財産はどのくらい……？」

「警部さん、それゃ、しかし、高輪署の分担じゃなかったですか」

突っぱねるような牧野警部補の返事にはニベもなかった。

「おっと、辰野君、どうやらわれわれの出番がまわってきたようだぜ」

牧野警部補の気むつかしさに反して、高輪署の加納警部補はいたって気さくなほうである。のんきらしく手帳のページを繰りながら、

「それじゃ申し上げましょう。星島重吾、もと職業軍人だったそうです。昭和二十九年脳出血で死亡したときが五十三歳。終戦のときは陸軍少佐だったそうですが戦争中に畠《はた》中《なか》麻耶子と結婚しています。麻耶子は女子美術出身ですが、夫との年齢が十五もひらいているにもかかわらず、とても仲のよい夫婦だったという評判です。夫婦のあいだに子どもがひとり、それが由紀です。さて、星島重吾ですが終戦のときは内地勤務だったので復員もはやく、当時はお定まりのヤミ商売。これはどうやら妹婿岡戸竜平の手引きだったらしいが、岡戸竜平のことは新井君に譲るとして、星島重吾というのがなかなか目先のきく男だったとみえて、終戦直後のドサクサ時代から二十三、四年ごろまでは、もっぱらヤミをやってたらしいんですが、それでしこたまもうけるときれいさっぱり足を洗って、いまの星島商事を築きあげた……と、いうのがわれわれの調査の結果の大要ですが、それ以上のことは直接調査にあたった辰野刑事から聞いてください。辰野君、きみからひとつ」

「はあ、それでは……星島商事はいま故星島重吾の軍人時代の部下、広瀬正明《まさあき》なる人物

が中心になって運営しとるんですが、堅実にやってるようでべつに悪い評判もありません。星島麻耶子、のちの佐々木麻耶子は先夫の死後、直接経営には参加しておりませんでしたが、株はそうとう持っていたわけです。星島商事の資本金は一億ですが、そのうちの半分を麻耶子と由紀が持っていた。そのうちわけを申しますと、麻耶子が二千万円、由紀が三千万円ということになっており、だいたい八分の配当は維持してるそうですから、それだけでもふたりの遺産相続人にとっては、そうとう大きな財産がころげこんだ……と、いうことですな。しかも、そのほかにも……」

と、辰野刑事はいろいろ数字をあげたのち、

「まあ、そういうわけで大ざっぱに見つもっても、麻耶子の死後佐々木裕介のふところには数千万円、あるいはもっと詳細に調査していけば、億になんなんとする財産がころげこんだんじゃないかと思われるんです」

「由紀の場合は？」

と、斬《き》り込むように尋ねたのは牧野警部補。

「いや、由紀の場合はさらにそれをうわまわると思われますから、もし由紀の財産をひとりの人物が相続するとなると、ゆうに一億をオーバーする財産がころがりこんでくるというわけですな」

「しかし、それは佐々木裕介じゃない」

と、牧野警部補は吐き出すように、

「由紀の遺産に関するかぎり、佐々木裕介はビタ一文の請求権もないはずだ」

「まさにそのとおり。しかし、それは岡戸家の家庭の事情ということになりますから、委細のことは本庁の新井君に譲ることにして、ここではただひとことといわせてください。麻耶子という女性はだれにでも愛され、好かれる性格だったらしい。したがって重吾の死後は新社長の広瀬正明をはじめとして、重吾の生前世話になった連中がいろいろ麻耶子の相談に乗ってたんですな。その麻耶子が佐々木裕介と結婚するといいだしたとき、広瀬社長をはじめとして一同こぞってその結婚に反対したそうです。理由は佐々木裕介が好ましからぬ人物として一同の眼にうつったらしいんですな。しかし、ときすでにおそく、麻耶子は人間ドックに入ってる時分、すでに佐々木裕介となにかあったらしいということです」

「しかし……」

と、牧野警部補はイライラした調子で、

「そのことはこんどの事件にゃ関係はない。由紀が死んでも佐々木は一文の得にもならないんだし、それに動かしがたいアリバイもある……」

「いや、わたしゃなにも佐々木裕介が由紀殺しの犯人だなんていってるんじゃない。ただ参考までに申し上げたまでで……」

辰野刑事はさじを投げたようないいかたで、本庁の新井刑事をふりかえって、

「それじゃ、新井君、ここらできみにバトンを渡すよ」

「おっとしょ。あとはおいらが引き受けた。ええと、それじゃこれから岡戸家についてやつがれの調査した結果をご報告することにいたします。まずイの一番に岡戸竜平でございまするが……」

子細らしく手帳のページを繰りながら、

「岡戸竜平、一昨年が還暦でございますから、ことしかぞえで六十三歳。満でいうと六十一歳何か月か六十二歳ということになるんでありましょう。戦前は某軍需工場で職工長のようなことをやっていた。昭和十年前後といえば満州事変のあとですが、そのころ岡戸竜平は四十前後、最初の妻とのあいだに一子竜太郎がすでに生まれていた。ところがその竜太郎の母なる女性が昭和八年かに死亡したについて、その翌年の昭和九年、後妻《めと》として娶ったのが星島重吾の妹の志保子、ときに竜平三十七歳、志保子が三十二歳。当時のことでありますからともにかぞえ年であることはいうまでもございません」

「志保子というのは初婚だったのかい？」

「いや、再婚は再婚なんですが、死別した最初の亭主とのあいだにゃ子どもがなかったそうです」

「と、すると志保子の腹に生まれた子どもというと……？」

「丘朱之助こと岡戸圭吉がひとりということになります。竜平と志保子が結婚したのが昭和九年、その翌十年に圭吉が生まれたが、それが志保子のひとりっ子であります」

「と、いうことは由紀の遺産相続人は圭吉以外にないということですな」

そばから念を押したのは牧野警部補。

「それで、志保子が亡くなったのは……？」

「昭和二十七年の秋、病気は乳ガンで、手術に失敗したんだそうです」

「それで、岡戸竜平はすぐいまの細君、操とかいったな、操という女と結婚したのかい？」

「いや、ところがそうじゃなく、操と結婚したのは昭和三十二年の春だそうです」

「操というのは前身は何者なんだい？」

「旧華族の娘だそうですよ」

「旧華族の娘……？」

「はあ、楢山《ならやま》とかいう子爵《ししやく》の娘で、戦争中一度結婚してたが、戦後はいわゆる斜陽族、落ちぶれて子どももなく亭主に死別した。それで音羽の千山荘で女中をしていたところを、岡戸竜平と相知って結婚したのが三十二年の春。子どもはありません」

「年齢はいくつ？」

「かぞえで三十六だそうですから、亭主の岡戸竜平とは二十七ちがいということになります」

「岡戸竜平というのは暴力団のボスだとか幹部だとかいってたが……」

「いや、それはもう十年もまえの話なんです。そういえば、警部さん、昭和二十五、六年ごろ、銀座をなわ張りにしてた双竜会《そうりゆう》というのがあったじゃありませんか。あれです。

おやじの竜平とせがれの竜太郎のふたつの竜で双竜会です」

「ああ、なるほど。双竜会ならわたしも聞いたことがあるが、あれならとっくに解散したはずだが……」

「そうです、そうです。なんでも岡戸竜平てえのが、終戦当時浜松のほうの軍需工場で工場長をやってた。それが終戦直後のドサクサまぎれに軍需物資を着服して、しこたま私腹をこやして東京へ出てきてヤミ商売。そこへせがれの竜太郎が復員してきて、双竜会というのを組織したんですね。そのころだそうです、竜太郎が昇竜の彫り物なんかをやったのは。そういえばひところはそうとう派手にすごんでたもんですが、志保子が亡くなったのを機会に親子話しあいの結果解散したんだそうです」

「と、いうと？」

「志保子というのが賢夫人だったらしくヤミ商売は時世時節でやむをえぬにしても、ゆすりかたりがましいことだけはやめてほしいと、それぱっかり苦に病んでたんだそうです。その糟糠《そうこう》の妻がポックリいったんで岡戸のじいさんも後生気が出たんでしょうな。それに竜太郎というのが会ってみるとなかなか話のわかった男です。これが継母志保子の恩義を感じていたらしく、志保子の臨終の枕もとで双竜会解散のことを誓ったんだそうで」

「それゃなかなか美談じゃないか」

「いや、美談も美談ですが、昭和二十七年秋といやア、いちおう戦後の世相も落ちついてましたし、それにキャバレーの経営にも成功してたんで、ゆすりかたりがましいことをやらなくとも、やっていける見通しがついてたんでしょう。いま『双竜』は西銀座のほかに赤坂にひとつ、池袋にもひとつあるそうですが、ほかにパチンコ屋を数か所経営しており、近ごろはボウリング場にも手をつけてるそうですよ。まあ、ちょっとした成功者といえるでしょうな」

「竜太郎はいくつぐらいだ」

「ことし三十七」

「すると継母のほうがひとつ下だね」

「そうです、そうです。しかし、親子とも割り切ってるんじゃないですか。それにいっしょに住んでるわけじゃなし、おやじは田園調布に住んでますが、せがれのほうは目黒の柿ノ木坂にある近ごろ流行の高級分譲アパートというのに住んでいます。もっとも近く細君がお産をするのでやはり独立した一戸を構えたいといってますがね」

「ああ、細君妊娠中なのかね。その細君だったね、珠実とかいうのは。前身はなに？」

「やはりキャバレーのダンサーだったそうです」

「竜太郎といっしょになったのはいつ？」

「去年だそうです。それまでさんざん女の子を食い荒らしてきたが、ここらが年貢のおさめどきだと観念して去年珠実といっしょになったとか……」

「岡戸圭吉が丘朱之助と名乗って漫画をかき出したのはいつごろから？」

「それゃ一昨年のことだそうです」

等々力警部はちょっと渋い顔をした。

警部の考えでは朱之助の朱は珠実の珠からきているのではないか。したがって朱之助がお姉さんと呼んでいる女は嫂《あによめ》の珠実のことではないかと思っていたのだが、珠実が嫂になるまえに朱之助と名乗っていたとすると……？

「きみは竜平や竜太郎に会ったんだろうね」

「はあ、操や珠実にはまだ会ってませんがね。おやじには西銀座の、せがれの竜太郎には赤坂の『双竜』でそれぞれ会いました」

「で、ふたりはどういってるんだ、こんどの事件について？」

「カンカンになって怒ってましたよ。ことにおやじのほうがね。せがれの竜太郎は竜太郎で、朱之助にゃお姉さんと呼んでる極秘の愛人があるらしいんだが、それ、お宅の奥さんじゃないかって突っ込んだら、一瞬あっけにとられたような顔をしてましたが、つぎの瞬間、カンラカンラと笑やあがった。細君の予定日は明二十六日なんだそうで、一週間ほどまえから入院してる。圭吉がいかに物好きでもそんな女と逢曳《あいび》きするはずがないでしょうとうそぶいていやあがった。あっはっは。しかし、明日にでも珠実という女に会ってみるつもりです。もし朱之助をかくまってる人間があるとすればおやじか兄貴でしょうからね。もう少し突っ込んで洗ってみる必要があるとは思ってるんですが……」

これを要するにその日の捜査会議では、丘朱之助こと岡戸圭吉を囲繞《いにょう》するいろんな事情が明らかになっただけで、捜査の決め手となるような収穫は皆無といってよかった。

その夜、金田一耕助が緑ケ丘町の緑ケ丘荘へかえってきたのはもう十一時を過ぎていたが、留守中かれのところへふたりの人物から電話がかかっていた。

ひとりは毎朝新聞の文化部にいる宇津木《うつぎ》慎策《しんさく》という人物からで、金田一耕助はときおりこの男をとおして、毎朝新聞の調査部を利用することがある。その代償として宇津木慎策はときおりすばらしい特種を金田一耕助から提供されることになっている。

金田一耕助はきょうも中条奈々子の個展を見たあと、等々力警部とわかれて、毎朝新聞へ宇津木慎策を訪ねていった。そして、ある人物について調査を依頼しておいたのだが、それについて明晩いつものところで会いたいという伝言が、管理人の山崎さんにしてあった。

もうひとりは思いがけなく岡戸竜平からであった。岡戸竜平も山崎さんに電話番号をいいおいてあったので、金田一耕助はさっそく該当番号に電話をかけてみた。電話のさきは西銀座のキャバレー双竜だった。岡戸竜平はまだそこにいた。金田一耕助は明日午後二時きっかりに、田園調布の自宅へ岡戸竜平を訪問することを約束した。

偽りの情事

岡戸竜平の邸宅は丸子多摩川園のすぐ近くにある。敷地総面積六百坪は越えるだろうていた。

と思われる岡戸邸は、高級住宅地といわれる田園調布でもひときわ豪宕《ごうとう》な偉容をほこっていた。

天井の高いゴージャスな感じのする応接室はよく暖房がいきとどいていて、大きなアーム・チェヤーに身をしずめていると、チョキン、チョキンと鋏《はさみ》をつかう音がきこえてくる。広い、手入れのいきとどいた庭には、植木屋が数人入りこんでいて冬化粧に余念がなかった。都心の騒音から遠くはなれていても、ここはここで、師走の気配がひしひしと身に感じられるようである。

「いや、どうもお待たせいたしました」

声をかけて入ってきた岡戸竜平は、うすく光沢をはなつ綿の入った着物に着ぶくれていて、首に襟巻きをまいているのが、老人くさかった。

「いやあ、どういたしまして……」

と、金田一耕助が腰をうかそうとするのを、

「いや、そのまま、そのまま」

岡戸竜平のものごしは慇懃《いんぎん》丁重をきわめているが、それでいて、その痩身《そうしん》をささえている鍛えられたはがねのようなきびしさには、さすがに争われないものがある。

「この年末ご多忙のおりから遠路わざわざご足労をいただいて、まことに恐縮千万でした」

「どういたしまして。わたしのようなものには盆も暮れもありゃしません。年がら年じ

ゅう貧乏暇なし……じゃなくて、年がら年じゅうただぶらぶらしているだけですよ」

「あっはっは、ご謙遜《けんそん》ですね。さ、さ、どうぞおらくに」

金田一耕助の正面へきてゆったりと腰をおろす竜平のおもてには、渋い微笑がきざまれている。しかし、その眼は例によって笑っていない。射るように相手を見すえる瞳のするどさには非情なまでのきびしさがある。

「なかなかけっこうなお住まいですね？」

「いやあ、とんでもない。いっこう手入れがいきとどきませんのでな」

「いや、ごりっぱですよ」

金田一耕助はお世辞をいったのではない。家具調度、マントル・ピースの上の置き物から壁にかかった油絵にいたるまで、洗練された趣味がすみずみまでいきとどいていて、よく調和がたもたれている。外部からこの豪宕な邸宅を見たとき内部へ入ると、不調和な成金趣味になやまされるのではないかと思っていただけに案外だった。

「金田一先生はアパート住まいのようですな」

「はあ」

「奥さんは？」

「いやあ、ひとりですよ」

「それはそれは……」

金田一耕助を見すえる竜平の強い瞳を、なにかしらなごやかなものが暖めた。

「ときに……？」

と、金田一耕助が質問を切り出そうとしたとき、ドアにノックの音がきこえた。

「お入り」

と、いう竜平の声に応じて、つつましやかにお盆をささげて入ってきたのは、還暦祝いの写真で見おぼえのある操であった。

「いらっしゃいまし」

「家内の操です。操、こちら金田一先生」

と、紹介する竜平の頬はさすがに多少テレかげんであった。しかし、その瞳からは相手の肺腑《はいふ》をえぐるようなあの鋭さは消えていた。

「操、おまえもここにいなさい」

「はい」

生地で見る操は写真で見たのとではまたいちだんと美しい。眼鼻立ちの美しさもさることながら、肌の美しさが無類といっていいくらいである。少しふとりかげんだが、いかにも体の柔らかそうな肉付きなので、それが少しも目障りにならないばかりか、このひとのあどけない美しさをいっそう魅力的なものにしている。結城紬《ゆうきつむぎ》のよく似合う人柄から見ても、気取りのない、無邪気な性質とうけとれた。それでいて、三十近くも年齢のちがう夫とならんで座って、べつに大きな違和感を感じさせないのはどうしたことだろうか。

「操」

「はい」

「竜太郎はまだこないか」

「はあ、もうまもなくお見えになると思いますけれど……」

操はにこやかに微笑をふくんでいる。このひとはいついかなる場合でも微笑をたやさない人柄ではないかと思われた。

「そうそう、竜太郎君といえば、たしかきょうが奥さんのおめでたの予定日だとうかがっておりますが……」

「お産まれになりましたのよ、今朝、予定日きっちりでございましたの。しかも坊やが」

「あっ、それはそれは……おめでとうございます」

金田一耕助がどちらにともなく頭をさげるのを、操はあどけない笑顔でうけて、

「あなた、金田一先生がお祝いをおっしゃってくださいます。お礼を申し上げなきゃ……」

「ああ、いや、どうも……」

竜平は渋い顔をして苦笑したが、その瞳からはあのとげとげしい鋭さは完全に消えていた。すると、その瞳はむしろ子どものような臆病さでおののいているように見える。

金田一耕助は気がついた。このほうがむしろこの男の本性なのではないか。ひとを射す

くめるあの凝視は、それをカモフラージするための擬態なのではないか。弱い昆虫《こんちゅう》ほどものものしい触角をふりかざしているのと同様に。

「いやな、金田一先生」

「はあ」

「きょうこうして来てもろうたのはほかでもない。きのう警視庁の新井という刑事がやってきて、いろいろききもし、きかれもしたが、そのとき新井刑事に聞いたんじゃが、先生はこの一件に、はじめっから関係していらっしゃるんじゃそうですな」

「はあ、偶然のことから……」

「と、すると先生にはこの事件の推移《いくたて》がよくおわかりになっていると思うんじゃが……きのうやってきた新井という刑事のことばによっても、また、ゆうべからけさへかけての新聞の記事によっても、まるでうちのせがれが青トカゲででもあるかのように、言ったり書いたりしておるんじゃが、金田一先生、あなたのお見込みではどういうことになっておるんでしょうね」

「さあね。いまンところぼくにもまだ、そうであるとも、また、そうでないともいえる段階ではないんですが……」

「と、おっしゃることは圭吉さんの容疑がそうとう濃いということでございますの」

そばからことばをはさんだのは操である。さすがに微笑は消えていたがその態度は相変わらず落ち着いていた。

「まあね。これは捜査上の秘密にぞくする事項ですから、ここで申し上げるわけにはいきませんが、圭吉君にとって有利とはいえない証拠がいろいろ出てきているようです」

「しかし、ねえ、金田一先生」

と、操はやんわりことばに抑揚をつけて、

「こんなこと申し上げるのは失礼でもあり、生意気なことかもしれませんが、人間にはそれぞれ本性というものがあると思うんでございますのよ。ひとそれぞれ、どんな場合でも自分の本性の許す範囲でしか行動はできないと思うんですの。あたし、圭吉さんの本性ならよく存じているつもりなんですけれど、殺人なんてことはおよそ圭吉さんの本性の許す行動半径からかけはなれた行動としか思えませんの。あのかた、よくいえば気のやさしいかた、悪くいえば気の弱い……それこそ虫いっぴき殺せないようなかた……それが圭吉さんの本性なんでございますの。それに、ゆうべ主人から聞いたんでございますけれど、圭吉さんのおかきになった漫画がなにかと問題になり、それを問題として取りあげるよう提案なすったのは金田一先生でいらっしゃるとか」

「それは否定しません」

「でもねえ、金田一先生、それでは推理小説とか探偵小説とかいうものはどうなるんでございましょう。推理小説だの探偵小説だのにはたいてい血なまぐさい殺人が扱われておりますわね。しかし、ああいう小説をお書きになるかたが、それではみなさん殺人の願望を持っていらっしゃるかというと、けっしてそれはそうではなく、ああいうのをカタルシスとか申しまして、そういう小説を書いたり読んだりすることによって、ウッセキしている感情のはけくちになっている、むしろそれによって心理的な浄化作用が行なわれているんだということを、あたしなにかで読んだことがございますけれど……」

「はあ、それはよくいわれていることで、またある程度真実でもあるようです」

「あたしとしたことが先生にこんなことを申し上げるなんて、釈迦《しゃか》に説法だということぐらいは存じております。しかし、あの漫画をそのまま鵜のみになさらないで……圭吉さんにとってはあれがひとつのカタルシスなんだと解釈してあげていただきたいんですの。それから……」

と、操はちょっと早口にことばをついで、

「いまお聞きすれば圭吉さんにとって、不利な証拠がいろいろ出ているそうですけれど、そういうことにお惑わされにならないで……あたし思うんですけれど、百の物的証拠よりももっともっとたいせつなものはそのひとの本性、人間性だと思うんですの。でも、こういうことは本職の警察官のかたがたに申し上げてもなかなか通用いたしませんわね。あのかたがたなにかというと証拠証拠でことをお決めになる習慣がおありなんじゃございません？　それもある場合には必要なんでしょうけれど、圭吉さんのように誤解を招きやすい性格のかたには、そういうやりかたでは危険じゃないかと思いますの。金田一先生ならあたしの申し上げることがわかっていただけると思ったものですから……たいへん失礼申し上げました」

操はさすがに汗ばんでいた。指にハンケチをまいて額の汗をこすりながら、きまり悪そうに微笑する操の顔には、このひとの生地らしいあどけない美しさがあった。

「いや、よくわかりました」

金田一耕助はペコリともじゃもじゃ頭を操のまえにさげると、

「要するに奥さんのおっしゃりたいことはこうなんでしょう。表面に現われた事実から圭吉君を誤解しないでほしい。つまり、いわゆる物的証拠というやつから、圭吉君にあやまった偏見持つことなしに、人間の本性をよりどころとして、そこからこの事件の真相をつきとめてほしい……と、そうおっしゃるわけですね」

「わかっていただけてありがとうございます。それじゃあなたから正式にお願いなすったら」

「ああ、そう、いやな、金田一先生」

「はあ」

「わしにゃこれのいうようなむつかしいことはわかりゃせん。ただわしにいえることは圭吉に……まあ、あれもいろいろけしからんことはしとったふうじゃが、そうかというてふたりも三人もの人間を殺すちゅうような、そんな大それたまねができようとは思えんのです。それにもかかわらずあれに不利な証拠がいろいろそろうているとすると、だれか圭吉に罪をなすくりつけようとしてるもんがあるんじゃないか……と、これもいい、わしもそれを考えた。それについて金田一先生」

「はあ」

「さいわい先生がはじめからこの事件にタッチしていらっしゃるちゅうことを、きのう新井という男から聞いたもんじゃから、これはひとつ先生に徹底的に究明していただいたらどうじゃろうか、と、こうしてお招きしたしだいですがな、どんなもんでしょうな」

「つまり、手っ取りばやくいえば私立探偵としてぼくを雇いたいとおっしゃるわけですね」

「そうそう、費用はいくらでも出すというと失礼じゃが、どうせこちらは商売人、なにかというとすぐゼニ金のことが口に出る。気にさわったら勘弁してください」

「いやあ、そりゃこちらも商売ですから、お引き受けするとなると適当に実費と報酬は請求しますがね。しかし、お引き受けする以上はなにもかも正直に打ち明けていただかなきゃ……」

「それは……」

と、いいかけたところへ自動車がきて止まる音がした。

「あら、竜太郎さんじゃございません？　ちょっと失礼を……」

操がふたりに会釈をして立ちあがったあとで、竜平は金田一耕助のほうへ向きなおった。

竜平の眼はまたいつものように相手を射すくめるような鋭さを取りもどしていたが、

その鋭い光のなかにはどこか弱々しいものが感じられた。

「いまあんたがおっしゃったことじゃがな。もちろんこちらも万事そのつもりでおります。この事件に関するかぎりわれわれはなんにもかくすことはないんじゃからな」

「けっこうです。しかし、竜太郎君も承知なんですか。ぼくにこの事件を依頼するということは……？」

「もちろん。ゆうべ電話で話したんですが、あれもいろいろ先生のおうわさを聞いとるようです。それで一も二もなく賛成しまして……ああ、やってきたようです」

操に案内されて応接室へ入ってきた竜太郎は満面に笑みをたたえていた。

「やあ」

竜太郎は金田一耕助を見ると、まるで旧知の間柄でもあるかのように皓《しろ》い歯を出して笑っている。

おやじとちがってがっちりと恰幅《かっぷく》のよい男だ。笑うと浅黒い顔から歯並みのよい歯がこぼれて愛嬌《あいきょう》がある。おやじの陰性なのに反して、せがれのほうは開放的で、闊達《かったつ》な性分とうけとれた。服装も尋常で、これが全身にクリカラモンモンのある人物とは思えなかった。

それにしてもいきなり人なつっこい微笑をあびせかけられて、金田一耕助がとまどいしていると、操が竜平のうしろへきて、

「あなた、いま聞けば竜太郎さんはまえに二、三度、金田一先生にお眼にかかったこと

がおありだそうです」

「えっ？」

「あっはっは、失礼しました。金田一先生、しばらく。先生がお忘れになったのもご無理はございません。あれからもう八年になるんですからね。金田一先生は相馬《そうま》良作という人物をご記憶じゃございませんか」

金田一耕助は覚えていた。かれが手がけた事件の関係者で、金田一耕助によって救われているのである。いまでも年賀状をよこす男だが、そういえば、現在の竜太郎と似たり寄ったりの稼業《かぎょう》の男だ。

「そうそう、そういえば……」

と、金田一耕助が改めて相手の顔を見直すと、竜太郎は腹をゆすって笑いながら、

「あれゃもう八年もまえのことで、当時はぼくもまだ駆け出しでしたからねえ。お母さん」

「はあ」

操は相変わらず落ち着いている。こういう情景を見ると、せがれのほうがひとつ年上のこの母と子のあいだには、少しもわだかまりらしいものは見られなかった。

「ぼくがね、まだ、なにかというと肌の彫り物やなんか見せびらかして、すごんでた時代のことなんですがね。この先生にも一度、これ見よがしにクリカラモンモンをちらつかせてすごんだことがあるんです」

「あらまあ」

「そんなことがあったのかい？」

「はあ。ところがこの先生ときたひにゃ、度胸がいいというのかいっこう通じないんですね。結局こっちが拍子抜けしたのを覚えてます。先生、ご記憶じゃございませんか」

「そうおっしゃれば……いや、実を申しますと、あのときわたしゃ肌のクリカラモンモンがあまりおみごとなもんで、つい見とれてたようなわけで……」

「あら、まあ！」

「あっはっは、お父さん、お母さん、万事この調子でおっそろしく度胸のいいかたですから、そのおつもりで。それにしても、驚きましたねえ、お母さん」

「はあ、どういうことでございましょうか」

「あの時分からみるとぼくは相当変わったつもりです。これでも成長したつもりなんですよ。ところが金田一先生ときたら、八年まえとちっとも変わっていらっしゃらない」

「無精もんですからね。人並みに年をとるのもおっくうなんですよ」

金田一耕助はヘタなしゃれをいってから急に思い出したように、

「相馬さん、お元気なんでしょうね」

「ああ、そうそう、相馬さん、けさの新聞を見たといってお見舞いの電話をくだすったんですが、そンとき金田一先生に事件の調査をご依頼申し上げることになったといったら、とっても喜んでくださいました。お眼にかかったらくれぐれもよろしくとのことでした」

「ああ、そう、こんどお会いになったらぼくからもよろしくと申し上げてください。それはそうと本日は奥さん、おめでたがおありだったそうで。坊やだそうでけっこうでした」

「ああ、それ。いや先生、ありがとうございます。しかし、そのことなんですがねえ。坊主め、いいときに産まれてくれたと思いましたよ」

「と、おっしゃると……？」

「だって、ついけさがたまで珠実がこぼれるようなお腹をしていなかったら、わたし新井刑事の口車にのって、珠実と圭吉との仲をうたぐって、やきもち焼いたかもしれませんぜ。あっはっは」

「いや、そのことだがね、竜太郎」

と、そばから竜平が乗り出して、

「いま金田一先生とお話ししていたところなんだが、金田一先生もこの事件を引き受けてもいいとおっしゃるんだ。ただそれにはなにもかもつつみかくすことなく正直に打ち明けてほしいとおっしゃる」

「それゃ、お父さん、当然でしょう。ここでひとつ金田一先生にいろいろ聞いていただこうじゃありませんか。われわれはこんどの事件に全然関係ないんですが、金田一先生のことだから、われわれの話のなかからわれわれ自身が気がつかなかった事柄、われわれがなにげなく見落としていた事実に気がつかれるかもしれません。金田一先生、いかがですか」

「はあ、そうさせていただけるなら……それじゃわたしは遠慮容赦なく質問の矢をはなちますがよろしいですか。そうとう突っこんだことをおきき することになると思いますが……」

「けっこうですとも。お父さん、あなたもいいでしょう」

「もちろん」

「じゃ、まず第一に、圭吉君のいどころはいまもって不明のようですが、あなたがたのうちどなたかがかくまっていらっしゃるんじゃありませんか」

「わしは知らん。竜太郎、おまえはどうじゃ」

「わたしも全然。だいいち新井という刑事がやってくるまで、こういう事件があったことさえ知らなかったのです」

「奥さん、あなたはどうです」

「いいえ、あたしも存じません。知っていたらこんなに心配しやあしません」

「では、みなさんが最後に圭吉君にお会いになったのはいつのことでした」

「わしはもうひと月以上も会うとらん。あれに最後に会うたのは先月のなかごろのことじゃったな。銀座の店へ小遣いをねだりにきおったが、あれはたしか十一月のなかごろのことじゃったと思う」

「そうそう、そういえばこの事件の最初の犠牲者、水町京子というストリート・ガールがホテル竜宮でやられたのは先月の二十五日の晩のことなんですが、そのとき水町京子は西銀座のお店の近所で青トカゲに会ったらしいというんですが、その晩、圭吉君はお店へ寄りませんでしたか」

「いや、その質問なら新井刑事にも受けたが、その晩、わたしゃ東京にはおらなんだんじゃ」

「どこかへご旅行でも？」

「ああ、そう、わしら同業者のあいだに親睦《しんぼく》会みたいなもんがありましてな。先月の二十五日はたしか金曜日にあたっていたと思うが、わたしゃ金曜日の午《ひる》過ぎ自動車で東京をたって熱海のS荘へ行き、金、土とふた晩泊まって日曜日の夕方こちらへかえってきたんです。しかし、その晩のことについては、あとから、操が申し上げることがあるそうです」

竜平はなにか苦いものでものみくだすような調子であった。操は消え入りそうな顔色である。そこになにか一種異様な雰囲気《ふんいき》がかもし出された。

「お父さん、お母さん、なにか……？」

「いや、竜太郎、それはあとからお母さんから話があるだろう。それより金田一先生、どんどん質問をおつづけください」

「ああ、そう」

金田一耕助はわざとふたりから視線を避け、

「それじゃ竜太郎さんにお尋ねしましょう。あなたが最後に圭吉君にお会いになったのは……？」

「いや、わたしは……」

と、竜太郎は思わず口ごもった。なにかしらかれはいま内心非常なショックをうけたらしい。父と父の若い後添《のちぞ》いの顔を焼けつくような眼で凝視しながら、

「わたしはおやじよりもっとあの子に会ってません。もうかれこれ半年近くも会ってないでしょう。圭吉のやつ、どういうわけかこの二、三年ぼくを避けるようにするんです。以前はとてもよい兄弟仲だったんですが、あの由紀の問題があったとき、ぼくが強く意見しすぎたのがたたったらしいんですね。それ以来圭吉はぼくを恐れるようになりました」

「なるほど、それじゃ奥さんは……」

「いいえ、あたしは……」

と、操はあえぐような息づかいで、

「あたしの話はあとでひとまとめにして……」

「ああ、そう、それじゃもうひとつお尋ねしますが、あなたがたは圭吉君がそうとう無軌道な生活をしていた……つまり幼い少女をおもちゃにしていたというようなことをご存じでしたか」

「わたしゃうすうす知っていた。しかし、きのう新井という刑事に聞くまでは、あれほど無茶をやってるとは気がつかなかった」

「あなたはだれにそんなこと聞いたんですか」

「これから……しかし、これもさすがに控え目にしかいえなかったんですな」

「竜太郎さんはどうです。圭吉君の私生活をご存じでしたか」

「いいえ、全然」

竜太郎はなおも気になるふうで、おもてを伏せた操のほうへ視線を送りながら、

「由紀との駆け落ちの一件があってから圭吉が家を出たってことは知ってました。当時からわたしゃおやじやこのお母さんとは別居していたんで、その間のくわしいいきさつは知らんのですが、あれも年ごろですから独立したくなったんだろうくらいに思ってたんです。それにいちおう由紀で女というもんを知った以上、ガール・フレンドのひとりやふたりはあるだろうくらいに思ってました。しかし、あれほど徹底した少女趣味とは……どちらにしてもおやじにしろこのぼくにしろ、自分自身のことに少しかまけすぎたようです。もう少しあの子のことを考えてやらにゃいけなかったんですな。ことに由紀との前科ができたあとはね」

「なるほど」

金田一耕助は悩ましげな眼でうなずくと、

「それじゃもうひとつ。これはもうみなさんのお耳にも入っておりましょうが、圭吉君

にはひとりお姉さんと呼んでた、どうやら年上のかくれた愛人があったらしいんですが、その愛人についてどなたかお心あたりは……？」

「そ、それは……」

操が切なそうにことばを切って、

「わたくしでございます」

そのことはさっきからの夫婦の顔色から、だいたい想像されたことではあったが、さすがに当人の口からあからさまに告白されると、聞くもののがわでは驚きが大きかった。

竜太郎ははじかれたように身を起こし、

「お、お母さん！」

と、思わず激しいことばが口をついて出た。

「いや、竜太郎」

竜平があわててそばから口をはさんで、

「なにも心配することはない。わしも承知のうえのことだったんだから」

「お父さんも承知のうえで、お母さんと圭吉の仲を……」

「竜太郎さん」

操がうなだれていたおもてをあげた。さすがに青ざめ、その瞳《ひとみ》には涙さえやどっていたが、彼女はつとめて微笑しようとしていた。

「こんなこと申し上げてもご信用いただけるかどうか……いいえ、いいえ、竜太郎さんならご信用いただけるんじゃないかと思うんですけれど……圭吉さんとひそかに逢《あ》っていたのはあたしでございます。しかし、圭吉さんとあたしとのあいだにはけっしてやましい関係はなかったんです。しかも、いまひそかに逢っていたと申し上げましたけれど、それは世間体のことで、ここにいらっしゃるお父さまは圭吉さんとあたしとの、そういう妙な関係をご存じでいらっしゃいましたの」

「お母さんが圭吉と……お母さんが圭吉と……」

竜太郎はうわごとのように、

「しかもおやじがそれを知っていた……？　ぼくにはわからない。いったいそれはどういうことなんです」

「そう、おまえにわからんのも無理はない。金田一先生、あんたもよく聞いてください」

竜平は相変わらず熱いものでものみくだすような調子で、

「ひとくちにいって圭吉がこれに惚《ほ》れたんじゃよ。これがお嫁にきてくれてからな」

「そんな馬鹿な！　そんな馬鹿な！」

「竜太郎、それが馬鹿といえるか。そういうおまえはどうじゃ。おまえもこれに惚れたんじゃなかったのか」

「あなた！」

「いいや、操、おまえは黙っておいで。竜太郎、おまえも最初これに惚れた。しかし、さすがにおまえは男らしくその恋情を清算して、それを母と子の愛情にすりかえてくれた。そしてさっさと珠実と結婚してくれた。それについてはわしはまえから感謝しておる。しかし、圭吉にはそれができなんだんじゃ。どこまでもこれを求めてやまなんだ。そして、その想いがとげられぬ腹いせに、星島の娘と駆け落ちしよったんじゃ」

「それじゃ……」

と、そばから口をはさんだのは金田一耕助。

「圭吉君が由紀ちゃんにいったという、麻耶子さんに対する恋情というのは……？」

「いや、それゃ多少はあったかもしれん。麻耶さんというひと……あのひとわしにとっては義理の姉にあたっていたわけじゃが……麻耶さんというひともきれいじゃったし、また、気性の闊達なよい女じゃった。いかにも圭吉のあこがれを持ちそうな女じゃった。しかし、麻耶さんと圭吉とはもう古いつきあいじゃった。麻耶さんのために問題が起こるなら、もっと早く起こっておらねばならんはずでしょう」

息苦しいような沈黙がシーンと一座の上にのしかかってきた。

そこには夫婦としての、父と子としての、それからまた生さぬ《な》仲の母とその子としての、三人三様のふしぎな愛情がからみあっているのであった。しかし、この三人の場合はそれでもよかった。それぞれ大人としての良識がそれ以上の不倫な関係にまで発展していくことを食いとめていた。

しかし、圭吉の場合は……？

「それじゃ、奥さんはときどき圭吉君とひそかに逢っていられたんですか」

「はい、月に一度か二度……」

「どういうところで……?」

「まあ、いろんな場所でございますわね。しかも、疑われれば疑われてもしかたのないような場所でございましたけれど……」

「しかも、それをご主人はご存じだったんですね」

「いや、わたしのほうから頼んだんじゃ。圭吉のああいういやな……竜太郎はいま少女趣味といったが、ああいう少女趣味をやめさせねばならんと思ったんです。これならそれができるだろうと思ったもんじゃから……」

金田一耕助は真正面から岡戸竜平の顔を凝視した。

それは圭吉に対する単なる父性愛からだろうか。そこには若い健康な妻をもっている老人の劣等感、あるいは妻と息子をすれすれの線まで接触させることによって生じる嫉《しっ》妬《と》からくる欲望の昂進《こうしん》……そういうものが手伝っていたのではないか。

「それで、奥さんはいま疑われてもしかたのないような場所で逢ってたとおっしゃいましたが、それでおふたりのあいだにまちがいは起こらなかったんですね」

「はい」

キッパリ答えて、

「信じていただけるかどうかは存じませんが……あのかたただときどき逢ってくれるだけでいいという条件でございましたし、それに気の弱いかたですから、いざとなってもそれ以上のことは切り出せないようでございました。もっともそれにはあたしの態度にむつかしいものがございましたけれど」

「しかし、奥さんはそういうことをたび重ねていくことによって、圭吉君をますます危険なものにするということに、気がつきませんでしたか。圭吉君の真の欲望は遂げられないんですから」

「だんだんそれに気がついてきました。ですから結局はあたしが愚かだったのでございます。あえて弁解はいたしません」

「圭吉君はお父さんも承知のうえだということをご存じでしたか」

「さあ、それはどうでしょうか。あたしのほうではかくしていました。でも、圭吉さんも聡明なかたですから、案外知っていらしたかもしれません」

「なるほど、それじゃこんどはもっと具体的なことをお尋ね申し上げたいんですが、先月の二十五日の晩、すなわち水町京子が殺された晩のことについて、なにか奥さんからお話があるとのことでしたが……」

「ああ、そのこと。その晩なら圭吉さん、あたしといっしょだったんです。ですから二十五日の晩に関するかぎり圭吉さんにはりっぱなアリバイがあるわけです」

「どこで、何時ごろから何時ごろまでごいっしょだったということ、奥さん、ハッキリ証言おできになりますか」

「はい、りっぱに。これはあたしのみならずその家の女中さんなんかも証言してくれますでしょう。赤坂山王下の近くにある丸万という旅館でございます。ところが、金田一先生。ここにちょっと心配なことがございますの」

「と、おっしゃると……？」

「その晩、先月の二十五日の晩赤坂の丸万で圭吉さんに逢ったときですわね。圭吉さんがこんなことをいってあたしをお責めになりましたの。先週の金曜日、お姉さん……と、いうのはあたしのことでございますけれど、お姉さんから電話があったので、ぼくこれこれこういうところへ出向いて、八時ごろから十一時ごろまで待っていた。それだのにどうしてすっぽかしたんです……と、こういって強くお責めになります。ところが、あたしそのまえの金曜日……十一月十八日になるんですけれど……圭吉さんにお電話した覚えはございませんの」

「十一月十八日というとホテル女王で妙な事件があった晩ですね」

「そうすると、お母さん。だれかあなたと圭吉の仲を知ってるものがあって……」

「いまから思えばそうとしか思えませんわね。でも、そのときは圭吉さんが作りごとをいって、あたしを困らせていらっしゃるんだくらいに思っていたんですの。圭吉さんにはちょっとそういう駄々っ子みたいなところがおありですから……」

「ちょっと待ってください、奥さん」

と、金田一耕助はポケット日記のページを繰って、

「これ、ぼくまえから妙に思ってたんですが、ホテル女王とホテル竜宮のふたつの事件、

それから山田三吉が輪禍に遭《あ》ったのも、由紀ちゃんがみやこ鳥で殺《や》られたのも、みんな金曜日のことなんですが、金曜日という日になにか曰《いわ》くがあるんですか」

「金曜日はあたしのおけいこ日でございますの。あたしいろいろおけいこごとをしておりますでしょう。茶の湯、生け花、お謡い、長唄。それに近ごろはがらにもなく俳句に凝ったりしておりますの。しかし、そう毎日のように家をあけるわけにはまいりませんわね。それで、そういうおけいこごとを全部金曜日にひとまとめにしてございますの。ですから金曜日は正午過ぎに家を出るんでございますけれど、帰宅するのはどうしても九時十時になってしまいます」

「なるほど、その日を利用して圭吉君と逢っていられたわけですね」

「それじゃ、金田一先生。犯人はそのことを知っていて、青トカゲの犯罪を万事圭吉に転嫁しようという魂胆じゃないでしょうかねえ」

「もしそうだったとしたら、竜太郎さん、だれかそういう人物に心当たりがありますか。そいつはそうとうこちらのご一家の内幕に、くわしい人物で、しかも女ということになるんですが……」

三人はさぐるようにお互いの顔を見合わせていた。

操の顔は恐怖と危惧《きぐ》におののいて真っ青だった。それに反して竜太郎はいまにも爆発しそうな怒りが全身の肌を焼いていた。竜平は苦いものでものみくだしたような顔色だったが、さすがにだれも返事はできなかった。

「じゃ、そのことはしばらく保留しておくとして、奥さんにまだ二、三ご質問申し上げたいことがあるんですが……」

「どういうことでございましょうか。あたしに答えられることならなんなりと……？」

「これは中条奈々子さんにお聞きしたんですが、奥さんは由紀ちゃんを引き取ってもいいといってらしたそうですね」

「はあ……」

「どうしてお引き取りにならなかったんですか」

「それが……」

と、操はちょっと困ったような顔をして、

「佐々木さんがいやなことをおっしゃるものですから……」

「いやなこととおっしゃいますと……？」

「由紀ちゃんにはなまじ財産がおありでしょう。それを遠回しにおっしゃるもんですから、あたし二の句がつげなくって……」

「佐々木がそんなことといったんですか」

竜太郎の眉間《みけん》に稲妻が走った。

「いえ、まあ、それは冗談でしょうけれど……」

「そうそう、由紀ちゃんの財産の話が出たんで思い出したんですが、由紀ちゃんの亡くなったいま、財産は圭吉君のものになるわけですね」

「まあ、そういうことですな」

竜平がムッツリと答えた。

「ところがその圭吉君に万一のことがあった場合、その財産はどこへ行くんですか」

「先生！　そ、それじゃ圭吉さんになにかまちがいが……？」

「いや、まあまあ、いちおうお聞きしたまでですが、そういう場合由紀ちゃんの財産は、こちらのご主人や竜太郎君のものになるんじゃないですか」

「先生！」

「いえね、竜太郎君、ひょっとすると犯人はそこまで読んでるんじゃないかということです。犯人はあきらかに最初から、圭吉君に罪を転嫁しようとしてことを運んでるんですからね」

「と、おっしゃると？」

「いや、これはまだだれも気のついていないことですから、当分極秘に願いたいんですが……」

「秘密にしろとおっしゃるなら……でも、どういうこと……？」

さすがに竜平の声もしゃがれていた。

「圭吉君は岡戸圭吉でしょう。ところが一方丘朱之助でもある。すなわち岡戸朱之助でもあるわけです。ですから……」

金田一耕助はポケット日記の一ページを裂きとって、そこに、

「オカトアケノスケ」

と、書いてみせ、つぎにノスケを削って、

「オカトアケ」

さらに片仮名のつづりをおきかえると、

「アオトカケ」

そのとたん三人のくちびるをついてほとばしり出たのは大きな驚きの叫びであった。

「おわかりでしょう、みなさん」

金田一耕助は茫然《ぼうぜん》自失という表情の一同を見まわし、

「これでこの事件が奥さんと圭吉君の偽りの情事と無関係でないことが……圭吉君が怪盗ルパン気取りで、自分の名前の改綴《かいてい》文字を死者の肌に書きのこしていたのでないとすれば、だれか圭吉君をおとしいれようとしているものがあるということが……」

だれもとっさに返事ができなかった。

三人はあきらかにおびえていた。どんな豪胆な人物でもおびえることがあるものである。ことに相手が見えざる敵である場合は。しかも、その見えざる敵がひょっとするとこの席にいるのではないかという疑惑が、だれかの胸をかすめなかったとはいえないのである。

竜平がなにかいおうとして口を動かした。だが、ちょうどそのとき、電話のベルが鳴り出した。立っていって受話器を取りあげたのは操である。

「はあ、こちら岡戸でございます。あら、中条さまの奥さま……？　はあ、こちら操でございます」

受話器にむかって三分あまり操は話をしていたが、

「承知いたしました。よく主人に申しつたえておきましょう。はあ、はあ、竜太郎さんのほうへもさっそくその旨連絡しておきますから……ああ、そうそう、奥さまはご存じじゃございませんでした？　竜太郎さんの奥さん、けさめでたくお産をなさいましたの。ああ、もしもし、もしもし、どうかなさいましたか。あらま、それじゃ奥さまは珠実さんがご妊娠だったってこと、ご存じなかったんですの。それはそれは……ええ、とても丈夫そうな坊や……はあ、どうぞご安心くださいますように。では、いずれ今夜」

受話器をおいたとき、どういうわけか操の瞳はキラキラと一種のかぎろいをおびてかがやいていた。しかし、操はすぐそのかぎろいをもみ消すと、

「あなた、中条さまの奥さまからですけれど、由紀ちゃんのお亡骸がいま成城のほうへ引き取られてきたんですって。今夜がお通夜で、明日午後二時から告別式だそうです」

「奥さん、いまの電話によると中条奈々子さんは、竜太郎君の奥さんが妊娠中だってことご存じなかったようですね」

「あら、そうそう、びっくりしてらしたようですわね。竜太郎さん、珠実さんはもう長いことあの奥さまに会ってらっしゃらないようですわね」

「あいつ、どういうわけかあの奥さんを毛ぎらいするもんですから。……それより金田

一先生。さっきのお話ですが、だれか圭吉をおとしいれようとしているものがあるとすると、圭吉はいまどうしてるんです。圭吉はいまどこにいるんでしょう」

「問題はそれですね」

金田一耕助はしずんだ声で、

「それについてご主人に提案があるんですが」

「と、おっしゃると……？」

「捜査当局は目下全力をあげて圭吉君の行くえを捜索中なんです。なかには圭吉君をクロときめてかかっている人物もいるようです。ところが、竜太郎君」

「はあ」

「あなたがたはあなたがたで、なにか組織のようなものをお持ちじゃありませんか」

「ないことはありません。まえに解散してしまいましたが、いまでも付き合ってる連中がたくさんいることはいます。それがなにか……？」

「いや、それらの組織を総動員して、警察とはべつに圭吉君の行くえを捜索していただきたいんですが……できるだけ敏速に」

「しかし、金田一先生」

竜平の瞳は針のようにとがっていた。

「それ、まだまにあうとお思いですか。圭吉をおとしいれたのがだれにしろ」

金田一耕助はしばらく無言でいたのちにいった。乾いた声であった。

「まあ、とにかくやってみてください。それから奥さん。そろそろおいとましたいと思うんですが、そのまえにもうひとつ、お尋ねしたいことがあるんです」

「はあ、どういうことでしょうか」

「由紀ちゃんと関係のあった三人のボーイ・フレンドのいうところによると、由紀ちゃんにはかくれた愛人がいたらしいというんです。その愛人のことだけは由紀ちゃんもひたかくしにかくしていたそうですが、あなたなにかお心当たりは？」

「さあ……」

と、首をかしげたものの操の声にはなにかひっかかるものがあった。

「そういうことなら中条さまの奥さまにおききになったら……由紀ちゃん、しばらくあそこへ預けられてたことがあるんですから……」

「ご主人や竜太郎君はなにか……？」

しかし、ふたりにも心当たりはなかった。

それからまもなく金田一耕助が辞去しようとして玄関まできたとき、玄関の外に人影が立っているのが見えた。

「あら」

操がちょっと顔色をかえるのを、

「いえ、奥さん、失礼しました。ぼくの秘書です。橋本君、そんなところに立っていないで、こちらへ入ってきてみなさんにごあいさつしたまえ」

玄関の格子をひらいて入ってきたのは地味なスーツの女であった。

「橋本君、こちらがご主人の岡戸竜平氏、こちらが奥さん、こちらが令息の竜太郎さん。みなさん、このひとぼくの秘書で橋本泰子《やすこ》というんです。お見知りおきください」

臨時秘書の橋本泰子こと尾崎くに子の視線は一瞬操のおもてに釘《くぎ》着けになっていたが、その顔面のすごいほど蒼白《そうはく》に見えているのは、寒風のなかに立ちん棒をしていたせいであろうか。

推理の積み木

金田一耕助が田園調布の岡戸家を訪れたころ、由紀の死体が成城の佐々木家へ引き取られていた。こういう場合男はとかく無力である。だから事務的な手つづきは裕介にかわって奈々子がいっさいやってのけた。由紀の遺体が佐々木家へ運びこまれたときも、奈々子は自分の自動車を駆って付き添ってきた。裕介は奈々子の自動車に便乗していた。

成城の家ではばあやの坂口貞子が心得ていて、葬儀屋の手で、お壇の飾りつけその他いっさいの準備はととのっていた。

坂口貞子はそろそろ六十に手がとどきそうな年ごろだが、体は頑健《がんけん》そのものである。頭こそ白いものが半分まじっているが、縦よりも横のほうが広いといえそうなその体つきは、いかにも丈夫で長持ちしそうである。

裕介と再婚する以前から麻耶子に仕えているというこのばあやが、こんどの事件をどう見ているのかわからないが、少なくともいままでのところ裕介にとって不利になるような言動はないようだ。

息子がひとりいることはいるが、嫁との折り合いが悪くて息子の家にいるよりは、この家で働いているほうが楽だというこの老婆が、主人のことを悪くいうはずがない。もちろん彼女は彼女なりに佐々木裕介という人間にたいして、批判のないはずはないのだが、それを表に出さぬだけの老獪《ろうかい》さを身につけていた。

しかし、こういう老婆にも苦手はあるものとみえて、中条奈々子にはいつも逃げ腰である。奈々子があたらしい女主人になるのではないかという、見通しのつかぬ彼女ではないはずなのだが、そこには利害打算を超越したなにかがあるらしい。奈々子も近ごろではさじを投げているようだ。

きょうも由紀の遺体をおさめた柩《ひつぎ》を中心として、お壇の飾りつけをおわるまで、なにかと葬儀屋の手伝いをしていたが、それがおわって葬儀屋が引きあげていくと、

「わたし、お台所がございますから」

と、逃げるように引きさがった。

しかし、きょうの裕介や奈々子にはそのほうが都合がよかったかもしれない。形式的に線香をあげて手を合わせると、ふたりで応接室へとじこもった。

「きみ、それじゃやっぱり出かけるのかい」

ちょっと駄々っ子みたいな口の利きかたである。

「だって、ついうっかり約束してしまったんですもの……」

「そんな約束ほごにしてしまえよ」

「だって相手は新聞社よ。そんなことしたらあいつお高くとまってるって、どんなこと書かれるかしれたもんじゃないわ」

「文化部の記者なんだね」

「ええ、そうよ、それがなにか……？」

「きみはやっぱり新聞に書かれたいんだろうね。中条奈々子女史の新しい芸術観なんて……」

「それゃ、あたしだって虚栄心ってものがありますからね。やっぱりいろいろ書かれてみたいわ。それにちょうどいま潮時だと思わない。なんとなく潮に乗ってると思うのよ。こんどの個展だって評判悪くないし……」

「きみはぼくと結婚する気があるのかないのか……？」

「そうそう、そのことですけれどねえ」

奈々子は男の顔を見ようともせず、ハンド・バッグからホープを一本出して吸いつけると、

「その問題いそがないほうがいいんじゃない？　ここで誤解されてもつまンないとは思わない。あたし当分芸術のとりこってことになってたいと思うのよ」

「きみゃ結婚の問題よりも芸術的功名心のほうに関心がふかいのじゃないか」

「ほ、ほ、ほ、そうかもしれないわねえ。衣食足って礼節を知るってえけれど、あたしの場合、衣食足って芸術的功名心のとりこになったというのかしら。そうそう」

と、奈々子は思い出したようにテーブルのうえの灰皿に、ホープの吸い殻《がら》を押しつけると、

「田園調布へ電話をかける約束だったわね」

奈々子は受話器を取りあげると、電話のむこうへ出た操としばらく話をしていた。途中まで奈々子の調子にかわったところは少しもなかった。いつものとおりの快活な奈々子であった。だが、話の途中から急に奈々子の調子がくずれた。イキが乱れてテンポが狂った。

安楽椅子のなかで電話を聞いていた裕介は、おやというように奈々子のほうをふりかえった。この女が取り乱すなんて珍しいことなのである。ふしぎそうに見守っている裕介のほうへ、電話をおいてふりかえった奈々子の顔には怒りの色がもえていた。

「あなた！　竜太郎さんの奥さんの珠実というひと、妊娠中だったというじゃないの。けさお産をしたというじゃないの」

「えっ！」

と、安楽椅子のなかで身を起こした裕介の顔にも驚きと狼狽《ろうばい》の色が走った。しばらく奈々子と眼を見かわしていたが、やがてまた椅子のなかにふかぶかと身をしずめたとき、

裕介の態度にはわざとらしいふてぶてしさがあった。

「それがどうしたというんだい？」

男は相変わらず平然としており、声の調子には捨て鉢なひびきさえある。それがいっそう奈々子をいらだたせた。

「どうしたって、きのうまでこぼれるようなお腹をしてたひとが……」

「だから、どうしたというんだい」

奈々子は憎らしそうに男の顔をにらんでいた。男の平静がほんものかどうか見きわめようとするかのように。

男はクスンと笑って椅子から立ちあがった。女のほうへ行こうとして、急に気がついたようにドアのほうへ行くと、鍵をなかからまわした。

それから二十分ののち、みずからドアをひらいて奈々子を送り出した裕介は、奈々子の肩越しにまじめくさった猫なで声でささやいた。

「さあ、行ってらっしゃい。せいぜい新聞記者にむかって自己宣伝をしてくるんだね。だけど記者君とのインタービューがおわったら、さっさとこちらへかえってくるんだよ。こんなときにゃやっぱりご婦人がいてくれないと格好がつかないからね」

奈々子は誇りをきずつけられた牝獅子《めじし》のように、髪の毛が逆立たんばかりであった。

青トカゲ事件の被害者の遺体がもどってきたというので、佐々木家の門前にはかなりの野次馬がむらがっていた。奈々子はそれらの野次馬の視線のなかで身がすくむような思いであった。往来からも見えているあの応接室のカーテンのなかで、たったいま演じられたあの不協和音のような情事の葛藤《かっとう》が、野次馬の眼で見すかされているのではないかというような屈辱感が、奈々子の心を怒りに沸騰させているのである。

奈々子は虚をつかれたのである。まさかこの際、こんな場合に……と、いう油断も彼女のがわにあった。いや、それより以前、操の電話の内容の一部分が、すでに奈々子を動揺させていたのだろう。自信家の奈々子も自信がぐらついていた。男はたくみにその虚をついてきたのである。

ハンドルを握った奈々子の眼はうすじろく濁ったまま血走っていた。濁っているのはさっきの情事のせいだろう。血走っているのは傷つけられた誇りと自己嫌悪《けんお》からくる怒りが、彼女の心を煮えたぎらせているせいなのだ。

ちょうど交通マヒの時刻に当たっていたことが、いっそう奈々子をいらだたせた。毎朝新聞の文化部記者、宇津木慎策との約束の時間は四時である。それまでに彼女はいま、自分の個展がひらかれている銀座のデパートまで駆けつけなければならないのだ。

彼女はこのチャンスをうしないたくなかった。毎朝新聞の文化欄にデカデカと書き立てられるであろうことを想像すると、どんなことがあってもこのインタービューをすっぽかしたくなかった。それだけに佐々木裕介の誘惑に抗し切れなかった自分が腹立たしくなる。

奈々子が銀座のM屋へ駆けつけたのは約束の時間より二十分おくれていた。ちょうどあの不愉快な情事についやした時間である。これでインタービューをふいにするようなことがあったら、あの男、どうしてくれようと、彼女は気もそぞろで六階にある個展の会場へ駆けつけた。

受付の女の子にむかって、

「毎朝新聞のかた、お見えになっていらっしゃらない？」

「ああ、このかたですね」

女の子は毎朝新聞文化部と肩書きのついた宇津木慎策の名刺をわたすと、

「そのかたならいまなかで絵を見てらっしゃいます」

「あら、そうお」

彼女はいそいでなかへ駆け込みたいのをやっとのことで自分をおさえた。にこやかな微笑をつくり、落ち着きはらった足どりで会場へ入っていったものの、奈々子の心はやっぱりうわずっていたのだ。会場のすぐとっつきに立って絵を見ていた若い女が、ちらと彼女のほうへ視線を走らせ、あわててほかへそらしたのを奈々子は完全に見落としていた。

宇津木慎策はすぐ見つかった。いや、見つかったというよりは、会場には宇津木慎策といま視線をそらした女とのふたりしかいなかったのである。

「宇津木さんでいらっしゃいますか」

足音を聞いてふりかえった青年に奈々子はにこやかに声をかけた。手にいま受付でわたされた名刺を持っていた。

「はあ、ぼく毎朝の宇津木慎策です。中条奈々子さんですね」

入り口に近いところで絵を見ていた女が、またちらと奈々子の横顔に視線を送った。

「お待ちになったでしょう。交通マヒにひっかかってしまって……」

「いやあ、ぼくもいまきたばかりですよ。それにこの絵を拝見していたらべつに退屈はしませんでしたよ」

「あら、お世辞がよろしいんですのね」

奈々子はおのずと笑みこぼれてくるのをどうしようもなかった。

「あの……失礼ですけれど、今晩これからどこかでお食事つきあっていただけません？」

「はあ、いや、ありがとうございます」

宇津木記者は慇懃丁重である。

「せっかくですけれど、ぼく六時までに社へかえらなければならないんです。今晩ひとつ記事を入れなきゃならないもんですから……」

「でも、朝刊だったらまだ締め切りまでに時間がおありなんじゃございません？」

「はあ、それはそうですけれど、大阪へ送らなきゃならん記事ですからそうゆっくりはできないんですよ」

「まあ、それは、残念でございますわねえ」

「いや、ご招待はこのつぎにしてください。それよりそこの喫茶室はどうです」

「でも、あそこ混んでおりますでしょう。お席がございますかしら」

「それは大丈夫、さっき席をとっておきましたから」

「あら、手回しがおよろしいんですのね」

ふたりそろって会場を出るときさっきの女はもうそこにはいなかった。しかし、奈々子は全然そのことに気がついていなかった。

宇津木慎策がとっておいた席は喫茶室のいちばん奥まった席である。衝立とシュロの鉢植えとでほかから隔離されたような位置になっており、ここならば混雑をきわめている歳末デパートの喫茶室の内部でも、ゆっくり話ができそうだと奈々子はまず満足した。壁に鏡がはめてあり、奈々子はその鏡にむかって席をとらされ、宇津木記者はその横へ座をしめるとさっそくノートと鉛筆とを取り出した。

「実は……」

宇津木記者はお坊っちゃんお坊っちゃんした微笑をくずさず、

「一昨日でしたか、あなた昼間テレビで放送なさいましたでしょう。それをうちの部長が視聴しておりましてね、なかなかいいことをおっしゃる。なにかお話をうかがってこいというわけなんです」

「あら、じゃ、絵のことじゃございませんの」

「もちろん絵のことですよ。あなたその放送の際、絵のお話もなすったんじゃないんですか。戦後の日本の住宅建築の変化と絵画の関係……たしかそんなお話をなすったとか

「……？」

「あら、ま、そのことでしたの。それを部長さん、聞いていてくださいましたの」

どんな人間にも弱点というものはあるものである。いまの奈々子のウィーク・ポイントは、彼女自身も告白しているとおり芸術的功名心というやつである。

「それでどんなところで記事にしてくださいますの」

「きょうは月曜日でしょう。中条さんもご存じだと思いますがうちの朝刊、毎週水曜日に『読書と知識』という欄のために一ページさいておりますでしょう。あの欄の記事なんです。題は『建築様式と前衛絵画』と、いうのはどうでしょう」

「あら、ま、けっこうですわねえ。それであたしの名前入れていただけるんでしょうねえ」

「もちろんですよ。できたらむこうに出てる絵のうちあなたがいちばん自信をお持ちの絵を、一枚写真に撮らせていただいて……」

「あら、写真ならちゃんと用意してございますから、みんなお持ちになって」

「ああ、そう、そう願えれば……じゃ、ぼくにボツボツ質問させてください。あなたはたしか芙蓉会に属しておられるようですが……」

宇津木慎策も絵画についてひととおり勉強してきたにちがいない。相手に疑いを抱かせない程度に質問のツボは心得ていた。

こうしてたくみにウィーク・ポイントをつかれた奈々子は、すっかり相手のペースにのせられた。ついおしゃべりに夢中になっていたので、二つ三つむこうのテーブルにさっきの若い娘が座っていて、鏡にうつる自分の顔をうかがい見ているなどということには、夢にも気がつかなかった。

尾崎くに子もそうとう神出鬼没である。さっき田園調布の岡戸家へ金田一耕助の秘書としてあらわれたかと思うと、いまはこうして中条奈々子の背後にきているのである。

くに子の顔はひきつっていた。鏡のなかの奈々子の顔をうかがいながらときどき首をかしげていた。どちらともきめかねているような顔色だった。

ちょうどそのころ尾崎くに子とわかれた金田一耕助は、五反田二丁目の裏通りを飄々《ひょうひょう》として歩いていた。と、いってかれはなんの目当てもなくそんなところをほっつきまわっているわけではない。

二、三度かれは道行くひとに尋ねたり、八百屋の表に立っているそこの若い衆に聞きただしたりしていたが、とある横町を曲がったとたん、金田一耕助の口もとに微笑がわいた。

むこうの道端に見おぼえのある赤提灯をぶらさげたおでんの屋台がおいてあるのみならず、屋台のそばにこれまた見おぼえのあるおやじの田村福三が立っていて、せっせと七輪の火をあおいでいる。時刻は四時をちょっとまわったところだが、師走という時節がら、早目に商売に出るつもりなのだろう。

「やあ、おやじさん、こないだはごちそうさま」

「えっ？」

と、うちわをつかう手をやすめたおやじはキョトンとした顔色で、

「失礼ですけどどなたさまでしたっけ」

「お忘れですか。こないだ、ほら、ホテル竜宮で事件のあった晩、高輪署の連中といっしょにごちそうになった男ですよ」

「ああ、あのときの……」

と、おやじは破顔一笑して、

「そうそう、等々力とかいう警部さんとごいっしょでしたね」

「思い出してくれましたね。あのときごちそうになったおでんの味は忘れられませんよ」

「あっはっは、これはごあいさつですな、ときにきょうはおひとりで……」

「ああ、いや、ちょっとあのときのことについて、もう一度おやじさんに確かめておきたいことがあってね。ちょうどこの辺を通りかかったもんだから寄ってみたんです」

「ああ、そう」

と、軽く受けたものの怪訝《けげん》そうな顔色はかくしきれなかった。

「失礼ですが、旦那はいったいどういうかたなんです。サツの旦那がたはあなたのことを先生と呼んでたようだが……」

「なあに、等々力警部とながいつきあいでね、いわゆる私立探偵というやつだが、警部

とは持ちつ持たれつという仲なんです」

「それはそれは……いや、ようがす。ここじゃなんですからちょっとなかへお入りになりませんか」

と、うしろの格子をふりかえった。

「ああ、そう、それじゃ……」

格子のなかはきちんと片づいていた。どうせ小さな平家建ての安普請《ぶしん》だが、よほどきれいずきとみえて、玄関の障子もいま貼《は》りかえたばかりのようにま新しかった。

「どうぞ、お上がりになりませんか」

「いや、ここでけっこう、ほんのちょっとおききすればよろしいんですから。その代わり二重回しのままで失礼させてください」

「どうぞ、どうぞ。おおい、ばばどの。お客さんだ。お座布団を差し上げてくれ」

奥からわりと上品な老婆が座布団をもって顔を出した。ふしぎそうに金田一耕助を見守りながら、

「どなたさまで……？」

「いや、あとで話す。おまえは奥へひっこんでろ。そうそう、お茶と灰落としだ」

「いや、どうぞお構いなく」

金田一耕助はすすめられた座布団に横座りに腰をおろすと、

「ご家族はおふたりきりですか」

「いいや、せがれと娘がひとりずつおります。長男は戦争でとられましたが、ふたりの子どもが働いてくれますんでな」

生活はわりに楽なのだろう。老婆が茶と灰皿をもってきたがそのまま黙ってひっこんだ。

「ときにお尋ねというのは……？」

「ああ、そのことですがねえ」

と、金田一耕助はひざをすすめて、

「あの晩あなたは変な男がホテル竜宮の路地口から跳び出してきた時刻を、最初九時十二、三分まえだとおっしゃいましたね」

「ええ、そう、それが……？」

「ところが警察の連中がそんなはずはない。男が跳び出してきたのは九時過ぎのはずだといったら、あなた刑事の時計とあわせてみて、ああ、この時計おくれていたとおっしゃって、置時計の針をなおしていらしたが、あのとき何分くらい時計がおくれていたんですか」

「ああ、そうそう、そういえば、あれ、十分とはおくれてませんでしたよ。たしか八分ほどおくれてたのを覚えてます」

「あなた、それ、まちがいないでしょうねえ」

「それゃ……あっしもまだそれほど耄碌《もうろく》しちゃいませんや。あれ、まだほんのひと月ほどまえの出来事ですし、ほかの晩とちがってああいうことのあった晩ですから、わりとはっきり覚えてるんですがね」

「そうすると、八分しかおくれてない時計が九時十二、三分まえを指していたとすると、男が跳び出してきた正確な時刻は九時四、五分まえということになるんじゃありませんか」

「そうおっしゃればそうですが、それがなにか……？」

「田村さん」

金田一耕助は鋭く相手の眼を見つめて、

「いまのことですがね。黒豹のような男がホテル竜宮の路地口から跳び出してきたのは九時過ぎではなくて、実際は九時数分まえだったということですね」

「はあ……？」

「そのことは当分だれにもいわないでほしいんです。必要があればぼくから捜査責任者の耳に入れておきます。あなたはそれをだれにもおっしゃらないで」

「先生、そのことがなにか……？」

と、おやじは不安そうな顔をして上がり框《がまち》からひざを乗り出してきた。

「いや、いまのところぼくにもまだなんともいえません。しかし……」

「しかし……？」

「もしこの事件がめでたく解決されるとしたら、これが重要なポイントになりましょう。

そうするとあなたはさしずめ表彰ものでしょう。その代わり……」

「その代わり……？」

「このことがいまこの段階でひろく世間に知られてしまうと、あなたの身に危険が及ばないとも限らない。あなたもたぶん新聞で読んでいられると思うが、こんどの事件の犯人は非常に凶暴性をもったやつのようですから」

「しょ、承知しました」

田村福三はのど仏をぐびりと鳴らして生つばをのみこんだ。恐怖の色を満面にうかべて、

「ぜ、絶対だれにもいいません。口が縦に裂けても。金輪際《こんりんざい》……」

「じゃ、そうお願いします。いや、どうもありがとうございました」

二重回しの袖《そで》をひらひらさせながら飄々として師走の風のなかへ出ていったとき、金田一耕助の頭脳のなかは目まぐるしく回転していた。どうやらかれの脳細胞のなかで推理の積み木が、ひとつ積み重ねられはじめたらしいのである。

試験殺人

「それゃ困ったね。じゃ、くに子君にはまだどっちとも決めかねるというんだね」

「どうもすみません。こんなあいまいなことしかいえなくって……」

「でも、感じからいってどう？　田園調布で会った奥さんのほうが近いか、それともM・デパートで見た女の絵かきさんのほうが近いか……」

「それがなんともいえなくって……」

尾崎くに子は恐縮ということばを字で書いたように、金田一耕助のまえで肩をすぼめている。

そこは渋谷金王町にある「陳《ちん》」という支那料理店の奥まった日本座敷である。「陳」そのものが表通りから横へ入った静かな場所にあるうえに、離れになっている日本座敷が、ほかの客席から隔離されているので、他聞をはばかる用談の場合、金田一耕助はいつもここを使うことにしている。いまその「陳」の離れ座敷で朱塗りの円いちゃぶ台をかこんでいるのは金田一耕助と宇津木慎策、尾崎くに子の三人である。

「最初田園調布のお玄関で岡戸さんの奥さまというかたにお眼にかかりましたでしょう。そのときはあたしてっきりこのかただと思ったんですの。ところがそれから一時間ほどしてM屋デパートの六階であの女の絵かきさんに会ってみたら、こんどはこのひとじゃなかったかという気がしてきたり……こんなこと申し上げるとほんとに無責任なんですけれど、結局あたしあのひとの顔をハッキリ見ておかなかったんですわね」

いま金田一耕助がくに子に期待しているのは、山田三吉を尾行していたのではないかと思われる黒いネットの女の面影を、この事件の関係者のなかから発見できないかということなのである。

「それにいまから思えばあのひと一種の変装をしていたんじゃないでしょうか。とっても毒々しい厚化粧でしたし、ベールの下から透けてみえた顔のうち、とくにあたしの印象に強くのこっているのは、毒々しいようなつけまつ毛でしたから……」

なるほどこれでみると面通しというものが、いかに困難なことであるかがわかるようである。

人間の記憶力というものはあやふやなものである。尾崎くに子が最初その女に会ったとき、そのつもりで観察しておいたのならともかく、のちになってひょっとするとあの女が……と、いう程度の印象なのだから、彼女の記憶の不明瞭《ふめいりよう》なのも無理はない。二度目に彼女がその女を目撃したときはことさら無理だ。そのとき彼女はそうとう離れたところに立っているその女を見たのにすぎない。彼女は相手の眼鼻立ちによってあの女だと判断したのではない。姿かたち、いや、服装によって伊勢丹の女だと見破ったにすぎない。

「ですから、あのおふたかたにあのときとおなじメーキ・アップとおなじ服装をしていただいたら、どちらのかたがあのときの女だったとわかると思うんですけれど……」

だが、それは不可能な話である。

しかし、金田一耕助はそういわれて気がついたのだが、岡戸操と中条奈々子、生地のふたりはまるでちがっているのだけれど、すらりと姿のよいところや、日本の女としては背の高いところなど、たしかに共通点をもっている。ふたりとも五尺三寸を少しオーバーしているのではないか。

「いや、よくわかったよ、尾崎君」

金田一耕助はなぐさめるように、

「結局どちらが黒衣の女だかわからなかったとしても、あのふたりが絶対に黒衣の女ではありえない……と、いうようなことはないんだね」

「はあ、それは」

「それだけわかっただけでもけっこう。それじゃ念のためにもうひとり会っておいてもらいたい婦人がいるんだが……」

「はあ、どういうかたでしょうか」

「それはいずれ連絡する。明日になるか明後日になるかわからないが、そのつもりで待機していてください」

「承知しました」

それからまもなく尾崎くに子はひと足さきにかえっていった。

「じゃ、こんどは宇津木君、きみの番だ。いろいろ疑わしいところがあるということだったが、どういうんだい?」

「いや、それなんですがね」

宇津木慎策はちゃぶ台のうえを片づけると、その上にメモをひろげて、

「表面に現われた事実を疑ってみると、たしかに疑えると思うんです。しかし、きょう

中条奈々子という女に会ってみて、少し考えが変わってきたんですがね」

「どう変わってきたんだね」

「まさかあの女が……って気が強くしてきたんです。ひどく無邪気で多少軽はずみなところさえあるような女なんです。まんまとぼくの口車に乗るような女ですからね」

「きみの口車に乗ったんじゃないだろ」

「えっ？」

「毎朝新聞にひっかかったんだ。毎朝新聞の文化欄の記事にしてやるといやあ、たいていの女はひっかかるよ。ことにああいう芸術づいてる女はね。うぬぼれちゃいけないよ」

「あっはっは、ごあいさつですね」

「いや、それはそうと、きょうのインタービュー記事、ほんとに使ってくれるんだろうね。でないとあの女に疑られても困るんだ」

「いや、それは大丈夫。おやじさんあんまりうれしそうな顔はしませんでしたがね」

「そう、それじゃ中条奈々子女史にたいするきみの主観はいっさい抜きということにして、冷厳なる事実だけを聞かせてもらおうじゃないか。小林奈々子が中条辰馬と結婚したのは……？」

「昭和二十六年。ときに中条辰馬六十三歳。小林奈々子二十六歳。中条辰馬には先妻とのあいだに一男一女がありました。その時分小林家が倒産してしまって、奈々子が辰馬と結婚するよりほかに小林家の家計を救う道がなかった……と、いうのが奈々子がこの結婚へ踏み切った理由のようです」

「奈々子は一度流産したといってたが、それはいつごろ？」

「昭和三十二年二月に流産しています。流産したときは妊娠六か月だったそうですから、結婚後五年目に妊娠したわけです」

「そのあとそうとうノイローゼが激しかったといってたが……」

「それもほんとうです。ちょうどそのころ星島麻耶子との交際が復活して、そのすすめでまた制作に没頭しはじめて、芙蓉会へカムバックし、その秋麻耶子の世話で第一回の個展をひらいているんです」

「昭和三十二年といえばその秋、麻耶子は佐々木裕介と結婚したわけだね」

「はあ」

「そうすると奈々子は麻耶子のみならず、その夫裕介とも相知《あい》ったわけだね」

「いや、相知ったのみならず、その翌年の昭和三十三年春、それまでの中条家の主治医と手を切って、佐々木裕介がその後釜《あとがま》に座ってるんです」

「なるほど」

金田一耕助は顔色もかえず、

「中条辰馬が死亡したのは？」

「昭和三十三年二月二十三日。病気は心筋こうそく症。文字どおり青天の霹靂《へきれき》みたいな死にかただったそうです」

「死亡診断書を書いたのは……？」

「もちろん佐々木裕介です」

「で、だれも死因に疑惑を抱いたものはなかったのかね」

「さあ……そこまではわかりません。しかし、七十という年齢が年齢だし、若い女房を持っていたし、さらに常日ごろ頑健なのがご自慢で、無理に無理を重ねていたから、突然は突然だが、あの男ならさもありなんということになったらしいんですね」

「で、遺産は……？」

「もちろん、三分の一は奈々子が相続しています。中条組は内容がいいようですから、奈々子もそうとうのものを相続してるはずです」

「それで、ふたりの子どもたちもおやじの死因に疑いは持たなかったのかね」

「さあ、それはどうだか。……辰馬というのが専制君主で一族中での暴君だったらしい。その暴君がたんまり遺産をのこして亡くなったので、子どもたち、かえってサバサバしたんじゃないですか」

「そうかもしれない。人道地におちた世の中だからね」

「それにしても辰馬が死んで奈々子がたんまり遺産にありついた。かと思うとそれからわずか一年経《た》つや経たずに、こんどは麻耶子が交通事故で死亡して、亭主の佐々木裕介がまたたんまり遺産を相続したとなると……」

「しかも、奈々子はしゃあしゃあと自動車事故に遭う直前、麻耶子が自分の別荘へ立ち

寄ったと告白してたぜ。よっぽど自信があるんだろうね。もし疑惑をもたれたとしても
いまとなっては絶対に証拠はあがらぬという……」

「そうするとこれは交換殺人ということになるんでしょうかねえ。裕介が辰馬を殺して奈々子に遺産を相続させる。その代償としてこんどは奈々子が麻耶子を殺して裕介に、麻耶子の遺産を相続させた。……」

「と、いう臆測は成り立つが、臆測はあくまでも臆測にすぎん。たとえそれが事実であったとしても、いまとなってはふたつの殺人がふたつとも立証することはむつかしい。辰馬の遺骨に毒薬の痕跡《こんせき》でものこっていればともかくだが、相手が医者とあっちゃそんなヘマはやってないだろうからねえ」

「あの女がねえ」

宇津木慎策はとても信じられないというふうにため息をついて、

「それにしても由紀のことはどうしたんでしょう。由紀がなにか秘密を握っていたというんでしょうか」

「そんなことかもしれん。そうとう早熟な娘だったらしいからね」

「しかし、由紀はまだ納得できるとして、ホテル女王やホテル竜宮の事件はどうしたんでしょう。縁もゆかりもない赤の他人とちがうんですか」

「いや、それについて向島署の捜査主任がおもしろいことをいってたぜ。あの二件は由紀殺しの予行演習だろうと……」

「予行演習……？」

と、宇津木慎策は眼を見張って、

「それゃまたどういう意味です」

「なあに、ああいう連れ込み専門のホテルや旅館では、いかにやすやすと殺人が決行できるか……それを試験的にやってみたんだろうというんだが、ぼくも一見奇抜にみられるこの意見になかば賛成してるんだがね」

「し、試験殺人ですって？」

宇津木慎策はまたいちだんと眼を丸くした。

「そうそう、近ごろは試験結婚だとか試験離婚てえのが流行するじゃないか。人間が慎重になってきたというのかな。殺人者もおいおい手が込んでくるよ」

宇津木慎策はあきれたようにしばらく黙りこくっていたが、急にまた思い出したように、

「それじゃ丘朱之助という漫画家はどうしたんです。あの男はこの事件でどういう役割を演じてるんです」

金田一耕助は悩ましげな眼をしてただ黙りこんでいた。宇津木慎策はさぐるように相手の顔をうかがいながら、

「それに第一あの男はどこにかくれひそんでいるんです。この事件に関係がないんなら……」

そこまでいってから宇津木慎策は急におびえたように眼をとがらせた。大きく呼吸をはずませて、

「金田一先生！」

「なあに」

「ひょっとすると丘朱之助も消されちまったんじゃ……さんざん利用されたあげく……」

金田一耕助は答えなかった。凍りついたような沈黙がシーンとふたりのあいだに落ちこんできた。宇津木慎策はすっかり顔色をうしなって、奥歯がガクガク鳴るような気持ちだった。

疑問のかずかず

青トカゲ一件についての疑問のかずかず。

一、ホテル女王の場合。

イ、葉山チカ子とはいったいだれなのか。

ロ、葉山チカ子の胸にも青トカゲの絵がかいてあったというが、山田三吉の証言によるとその青トカゲも左をむいていたという。なぜか。

ハ、山田三吉は葉山チカ子の下半身を見ていない。したがって彼女が男とことを行なったであろうという証拠はどこにもない。また、だれも葉山チカ子と泉茂樹が

いっしょにいるところを見たものはなさそうである。
ニ、なぜドアの外に鍵をさし、また水道の栓をひねりっ放しにしておいて、ひとの注意をひく必要があったのか。
ホ、葉山チカ子の携えていたかなり大きなスーツ・ケースにはいったいなにが入っていたのか。

二、ホテル竜宮の場合。
イ、ラムールを出てみゆき通りでタキシーを拾うまでのあいだわずか数分、その間水町京子はどこで青トカゲに会ったのか。水町京子と青トカゲの交渉はかなり複雑なものがあったはずだが、わずかの時間にそれは可能だったろうか。
ロ、むしろその交渉は八時十五分ごろ、ラムールへかえってくる以前すでにできていたのではないか。彼女は青トカゲとの約束の時間がくるまで、そこで時をかせいでいたのではないか。
ハ、街娼タツ子の証言によると水町京子はそのとき、ああいうのを変態というんだろうねえ……云々といったそうだが、それはすでにかせいできた客のことをいったのであろうか。否、これからかせごうとする客、すなわち青トカゲのことをいったのではないか。と、すればいまだベッドを共にしない相手がどうして変態とわかったか。
ニ、当たり屋の亭主田村福三の証言によると、青トカゲとおぼしい男がホテル竜宮の路地口から跳び出したのは、九時数分まえということになる。ところがホテル竜宮のフロント今井陽造やベル・ボーイ江口勇の証言によると、水町京子が青トカゲとともに二階へあがっていったのは九時五分過ぎだという。この食いちがいはどうしたことか。

ホ、九時数分まえホテル竜宮の二階にはどういう客がいたか。すなわち一号室のふたり、東北訛《なま》りのある田舎紳士とキャバレーの踊り子ふうの男女だけであり、ふたりとも厳重に顔をかくしていた。

へ、一号室の田舎紳士の携えていた、かなり大きなスーツ・ケースのなかにはなにが入っていたのか。

ト、九時数分まえにホテル竜宮の路地口を跳び出した男の風采《ふうさい》と、九時過ぎにホテル竜宮のフロントへ水町京子と手を携えて現われた青トカゲの風采とが一致するのはなぜか。

チ、高輪台町の表通りの果物店マルミ屋のまえでタキシーを降りた水町京子はいつどこで青トカゲと落ち合ったのか。

リ、水町京子はなぜ殺害されたのち犯されねばならなかったのか。いや、犯人のがわからいえば、なぜ事を行なうまえに殺害しておかねばならなかったのか。それは単なる異常趣味か。

ヌ、水町京子の胸に描かれた青トカゲも左を向いていたがなぜか。いや、それよりなぜ葉山チカ子の胸にあったとおなじ絵を描き残さねばならなかったか。
ル、なぜドアの外に鍵をさし、水道の栓をひねりっ放しにしておいたか。
ヲ、一号室の男女が立ち去ったのち十分にして電話をかけてきたのはだれか。またなんのために？　それはホテル女王の場合とおなじ状態のもとに、殺人が行なわれたことを示唆するためではなかったか。

三、山田三吉の場合。
イ、山田三吉が故意に轢殺されたとして、なぜかれを殺害しなければならなかったか。かれがこの事件の関係者のうち、ただひとり表面へ出ている葉山チカ子の顔をちかぢかと見ていたためではなかったか。
ロ、ではなぜもっと早く殺害しなかったか。なぜかれがホテル女王の一件を届け出るまで待たなければならなかったのか。犯人はむしろそのことを山田三吉が届けて出るのを待ち望んでいたのではなかったか。
ハ、尾崎くに子が伊勢丹で会った黒いネットの女は、山田三吉を監視していたのであろうか。もしそうだとすると三吉を殺害するチャンスは、もっと早くあったはずである。彼女はまた三吉の葬式をひそかにうかがいにきている。と、いうことは彼女にとっては三吉の生死が重大関心事ではなかったか。ここらに彼女のウィーク・ポイントがあるのではないか。
ニ、山田三吉の入院中たびたびその安否を尋ねてきた電話は、やはりこの事件に関係があるのだろうか。その声はたしかに男であり、しかも、彼にとっても三吉の生死は重大関心事であったようである。と、するとこの事件は男と女の共犯ではないか。

四、みやこ鳥旅館の場合。

イ、由紀の場合も彼女がだれかと臥所《ふしど》をともにした痕跡が明らかであるにもかかわらず、なぜそこに男のものが残っていなかったのか。水町京子の場合はハッキリ残されていたのに。

ロ、みやこ鳥の犯人もスーツ・ケースを持っていたようである。苔の上に残された跡から推定するとそのスーツ・ケースはかなり大きなもののようである。ホテル女王の場合といい、ホテル竜宮の場合といい、この事件にはスーツ・ケースが付いてまわっているようだが、それがこの事件にどういう役割を果たしているのであろうか。

五、丘朱之助の場合。

イ、彼がお姉さんと呼んでいた相手は継母操であることが判明した。操の証言によるとホテル竜宮の事件の夜の朱之助のアリバイは立証される。しかし、このことは間接的には操自身が、自分のアリバイを証明しているのもおなじである。しかし、操はうそはいうまい。丸万へ行って聞けばすぐわかることだから。

ロ、操の言を信用するとすれば、だれかが操と朱之助の偽りの情事を知っていたことになる。しかも、それらの逢曳きが金曜日に行なわれるということも。それはだれか。いや、それがだれにしろ女であることは疑いない。朱之助がしばしば電話の声でだまされていたらしいところをみると。
ハ、アオトカゲがオカトアケの改綴文字であることに気がついたのはだれか。もしそれが朱之助自身でなく、だれかが朱之助の異常趣味を利用して、彼に罪を転嫁しようとしているのだとしたら、いままで黙っているのは不思議である。そろそろそれとなく指摘してきそうなものだが。……
ニ、丘朱之助が犯人でなく、彼もまたちがった意味での犠牲者のひとりとしたら、彼はいまどこにいるのか。彼がいまだに姿を現わさないのは不思議である。と、いうより不安である。

ゆうべ「陳」からかえってきた金田一耕助は、改めてこの事件を最初からふりかえってみた。そして、そのつどメモしておいたノートを頼りに、作成してみた疑問のかずかずの一覧表は以上のごときものであったが、それを読みおわったときの等々力警部の顔つきこそ見ものであった。

「金田一先生！」

かみつくように声をかけて、金田一耕助をふりかえった警部の顔は真っ赤に充血していた。

そこは緑ヶ丘町緑ヶ丘荘の金田一耕助の部屋である。壁にかかったカレンダーは二十

七日を示しており、デスクの上の置時計の針は夜の八時を指している。

金田一耕助はきのうもきょうも捜査会議に顔を出さなかった。

べつに牧野警部補の反感に恐れをなしたわけではないが、金田一耕助には金田一耕助

なりに考えねばならぬところもあった。ことに岡戸の一家から事件の調査を依頼されて

みれば、金田一耕助独自の努力も必要になってきたわけである。

だが、等々力警部だけはときおり連絡をとっておく必要があった。だからこの一覧表

ができ上がると、警部のほうからこのアパートへ出向いてもらったのである。

「それじゃ、金田一先生はアオトカケと丘朱之助の名前の関係をご存じだったんです

ね」

等々力警部はしばらく無言で穴のあくほど金田一耕助の顔を見つめていたが、やがて

携えてきた折りカバンのなかから一通の手紙を差し出すと、黙って金田一耕助のほうへ

突きつけた。

金田一耕助は手にとってみて思わずふっと眉をひそめた。

それはどこの文房具店でも売っていそうな粗悪なハトロン紙の封筒の上に、新聞か

雑誌から切り抜いたらしい印刷された活字の貼りまぜ文字で、芝高輪署内における合同

捜査本部あてのあて名がつづってある。なかみもおなじであった。これまたどこの文房

具店ででも売っていそうな粗悪な便箋の上に、新聞か雑誌から切り抜いたらしい印刷さ

れた活字の貼りまぜ文字で、つぎのごとくつづってある。

青トカゲはアオトカケである。丘朱之助は岡戸朱之助である。岡戸朱はオカトアケ。アオトカケはすなわちオカトアケのつづり直しである。　以上

むろん封筒にも便箋にも差出人の名前はなく、これだけの文章をつづるのに必要な活字がなかなか見当たらなかったとみえて、大小さまざまな文字の活字が使われている。消印を見ると中央郵便局の名前が見えているが、日付けはハッキリしなかった。

「これいつ受け取られたんですか」

「きょうの午後の便でとどいたんです」

いかに年末多忙の際であろうとも中央局区内で投函《とうかん》されたものが、高輪あたりへ配達されるのにそう多くの日数がかかるはずがない。おそらく昨日あたり投函されたのであろう。きょうは十二月二十七日だから投函されたのは二十六日ということになる。

丘朱之助こと岡戸圭吉が青トカゲの事件に関係があるのではないかということが、新聞紙上にあらわれはじめたのは二十五日の夕刊あたりからである。と、するとこの投書のぬしはいちはやく丘朱之助と青トカゲの関係を見抜いたといわなければならず、まことに驚くべき洞察《どうさつ》である。

「金田一先生はいつごろからこのことに気がついていられたのですか」

「失礼しました」

金田一耕助はかるく頭をさげると、

「最初から……、丘朱之助がこの事件に関係があるとわかったときから……」

「じゃ、最初から……？」

「と、いうのは、ぼく、はじめから青トカゲになにか特別の意味があるんじゃないかと気にしてたでしょう。だから事件以来絶えずトカゲ、あるいは青トカゲに関連のあるものを暗中模索してたもんですから、朱之助のアケとトカゲのカゲの語呂の相似に気がついたんですね」

「しかし、どうしてそれをわたしにいってくれなかったんですか」

「だれにも知られたくなかったからです。うっかり新聞に出てしまえば元も子もないですからね」

「と、おっしゃる意味は……？」

「こういう投書がくることを期待してたんです。犯人が朱之助ではなく、朱之助に罪を転嫁しようとしているものの仕業であったとしたら、これに気がついてもらわなければ困る。だから気がつかぬふりをしていると、いつかこういう投書がくるであろうと。……」

金田一耕助は電灯の光に封筒や便箋をかざしてみて、

「警部さん、これ、指紋は……？」

「だめでした。いちおう調べさせたんですがね」

「それゃそうでしょうねえ。これだけ用心ぶかい相手だから。だけど警部さん。この手紙、くるのが少し早過ぎやしませんかねえ。丘朱之助こと岡戸圭吉の名前が青トカゲの事件のなかに出てきたのは、二十五日の朝刊、それもごく一部の朝刊にとおまわしに出たのが最初でしたよ。それですぐ観破したとしても、これだけの活字を探し出すのはそうとう容易じゃなかったと思うんですが……」

「と、おっしゃると……?」

「この投書のぬしはあらかじめ、二十三日の事件以前にこれを用意してたんじゃないでしょうかねえ。糊《のり》のぐあいやなんか少し古過ぎるんじゃないですか」

「よろしい、じゃ、さっそく鑑識へまわして糊の古さを測定してもらいましょう。しかし、ねえ、金田一先生。この投書、積極的にゃわれわれになんの提示もしてくれない。犯人はよっぽど用心ぶかい人物でしょうからねえ。しかし、消極的にゃわれわれに示してくれるところがあると思う」

「と、おっしゃると……?」

「この投書のぬしはわれわれに筆跡を知られたくなかった。と、いうことはわれわれが筆跡を手に入れようと思えば手に入りうる人物……と、いうことになるんじゃないですか」

「まあ、そういうことでしょうねえ」

金田一耕助はニコニコした。

「そこへもってきてこの投書が二十三日の夜の事件以前に作成されていたものとすると、この投書のぬしは丘朱之助がこの事件の表面へ浮かびあがってくる以前、すでに青トカゲと丘朱之助の名前の関連性を知っていた。……と、いうことはこの投書のぬしこそ犯人だということになるんじゃありませんか」

「まあそういうことかもしれません」

「と、すると犯人は丘朱之助の周辺にいる人間ということに限定されてくる……」

金田一耕助はしばらく黙っていたのちに、低いボソボソとした声でいった。

「あなたにむかってこんなことを申し上げるのは釈迦に説法みたいなもんですが、殺人事件も無造作で無技巧なものほど手掛かりがつかみにくい。たとえば流しの犯行などがそのいい例です。それに反して犯人があまり技巧をこらしすぎると、かえって尻が割れやすい場合があることは、警部さんもよくご存じですね。こんどの事件の場合、犯人は自分の技巧に自信を持ち過ぎたのか、それに酔ってる傾向がなきにしもあらずと思うんです。しかし、尻が割れるということ、すなわちしっぽをおさえるということと、相手を法的に取っちめるということとはおのずからちがってきます。こんどの場合あとのことがそうとうむつかしいんじゃないかと思うんですがねえ」

等々力警部は物思わしげな金田一耕助の顔から、手にした一覧表に眼を落とすと、

「金田一先生はいったいだれを……？」

「警部さん、それを申し上げるのはまだ早いでしょう。それにぼくにもまだ確信はないのです」

「ああ、そう、それじゃ、金田一先生、ここに作成された一覧表に若干補足してくださ い。わたしがいちいち質問しますから。それならよろしいでしょう」

「けっこうです。どうぞ」

「じゃ、まず……」

と、等々力警部は一覧表に眼を落とし、

「第一番目のホテル女王の場合ですがね。あなたはここにイからホまで五項目の疑問をあげていらっしゃるが、あなたはひょっとすると葉山チカ子と泉茂樹はおなじ人間じゃなかったか。すなわちあの晩の出来事は葉山チカ子と名乗った女のひとり芝居、すなわち一人二役ではなかったか。……というお考えなんですね」

「警部さん、その考えは突飛でしょうか」

「いや、いや、以下あなたの挙げられた疑問のかずかずを拝見しますと、すべてはそこを指さしていることに気がつきます。そして、そこにこそこの事件のなぞのすべてがあったのだと、この一覧表を拝見してはじめて気がついたんですから、まことにはや、汗《かん》顔《がん》の至りです。そうしますと、金田一先生」

「はあ」

「あの晩、葉山チカ子はまず大きなスーツ・ケースをぶらさげてホテル女王へやってきた。そして三階八号室へ部屋をとった。そして、スーツ・ケースのなかにあった衣装で泉茂樹に早変わりをし、非常はしごから外へ出て、また改めてフロントへやってきた……と、いうことになるんですね」

「そう考えることに矛盾する事情はなにもないと思うんです」

「まさにそのとおり。そして、ドアの外から鍵をさしこんでおいたり、水道の栓をひねりっ放しにしておいたのは、だれかに早く自分を発見してもらいたかったんですね。しかし、先生、この青トカゲが左を向いていた云々というのはどういう意味ですか」

「いや、これはいささか臆測が過ぎるかもしれません。しかし、わたしが青トカゲをはじめて見たのは水町京子の場合ですが、あのとき、わたしはなんとなく落ち着かぬものを感じずにはいられなかったんです」

「と、おっしゃると……?」

「警部さんはああいう絵をおかきになるとき、頭をどちらへお向けになります。右へ向けますか、左へ向けますか」

等々力警部ははっとしたように金田一耕助の顔を見なおした。

「やっぱり右へお向けになるでしょう。特殊な場合をのぞいてはたいていの人間がそうかくと思うんです。ところが水町京子の場合は左を向いていた。その点がわたしの気持ちのなかで片づかなかったんです」

「なるほど、そこへ葉山チカ子の話が浮かんできたわけですね」

「そうです、そうです。しかも、山田三吉君に念を押して聞いたところ、葉山チカ子の場合もやっぱりトカゲの頭は左をむいていたという。そのうちにスーツ・ケースのことやなんかで、葉山チカ子のひとり芝居じゃなかったかと気がつくに及んで、その青トカゲは葉山チカ子が自分でかいたんじゃないか。自分で自分の胸にかくとなると……？」

等々力警部は胸に十字を切るような格好で、しきりに指で胸間をなでていたが、

「なるほど、その場合、頭を左へむけるほうがかきいいわけですね」

「ことに鏡にむかってかく場合はね」

「なるほど」

等々力警部は立って壁面にかかった鏡のまえへ行った。上衣のボタンを外しシャツをたくしあげると、ひろい胸を鏡のまえで露出した。その胸に絵をかくまねをしていたが、やがて破顔一笑すると、

「金田一先生、これは完全にあなたのおっしゃるとおりです。いや、恐れ入りました」

服装をととのえてもとの席へもどってくると、かるく頭をさげてまた一覧表を取りあげた。

「つまり葉山チカ子は最初なにげなく左向きトカゲをかいてしまったので、以下右へならえってわけで、少し不自由でも左向きトカゲをかかざるをえなかったわけですね」

「そこまでこだわる必要はなかったんでしょうがねえ」

「しかし、犯人としちゃ第二の事件、すなわちホテル竜宮の事件の場合、すべてを第一

の事件とおなじ舞台装置にしておきたかった。ドアの鍵や水道の栓……と、するとトカゲの向きもおなじでなきゃならなかったんでしょうな。いや、だんだんわかってきました。それじゃここらでホテル竜宮の場合へとすすんで……」

と、等々力警部は一覧表のページを繰ると、

「金田一先生のお考えでは水町京子は八時二十五分ごろ、ラムールを出てから青トカゲに出会ったんじゃなく、八時十五分ごろ、ラムールへかえってくる以前すでに契約ができてたんじゃないかとおっしゃるんですね」

「はあ」

「しかし、青トカゲいかに変装の妙手たりといえども、面とむかって応対するとさすが女であることを見破られてしまった。しかし、近ごろシケつづきの水町京子は相手を女と知りながら契約に応じた。そこでつい、世の中にゃずいぶん変わったひともいるもんねえ、ああいうのを変態ってえのかしら云々のことばが口をついて出たわけですね」

「と、いうことになりましょうねえ」

「ところで、金田一先生。ここに当たり屋の亭主田村福三の証言によると云々……と、ありますが、先生、その後あのおやじにお会いになったんですか」

「ああ、そうそう、じつはそのことについてきのうおやじに会ってきました」

と、要領をかいつまんで話すと、

「だからあの晩、もっとおやじを追及すべきだったんです。しかし、あのときは五分や

六分、たいしたちがいはないだろうくらいにたかをくってたもんですから……」

　等々力警部はうなずいて、

「いや、わかりました。われわれは知らず知らずのうちに、自分に都合のいい返事を期待しようという傾向があるんですな。あの晩の状態じゃ犯人が路地口を跳び出したのが九時まえじゃ、われわれにとって都合が悪かったんですね。以後気をつけなきゃ……すると、青トカゲは水町京子と約束を取りつけると、自分本来の性に立ちもどり相棒といっしょにホテル竜宮へ乗り込んだ。ウーム。これじゃ、青トカゲを高輪台町まで送っていった自動車を、いくら探しても見つからぬはずだ。たくらみやがったな」

　等々力警部は泣き笑いみたいな顔をして、

「そこでやっこさんたち八時四十五分ごろホテル竜宮へやってきた。青トカゲが銀座のどこかで、水町京子と別れたのが八時十分ごろとすると時間的にも符合してますな」

　金田一耕助は暗い顔をしてうなずいた。

「それからふたりは一号室へおさまると、青トカゲはただちに青トカゲとなり、非常はしごをつたって路地口からとび出していったのが九時数分まえ。水町京子がやってきた……と、すると、そのふたりが五号室へ案内されたときにゃ、一号室にゃ相棒がいたわけだから、廊下をとおるベル・ボーイにベッドの音を聞かせるなんてえ芸当もできたわけだ、またこれで水町京子が殺害されてのちに犯されてた理由もわかりますね。つまり青トカゲには女とことを行なう能力が欠けていた。しかし、青トカゲをあくまで男と信じこませるためには、男の痕跡を被害者の体内に残しておく必要があった。そこで一号室から相棒が助《すけ》っ人としてやってきた。だが、そのまえに女を殺害しておく必要があった。……金田一先生」

「はあ」

「これはすべて第三の殺人に対する伏線なんでしょうねえ。日本にもとうとうジャック・ザ・リパーのごとき殺人淫楽《いんらく》者が現われた。そしてそれは漫画家の丘朱之助であるぞよという……」

「まあ、そういうことでしょうねえ」

「じゃ、水町京子のことはこれくらいにしておいて、こんどは第三の山田三吉の場合にうつりましょう。つまり、犯人あるいは犯人たちは山田三吉にホテル女王の事件を届け出てほしかったんですね。そうでないとホテル竜宮の事件だけじゃ、まだジャック・ザ・リパーが出現したということにならないから」

「そう、適当な時期にね」

「しかし、なんといっても山田三吉は葉山チカ子の顔をちかぢかと見ている。だから、第三の事件が起こるまえに死んでもらわねばならなかった。と、いうことは葉山チカ子は第三の犠牲者、星島由紀の身ぢかにいる……と、こういうことになってくるわけですね」

「星島由紀の身ぢかにいると同時に、丘朱之助こと岡戸圭吉の名前から青トカゲを思いつける人物、しかも、朱之助の性的倒錯を熟知している人物……と、いうことになりますから、朱之助にもそうとうちかい女性でしょうね」

「金田一先生がいまだれを想定していらっしゃるのかしばらく措《お》くとして、ここに——彼女はまた三吉の葬式をひそかにうかがいにきている。と、いうことは彼女にとっては三吉の生死が重大関心事ではなかったか——と、こう書いていらっしゃるのはわかるが、そのあとにある——ここらに彼女のウィーク・ポイントがあるのではないか——と、ある。これはどういう意味なんでしょう」

「ああ、それ」

金田一耕助のおもてにはそのときなぞのような微笑がうかんだ。

「それについてはあとで申し上げましょう。そのことについて警部さんにいちおう了解をえておきたいことがあるんですが……」

「どういうこと……？」

「いや、それはあとのことにして、このメモの検討、もうこれくらいになさいますか」

「いや、もう少しつづけさせてください」

警部はまた一覧表に眼を落として、

「山田三吉の場合はそれくらいにしておいて、みやこ鳥旅館の場合へいきましょう。こうして疑問のかずかずを整理していただくと、由紀の場合の疑問も一目瞭然ですね。——だれかと臥所をともにした痕跡《こんせき》が明らかであるにもかかわらず、なぜそこに男のものが残っていなかったのか、水町京子の場合はハッキリ残されていたのに。――と、ここに書いていらっしゃるが、男のものを残すにも残せなかった、相手は女……すなわち葉山チカ子であったということになるんでしょうなあ」

金田一耕助はただ暗い眼をそらせただけで、否とも応ともいわなかった。

「しかし、水町京子の場合は共犯者が同行できたのに、由紀の場合はそれができなかったというのは……？　つまり、その共犯者というのがあまりにも由紀にちかい男であった。だから、こんどの場合はその共犯者にハッキリとしたアリバイを作っておかせる必要があった。……と、そういうことになるんでしょうな」

金田一耕助は依然として無言の行《ぎょう》で、否とも応とも答えなかった。ただ、暗い眼がますます暗くなるばかりである。

「じゃ、みやこ鳥の場合もこれくらいにしておいて、最後に丘朱之助の場合ですが、ここに――彼がお姉さんと呼んでいた相手は継母操であることが判明した――と、ありますが、これはどういう――？」

「はあ、そうそう、あなたに了解を得ておかねばならんことがあると申し上げた、これもその了解事項のひとつなんですが、わたし岡戸竜平氏からこの事件の調査を依頼されましてねえ」

金田一耕助はかいつまんで、きのう田園調布の岡戸家を訪問したいきさつを語って聞かせた。

「と、いうわけでこれがわたし自身の仕事になった以上、あなたがたとはべつに、わたしはわたしで別個の行動をとらなければならないんじゃないかと思うんです」

「金田一先生は……」

と、探るように相手の顔を見ながら、

「こういうふうにはお考えにならなかったですか。岡戸家の事業になにか窮迫《きゅうはく》した事情がある。そこで由紀の財産に眼をつけた。由紀を殺してその財産を朱之助こと圭吉に相続させて、それを流用しようとしているんだと……」

「なにかそういう事実がありますか。岡戸家が経済的に逼迫《ひっぱく》してるというような」

「それがないんで向島署の牧野君なんか弱ってるんです。しかし、人間欲には限りがないというのがやっこさんの意見なんですがね」

「しかし、その場合、こんな回りくどい方法をとりますかね、あのひとたちが。ことに自分のせがれなり弟なりに疑いがかかるような方法で。むしろいまあなたのおっしゃったことこそ犯人たちの思うツボじゃないんでしょうかねえ。犯人はそれを計算に入れてこの計画をたてたんじゃないですか」

「と、すると犯人たちの動機は？」

「まだわかりません。しかし、ここにこういうものがあるんです。むろんあなたがたもこの程度の調査はしてらっしゃると思いますが……」

金田一耕助が出してみせたのは宇津木慎策の調査報告書である。

この調査報告書は非常にうまくできていて、事実が年代順に列挙してあるだけで宇津木慎策の私見は少しも加えてない。しかし、これを見ると中条奈々子と佐々木裕介のからみ合いが一目瞭然である。

等々力警部のおもてには深い驚きの色が走った。警部は乾いたくちびるをなめながら、

「金田一先生、いや、われわれのほうにもだいたいのことはわかってるんです。しかし、なるほどこうして年代順に並べてみると……すると、由紀がなにかその間の事情を……？」

「いや、それはぼくにもわかりません。それと、もうひとつぼくにわからないのは、由紀がなぜ男装した葉山チカ子とああいう場所へシケ込んだか……どうしてまんまと葉山チカ子の甘言におちいったか……」

等々力警部はもう一度宇津木慎策の報告書を読みなおしたのち、

「しかし、金田一先生、これを証明しようというのはむつかしい。先生はいったいどうしてこれを……？」

「いや、そのことなんですがね。あとであなたにご了解を得ておきたいことがあると申し上げたのは……」

「と、おっしゃると……？」

「さっき、ぼく、あなたがたとは別個の行動をとりたいと申し上げたでしょう。と、いうのはあなたのような責任ある地位のかたには採れないような手段を採ってみたいと思

うんです」

「と、おっしゃると……？」

「いや、それは申し上げられません。それを申し上げたら、あなたに責任が生じるじゃありませんか。だから、今後どういう事態が持ちあがっても、あなたは全然関知しなかったということにしてください」

等々力警部はしばらく相手の顔を凝視していた。金田一耕助はつとめて平静をよそうているけれど、心なしかいくらか青ざめているようなのを見ると、等々力警部は思わず心中の戦慄を禁じえなかった。

「わかりました。……それゃあなたのことだから……しかし、気をつけてくださいよ。相手はとても凶暴なやつらしいですから……」

それからまだしばらく等々力警部は金田一耕助の顔を見ていたが、やがてかすかなため息をもらし、もう一度疑問のかずかずの一覧表に眼を落とした。

「金田一先生、それじゃ最後にもうひとつお尋ねしたいことがあるんですが、丘朱之助はどうしてるんです。岡戸の一家がかくまっているのでないとすると……」

「そ、それは……」

金田一耕助は答えなかった。答えるかわりに苦痛がおもてをくもらせた。

どもるようになにかいいかけたとき、電話のベルが鳴り出した。金田一耕助は受話器を取りあげると、外線へつないでもらってふたこと三こと話していたが、

「ああ、新井さん……？　ええ、ここにいらっしゃいます。少々お待ちください。警部さん」

受話器を受け取った等々力警部は新井刑事からなにを聞いたのか、たったひとこと報告を聞くとみるみる血の気が頬にのぼった。

「ふむ、ふむ、それで……？」

と、食いいるように新井刑事の話を聞いていたが、

「よし、わかった。すぐ行く。いや、いちおう本庁へかえってそれから急行する。ああ、もちろん金田一先生に同行していただく」

受話器をおいた等々力警部の掌《たなごころ》はねっとりとべとついていた。

「金田一先生、丘朱之助が死体となって発見されたそうです」

「どこで……？」

「東京湾の第六台場の近くだそうです。きょうの夕方浚渫《しゅんせつ》船かなんかにすくいあげられたらしい。まだ自殺か他殺か事故死かわからんそうですけれど……ご同行なさるでしょうな」

「お供しましょう」

金田一耕助の声は洞穴《ほらあな》を吹き抜けてくる風のように暗く、かつ、陰気であった。

水死体

警視庁品川病院の死体を収容してあるその一室は、いやに薄暗いように思われた。いや、実際は煌々《こうこう》とまばゆいばかりの電燈がついていたのだけれど、死体を取りまいて立ったひとびとの形造る群像のあまりにもきびしいその表情と、シーンと凍りつくようなその静寂が、金田一耕助に一瞬そういう錯覚をもたせたのかもしれない。

丘朱之助こと岡戸圭吉の死体は全裸のままいかめしい手術台の上に横たわっていた。金田一耕助が等々力警部といっしょにそこへ入っていったとき、さすがにその下半身は白布でおおわれていたけれど、上半身は、手術台の真上から照射する漏斗《ろうと》をさかさにしたような照明燈の強烈な光輪のなかに浮きあがっており、それは眼をおおうばかりの惨状を呈していた。

あとでわかったところによると、それらの外傷はすべて入水後受けたものだろうといわれているが、全身擦過傷だらけのなかに、ことにひどいのはその左腕で肩の付け根からぷっつり切断されている。

東京はいま陸も海も交通地獄なのだ。この凄惨な死体も、東京湾を浮遊しているうちに、汽船のスクリューかなんかでやられたのであろうといわれている。

その他ふつうの擦過傷のほかに、随所に肉が食いちぎられたようなところがあるのは、東京湾にもまだ魚が生息しているという証拠であろう。赤味をおびてぶよぶよした肉が、あちこちはじけて露出しているのが薄気味悪い。

不思議に顔はそれほど毀損《きそん》されておらず、生前のおもかげをほぼ完全に保っていた。額とあごのところに擦過傷をおびているが、それもそれほど生前の美貌をそこなっていなかった。

金田一耕助は生前のこの青年に会ったことはなかった。ただ写真でお眼にかかったきりである。

しかし、この青年を知る何人かの人物に会って聞いたところを総合すると、どこか女性的な感じのする美貌には影があり、ふだんは弱気でいながら、どうかすると非常に険悪な印象をひとにあたえる場合があるということだったが、いまはその険悪な部分が払拭《ふっしょく》されて、そこに横たわっているのは、いかにも気の弱そうな美貌の青年の死体であった。

さっきもいったとおり丘朱之助こと岡戸圭吉の死体は、その日の夕方、品川の第六台場付近で作業中の浚渫船によって海中から拾いあげられたのである。死体はいったん日の出桟橋付近にある水上署の臨港派出所へ収容されたが、そこで検証の結果、目下指名手配中の丘朱之助こと岡戸圭吉ではないかということになり、騒ぎは、俄然《がぜん》大きくなった。

そこで死体を改めていまのところへ移すと同時に、水上署の担当係り官から警視庁ならびに関係各署へ通報されたから、青トカゲ事件担当係り官がぞくぞくと駆けつけてきた。なおそのうえに、ニュースをキャッチした報道関係者がわっと押し寄せてきたから、金田一耕助が等々力警部とともに到着したときには、東品川の品川病院付近は自動車で埋まっており、付近はちょっとした狂躁《きょうそう》状態におちいっていた。

それにひきかえ死体の収容されている部屋の異様な静けさはどうだろう。

そこにはこの事件の合同捜査本部になっている高輪署の加納警部補が先着していた。向島署の牧野捜査主任の顔も見えている。大崎署の樋口警部補、少しおくれて代々木署の稲尾警部補も駆けつけてきたが、だれひとりとして口を利くものはない。シーンと凍りついたように黙りこくっていて、自殺か他殺か、医者から発表があるのを待っているのだ。

もちろん詳しい発表は解剖の結果を待たなければならない。しかし、取りあえず医者としての所見発表があるはずだった。

金田一耕助も無言のまま医者たちの動きを見守っていた。そこには大野博士を中心として二人の助手が黙々として立ち働いていた。看護婦長らしい婦人に看護婦がふたり、事件が事件だけにだれの顔にも緊張の色がきびしかった。

金田一耕助は診断が下るまでにはそうとう時間がかかると見て、そっと座を外して廊下へ出た。さっきちらと岡戸竜太郎の姿を見かけたからである。果たして廊下へ出ると竜太郎がそばへ寄ってきた。

「金田一先生」

竜太郎の顔は怒りにもえているようである。

「お医者さんはなんと……？」

「いや、診断が下るまでにはまだまがあるようです。それよりお父さんお母さんは？」

「むこうにいます。新聞記者がうるさいので裏口からそっと入れてもらったのです」

廊下にはそうとう人の往来もあったが、さすがに新聞記者はそのへんからオフ・リミットらしかった。

「おやじや母にお会いになりますか」

「ええ、ちょっとごあいさつをしておきましょう。おふたかたとも圭吉君にご対面なすったんでしょうねえ」

「はあ、ちょっと。親子としての対面というよりも、犯人の見知り人としてね」

自嘲するようないいかたのなかにも、きびしい憤激の調子がくみ取られる。それはかなり危険な感情の沸騰だった。

「金田一先生」

廊下を歩きながら竜太郎が声をかけた。顔は正面を切ったきりで、こういうときの竜太郎の眼はさすがにおやじにそっくりである。

「はあ」

「先生は圭吉の今日あるを予測していらしたんじゃないですか。きのう田園調布でお眼にかかったとき、先生はすでに圭吉がこの世に生きていないことを知っていらしたのではないですか」

相手のことばが激してきたので、うっかりしたことはいえないと金田一耕助はちょっと躊躇《ちゅうちょ》したのちに、

「それはねえ、竜太郎君」

「はあ」

「われわれはあらゆる場合を想定してかかるものなんです。ああでなければこうと……つまりあらゆる可能性を検討してかかるのがふつうです。だから圭吉君の場合ももしや……と、いう気がしなかったのでもないんです」

「いいえ、先生はもっとハッキリ知ってらした。圭吉が死んでいる、いや、殺されているということを。いや、それればかりじゃない。先生は犯人を知ってらっしゃるんだ、ねえ、先生、そうでしょう」

いよいようかつなことはいえなくなった。

「竜太郎さん、だれがそんなことをいってるんです。お父さん？　それともお母さん？」

「父もいってます。母もいってます。しかし、そんなことはどうでもいいです。先生、犯人はいったいだれなんです。教えてください。なんぼなんでも圭吉がかわいそうです。青トカゲにされちまったうえにあんな殺されかたをしちゃ……」

竜太郎の声はちょっとうるんだ。

ここでうかつなことをいおうものならこの男、ただ疑わしいというただそれだけの理由で、相手をリンチにでもしかねまじいであろう。そんな場合この男にとってはハッキリした証拠も犯人の自供も問題でないにちがいない。

金田一耕助はそれを恐れたのだが、それと同時にとっさにひらめいたことがある。毒をもって毒を制せよ。

「竜太郎君、わたしゃあなたに相談に乗ってもらいたいことがある」

「どういうことでしょうか」

竜太郎は正面切ったままぶっきら棒に聞いた。

「いや、ここではいえません。しかし、極く近き将来にわたしのほうから連絡をとります。そのときにゃ極秘裏に会ってください」

「極秘裏に……?」

そのことばが竜太郎をとらえたらしく、ギョッとしたように金田一耕助をふりかえった。

「ええ、そう」

「それ、どういうことですか、先生」

「わたしも乗りかかった舟ですし、お父さんに依頼されたこともあります。徹底的にこの事件の真相を究明してみたいと思ってるんです。警察とはべつにね。その場合極秘の協力者があれば好都合なんですが、それをあなたに期待しちゃいけませんか」

「金田一先生」

竜太郎はちょっと詰まったような声で、

「お手伝いさせてください。ぼく、圭吉の敵を討つためならどんなことでもします」

「ただしその場合条件があるんですが……その条件を厳重に守っていただかにゃ……」

「どんな条件です。いってください。ぼく、どんな条件でも守ります。先生のおっしゃるとおり守ります」

「暴力はいけませんよ、絶対に。それが条件です」

竜太郎はちょっと黙っていたのちに、

「その条件が守れないと申し上げたら……」

「ぼくがひとりでやりましょう。危険は覚悟のうえですからね」

「金田一先生」

竜太郎の声がちょっとのどにひっかかって、

「それ、危険な仕事なんですか」

「もちろん、相手が青トカゲですからね」

「金田一先生、お手伝いさせてください。条件は守ります。暴力は振るいません」

「ありがとう。あなたならできるはずです。お父さんに進言して双竜会を解散なすったのはあなただったそうですからね」

「金田一先生はそんなことまで……」

竜太郎はちょっとテレた。

「それじゃいずれ近いうちに連絡をとりますが、気長に待っていてくださいよ。この問題、おそらく来年まで持ち越すでしょうからね」

「承知しました」

「それからもうひとつ。このこと……あなたとわたしとのあいだにこういう約束ができたってこと、だれにも……ご両親にも内緒にしておいてください。あなたとわたしとはあくまでも赤の他人、きょうこうしてお話ししているのも圭吉君のことについていろいろきかれた……と、いうことにしておいてください」

「承知しました。それじゃ先生からのご連絡を楽しみにしてお待ちしております」

竜太郎はいくらか晴れ晴れとした顔になって、

「ああ、あの部屋に父と母が……」

竜平と操の待っているそこはおそらく宿直室なのだろう。殺風景な部屋にはふたりきりで、ほかにはだれもいなかった。殺人淫楽者青トカゲの肉親ともなれば、さすがにだれからも敬して遠ざけられるのだろう。

「金田一先生」

ドアが開いて竜太郎の背後から金田一耕助の蓬髪《ほうはつ》がのぞいたとき、操は椅子から立ちあがり、なにかいいかけたがあとがつづかなかった。ハンケチのなかで絶句してしまった。

竜平は椅子に腰をおろしたまままきっとくちびるを結んでいた。例の鋭い眼が金田一耕助をにらんでいたが、その眼は金田一耕助を突きぬけて、もっと遠くのほうを見ているようである。危険な眼だ。だれかに扇動されるとなにをやらかすかわからぬというような眼で、危険はせがれよりむしろこのおやじのほうではないか。

「金田一先生、お医者様の発表がございまして？」

夫がなにもいわないので操がそばから気をかねるように質問した。

「いえ、まだ。もうおっつけあるでしょう」

「金田一先生はどうお思いになりまして？」

「どう思うとは……？」

「もちろん他殺なんでしょうねえ。圭吉さんはだれかに殺されたんでございましょう」

金田一耕助はしばらく黙っていたのちに、

「奥さん、先生がたの検屍の結果が溺死《できし》と出てもぼくは驚かないつもりですよ」

「先生、それ、どういう……？」

操が聞きかけたのと、

「それじゃ圭吉は入水自殺をしたというのか」

と、竜平がわめいたのとほとんど同時だったので、操の声は消されてしまった。

いや、竜平はわめいたのではない。うめいたのである。腹の底から怒りをしぼり出すような陰にこもったうめき声である。しかも、そのことはこの場合大声でわめき散らされるよりは、かえっていっそう危険なことのように金田一耕助には思われた。

「いいえ、岡戸さん、わたしのいうのはそうじゃありません。洗面器一杯の水があれば、けっこう他人を溺死させることができるということです」

岡戸竜平はいうまでもなく、竜太郎も操もはっとしたように改めて金田一耕助の顔を見直した。竜平の瞳の輝きは一瞬鋭さをましたが、やがてしだいに暖かみをおびてくると、

「金田一先生はそれがだれだかご存じなんでしょうな。だれが洗面器一杯の水で圭吉を溺死させたかということを」

「いや、まだハッキリとは」

「ハッキリせんでもよろしい。いってもらいましょう。あんたがそれとにらんでいるのはいったいだれであるかということを」

「それはいえませんよ。そんな無責任なことを」

「無責任でもよろしい。あんたは無責任でけっこう、責任はわたしがとる。いったいどこのどういうやつなんじゃ。うちのせがれを青トカゲに仕立てて殺したやつは……？」

陰にこもった竜平のうめき声には陰にこもった殺気が脈々としてのたうっている。

「それはいえませんよ、絶対に」

「いえんことはない。あんたはこの事件を引き受けるといった。と、いうことはわしに

雇われたも同じことじゃ。わしはなにも失礼なことをいうつもりはないが、雇われたもんが雇いぬしにいえんということはないはずじゃ、中間報告ということもある」

　金田一耕助は微笑して、

「ところがわたしはその中間報告とやらをやらん主義でしてね。もし、それが不服だとおっしゃるなら、契約解除ということにしていただいてもけっこうですよ」

「なにを！」

「お父さん、まあ、まあ」

　竜太郎がふたりのあいだに入って、

「いま金田一先生にこのまま手を引かれたら、この事件、永久に迷宮入りということになってしまうかもしれませんよ。いや、迷宮入りならまだしものこと、圭吉が青トカゲにされちまって、永遠に汚名をのこすことになるかもしれないんですよ。金田一先生」

「はあ」

「先生だってわれわれがとやかくくちばしをいれさえしなければ、契約解除だなんて、そんな没義道《もぎどう》なことはおっしゃらないでしょう」

「それゃもちろん。わたしもこの事件には興味をもっておりますし、……いや、興味をもっているといっちゃ失礼だが、最初から首を突っ込んでおりますし、それにいったん依頼をお引き受けした以上、責任を果たしたいとは思っております。ただ、わたしゃ自由奔放主義でしてね、他から干渉されることをあまり好まないほうです。これはお父さんに限らず、たとえ相手が等々力警部であってもですね」

「あなた」

そばから操がとりなすように、

「金田一先生もああおっしゃいます。ここは万事金田一先生におまかせして、直接手を下して圭吉さんの敵を討とうなどという考えはお捨てになって、竜太郎さん、あなたもですよ」

念を押すようにいったのは、さすがに夫や義理の子の気性を知っているからだろう。竜平もそれ以上強弁しようとしなかったのは、ここで金田一耕助に手を引かれたら、竜太郎の指摘するような状態になりかねないということを知っていたからだろう。

そこへ看護婦がひとり小走りに入ってきて、金田一耕助を見るとちょっと驚いたように、

「あら、金田一耕助先生ではございません？」

「はあ、発表ですか」

「はあ、等々力警部さんが探してらしたようです。みなさんもどうぞ」

一団となって部屋を出ていくとき、操がそっと袖を引いたようなので、金田一耕助はわざと竜平親子から二、三歩おくれた。

操はまえを行くふたりのうしろ姿に眼をやりながら、さりげない調子で、

「虎の門に三省堂病院という病院がございます。珠実さんはいまそこの産室にいらっし

ゃるんですが、ところは電話帳を見てくだされぱおわかりになりましょう。ところで、その珠実さんがなにか先生のお耳に入れておきたいことがおありだそうです。しかし……」

そのとき、まえを行く竜平がふりかえったので、操はこっくりうなずきかえすと、ことばの調子は少しもくずさず、

「しかし、なにをお聞きになってもそのことは、うちの主人や竜太郎さんにおっしゃらないように。いえ、いえ、あたしからこういうことづけを聞いたということさえ、内緒にしておいていただきたいんですの。ただ、参考人としてあのかたに、圭吉さんや由紀ちゃんのことをききにいらした……と、そういう形式にしておいていただきたいんですけれど……それではこれで……」

さすがにおわりのほうは早口になって、それだけいうと金田一耕助のそばをはなれて、操は足ばやに竜平のあとを追っかけた。

検屍の結果発表は院長室で行なわれた。そこではまだ報道関係者の立ち入りは禁止されていて、そのとき発表された結果が後刻ただちに、等々力警部を通じて新聞記者たちに発表されたのだが、最初の発表に立ち会ったのは捜査担当者と岡戸圭吉の遺族の三人だけだった。

「厳密な結果は解剖のあとでないと申し上げられないが……」

との前置きがあってのち、大野博士の口から死因は溺死と発表があったとき、捜査陣

は一様に竜平親子をふりかえった。

竜平にしろ竜太郎にしろ、あらかじめ金田一耕助から警告をうけていなかったら、おそらくここで激昂《げきこう》したことであろう。あるいはわめき散らしたかもしれない。しかし、ふたりはいま金田一耕助から洗面器一杯の水があれば、けっこう他人を溺死させうるということを聞いたばかりである。したがってこの発表はふたりにとっても操にとってもそれほどのショックではなかった。

このとき三人が案外冷静であったということが、捜査担当者のうちのあるひとびとに強い疑惑を呼び起こしたかもしれない。なにしろこれで完全にかなり大きな由紀の財産が、この三人のうちのだれかのふところにころげこむことになったのだから。

「で、溺死した時日は……？」

斬り込むように質問の矢を放ったのは、向島署の牧野警部補である。金田一耕助をながし眼に見るとき、この警部補の瞳にはざまア見ろといわぬばかりの得意の色がかがやいていた。

「いや、それももちろん解剖の結果を待たねば正確なことはいえんが、だいたい死後三昼夜か四昼夜というところじゃろうな」

「と、すると、みやこ鳥の事件があった二十三日の夜か、その翌日ということになりますね」

念を押すようにいう牧野警部補の声音《こわね》には勝ち誇ったようなひびきがあった。

「まあ、そういうところじゃろうな。これも厳密なところは解剖の結果を待たねばいえんが……」

「いや、けっこうです」

ニンマリ微笑をふくみながら金田一耕助をふりかえった牧野警部補は、その視線を岡戸の親子のほうへずらせた。その視線のなかにこめられた執念ぶかい敵意というか、挑戦的な嘲《あざけ》りがもう少しで竜平の激昂を誘発するところであった。操がそばからたしなめなければ。竜太郎のほうがむしろ落ち着いていた。おそらく金田一耕助に絶対の信頼をおいているせいであろう。

「ときに、先生、外傷について聞かせてください。そうとうひどくやられているようだが……」

等々力警部にはもちろんこの場の微妙な心理的葛藤はわかっている。しかし、この物慣れた警部はそういうことをいっさい黙殺することに慣れている。

「そう、しかし、大部分は死後のものじゃな。若干生前のものと思われるごく軽微なかすり傷程度のものもあるが、おそらくそれはまだ溺死にいたらないまえのもがきの最中にできたものじゃないかな。だれかこの死体のぬしが泳ぎができたかどうか、知ってるものはないかな」

「弟は金鎚《かなづち》でしたよ」

平然といってのけたのは竜太郎である。竜太郎があまり平然としているので、そちらのほうへ疑惑の眼をむけたのは捜査係り官ばかりではなかった。竜平でさえわが子の横顔を怪しむように見つめていた。

操だけがそのときコックリうなずいた。おそらく金田一耕助とのあいだになにか黙契《もっけい》ができているのであろうということを、彼女だけが気がついた。操はひとしれずため息をついた。それはおそらく安堵《あんど》の吐息であったろう。

「それじゃ、先生」

と、いささか拍子抜けのていで質問を切り出したのは高輪署の加納警部補だ。

「これを要するに丘朱之助は覚悟の入水自殺ということになるんですか」

「いや、わしはなにもそんなことはいうとらんぞ。わしのいうのは死因は溺死である……。と、ただそれだけじゃ。それをどう結論づけるか、それが諸君の職務というもんじゃないかな」

「そうだ、そうすると丘朱之助はひょっとすると、他から力が働いて溺死させられたんだという見方もできるわけですな。丘朱之助が金鎚とするとなおさらのこと。……遺書でもあれば話はべつだが……」

この疑問を提出したのは大崎署の樋口警部補だったが、それを受けて立ったのは向島署の牧野警部補。

「なるほど、そうすると事件はこれで解決というわけにはいかんかもしれんな。しかし、いまに見てろ。この事件にもうひとつ底があるとしたら、底の底まで洗ってみせる」

このとき岡戸竜平の怒りが爆発せずにすんだのは、操夫人の心づかいにもよるのだったが、もうひとつは横眼で見ていた金田一耕助の態度なり顔色なりが、よくかれの自制心を支えたのであろう。

金田一耕助は眠そうな眼をショボショボさせていた。風采は依然としてあがらなかった。しかし、これがこの男の手であることを、かつてこの男によって救われた友人から聞いていた。この男の空っとぼけにだまされてはいけないのだと。

突然金田一耕助が立ちあがった。

「警部さん、ぼく、これで失礼します。いま急に用事を思い出したもんですから」

あっけにとられている等々力警部をあとに残して、金田一耕助は飄然として院長室を出ていった。岡戸の一家には一顧もあたえず。

由紀の愛人

それから一時間ののち金田一耕助は三省堂病院の珠実の部屋にいた。

金田一耕助の背後には臨時秘書橋本泰子の尾崎くに子が神妙にひかえている。くに子はさりげなく珠実を見守っているが、その顔には当惑したような表情のほか、べつにこれといった感情の起伏は見られなかった。

「金田一先生」

珠実はネグリジェに身をくるんでベッドに横たわっていた。その顔はさすがにいくらか面やつれしているが、お産が軽かったとかで、あでやかに微笑をふくんだ顔は明るく幸福そうであった。赤ん坊はいまお湯をつかっているとかで部屋のなかにいなかった。

「先生はいま圭吉さんに会ってこられたんでしょうねえ」

「はあ。そこからまっすぐにここへきたんです」

「ひどいことになったものねえ」

つぶやくようにいってから珠実は眼をあげて金田一耕助を見た。

「でも、先生、そのことにはお触れにならないで。あたし見かけによらず神経質のほうなんですの。それに場合が場合でございますから……」

「いや、それくらいの常識ならそなえているつもりですからどうぞご安心ください」

「ありがとうございます。それで先生はなにかとあたしに、お聞きになりたいことがおありなんでございましょう」

「はあ、お聞かせ願えたらと……」

「それじゃ、たいへん失礼ですけれど、その秘書のかたにご遠慮願えません？　なにかとプライベートな話がでると思うんですけれど……」

「いや、これは失礼。それじゃ、きみ」

と、尾崎くに子をふりかえって、

「階下に待合室があったね。あそこで待っててくれたまえ。お話をうかがったらすぐ行

ている。

「はい。先生」

意味ありげに金田一耕助の眼を見返しているくに子の顔は、ベソをかくようにゆがんでいる。

珠実の面影のなかにも尾崎くに子は、黒いネットの女をハッキリと見出しかねているらしい。さりとて全然否定的でもないのがくに子を当惑させているのである。

いや、感じからいうといままで会ってきた三人の女のなかで、いまベッドに身を横たえているこのひとが、いちばん近いように思われる。身につけている雰囲気のようなものが、なんとなく黒いネットの女に似ているように感じられるのだ。しかし、このひとはきのうお産をしたばかりだというではないか。と、すれば、最近までこぼれるようなお腹をしていたにちがいないが、黒いネットの女は絶対にそうではなかった。

「いいんだ、いいんだ、話はあとで聞こう。しばらく階下で待っててくれたまえ」

尾崎くに子をドアの外へ送り出すと、珠実の枕もとへきて椅子に腰をおろした。

「あの子、新米の秘書でねえ。なにかにつけて戸惑いばかりやってるんですよ」

金田一耕助はいわでものことをいって珠実の顔を見ていたが、珠実はべつに気がついたふうでもなく、

「先生のようなご職業のかたの女秘書っておもしろいでしょうねえ、スリルがあって。そんな商売があろうなんてあたしきょうまで気がつかなかったわ」

気がついていたら自分もやってみたかったといわぬばかりの口ぶりである。根があけすけな性分とみえて、初対面の、しかも、私立探偵というようないかがわしい肩書きをもつ男をまえにしても、珠実はいっこう屈託がなかった。あでやかな美貌は竜平の還暦祝いの写真で見たとおりである。

「いや、はたで見るほどおもしろい商売でもありませんがね」

「でも、ちょくちょく危険にさらされる場合だってあるんでしょ？」

「そんなこたアめったにないが、さりとて全然ないともいえませんな。なにしろひとさまの秘密をあばき立てるのが商売だから。世のなかにゃあばかれたくない秘密をもった人間がワンサといますからね」

「そうそう、先生はその昔、うちの竜ちゃんにすごまれたことがあるんですって？　そンとき先生ったら蛙《かわず》のツラに水みたいな格好をしていらっしゃるんで、竜ちゃんのほうがドギモを抜かれたっていってたわ」

「なアに、あの時分はヤクザの兄ちゃんの怖さってものを知らなかったんだから、いわゆるめくら蛇におじずってやつです。それにあなたの旦那さん、その時分からどっか分別くさいところがあってね、そうめちゃはやるまいとたかをくくったまでですよ」

「あら、いいことおっしゃるわねえ。竜ちゃん、それを聞いたら喜ぶわよ。すっかり先生崇拝らしいから……でも、あのひとだったらそうかもしれないわねえ」

珠実が急にしんみりしたのはそういう男を亭主にした自分の幸福を、あらためて反芻《はんすう》しているのかもしれない。

「ときに、奥さん、わたしになにかお話がおありだとか……?」

「そうそう、先生」

仰向けに寝たままの珠実は急にいたずらっぽく眼でわらって、

「ひところ、丘朱之助の朱は珠実の珠からとったんじゃないかって説があったんですってね」

「探偵さんてえやつはあらゆる場合を疑ぐってかかるもんですよ、因果な商売でね」

「だけどあたしは圭吉さんの好みの女じゃない。あのひとはお上品好み、あたしみたいなあばずれは好みにあわないのよ」

「あなたはあばずれなんですかね」

「それゃ……竜ちゃんを獲得するにゃずいぶんやったのよ。あのひともてたからね。あたしずいぶんライバルがあったのよ、先生」

「それゃそうだったでしょうな」

「それが突然、あたしに女房になれ、それも正式に結婚しろというんでしょう。面くらったわ、あたし、……」

なにがかれをそうさせたか、珠実はその真相を知っているのだろうか。

「でも、結婚後もずいぶん気をもんできたわ。あのひととあたしでは満足できないものがあったらしいわ。だからあたしあきらめてたの。どうせ長続きしやあしない。いずれは捨てられるんだって。そしたら男っておかしなもんねえ」

「はあ、どういう意味で……？」

「ああいうひとがねえ、先生、おっそろしく子煩悩《ぼんのう》なの。それゃ、もうおかしいくらいよ。だからあたしが妊娠するまでしょっちゅう浮気をしちゃ、あたしに気をもませてたひとが、あたしが妊娠したとなるとピタッと浮気がやんだばかりか、気味悪いくらいあたしをだいじにするのよ。はじめはなにがなんだかわけがわからなくて、あたしも面くらったんだけど、まもなく子煩悩なんだとわかってきたもんだから、あたしまんまと相手の弱点を利用して、すっかりカカア天下におさまっちまったのよ。ほっほっほ」

「それゃ……ただ子煩悩だけじゃなかったんじゃないですか」

「と、おっしゃると……？」

「つまり長い目で見てると、だんだんあなたのよさがハッキリしてきたんじゃないですか」

「あらま、先生、憎いことをおっしゃるわねえ。ほっほっほ」

珠実ははじけるように笑いころげた。いや、笑いころげようとしたといったほうが正しいだろう。あまり笑うとまだ体のどこかに異常を感じるとみえて、急に顔をしかめて笑いをやめた。それからしばらく黙っていたのちに、こんどは真顔になって、

「金田一先生」

「はあ」

「あたしが先生のお耳に入れておきたかったのは、じつは圭吉さんのことではございませんの。由紀ちゃんのことなんですけれど……」

「由紀ちゃんのどういうことですか」

「先生」

珠実はそわそわと部屋のなかを見まわすと、

「だれも……聞いてるひとはいないわねえ」

と、急に怯《おび》えの色を眼にふかくした。金田一耕助ははっとしながら、

「それは大丈夫ですが、由紀ちゃんのどういうこと……？」

「金田一先生」

珠実は枕にふかく頭を埋めてまじまじと天井を見つめながら、

「ほんとうをいうとこのことを申し上げるのはあたし怖いんですの。だからよっぽどいわないでおこうかと思ったんですけれど、田園調布の母がいちおうは先生のお耳に入れといたほうがいいんじゃないって。このことはあのかたもせんから知ってます。しかし、あのかたはあたしからのまた聞きで、実際に知ってるのはあたしだけなんです。だからあたしいっそう怖くもあるし、心苦しくもあるわけです。だから、先生、あたしからどんなことをおききになってもだれにもおっしゃらないで。ことに主人には絶対にいわないで。主人は腹違いの弟の圭吉さんのことを、以前からとても愛していたんですから」

「承知しました。絶対に秘密は守ります。で、由紀ちゃんのどういうこと？」

「由紀ちゃんのかくれた愛人のことなんですけれど……」

金田一耕助はハッとして珠実の顔を見直した。少し声がのどにひっかかって、

「あなたそれをご存じですか」

珠実は直接それには答えず、

「田園調布の母から聞いたんですけれど、由紀ちゃんのかくれた愛人がいま問題になってるんだそうですね。それとこれと果たして関係があるかどうかは存じません。あるいはあたしの卑しい想像かもしれないんですけれど、さきほど母がここへ寄ってくれまして、先生にだけはお耳に入れといたらと申しますものですから……」

そこで珠実は急に気がついたようにニッコリ笑うと、

「いやねえ、女って、やたらに前置きばかり長くて……ごめんなさい、こういう話なんですけれど……あたしが主人と結婚したのは去年の十一月のなかばでした。そのまえ主人はあたしを連れて、よくあちこちのホテルへ遊びに行ってたんですの。その時分主人にはほかにも二、三人そんなひとがいたんですから、あたし気が気じゃなかったんですのよ」

「それゃそうでしょう、しかし、それで……？」

「あら、ごめんなさい、またよけいなことをいっちまって。……あれは結婚するひと月ほどまえのことですから、たしか十月のなかばのことでした。主人がわたしを連れて熱海の銀波荘というホテルへ行ったんですけれど、そこであたし由紀ちゃんに会ったんで

すの。いえ、会ったというより見かけたんですわね。むこうは気がつかなかったようです」

「あなたは由紀ちゃんを知ってましたか」

「それまでにたった一度しか会ってなかったんですけれど、いろいろ問題の多いひとでしょう。あたし圭吉さんはよく知ってました。あの年齢で圭吉さんと駆け落ちしたひとという意味でつよく印象にのこってたんですわね」

「あなたそのとき由紀ちゃんを見かけたってこと竜太郎君には……？」

「もちろんそんなこといえませんわ。主人はだからいまもってそのことを知らないんですの」

「で、相手の男は……？」

珠実はしばらく黙っていたのちに、

「いいえ、先生、それが男性ではございませんの。女のかたでしたの」

無言のままでいる金田一耕助を珠実は下から探るような眼で見上げながら、

「先生はいまあたしが女だったと申し上げても、あんまりお驚きにはなりませんでしたわね」

「ああ、いや、それで……」

金田一耕助はのどにからまる痰を吹っきるような音をさせると、

「あなたその女がだれだかご存じですか」

「そのときは知りませんでした。しかし、由紀ちゃんはああいうひと……まあ、いってみれば小悪魔みたいなひとですから案外平気らしいのに反して、相手のかたがひどくあたりをはばかってらっしゃるふうなのが強く印象にのこって、あたしなんだかいやアな気がして、いっそう主人にいえなかったんですの」

「つまり同性愛じゃないかと……？」

「ええ、なんだかそんな気がしたもんですから……」

「それで、相手がだれだかわかりましたか」

「いいえ、そのときはどこのだれとも知らなかったんですの。ところがそれからまもなく主人と結婚して、成城の佐々木と親戚になってきたでしょう。結婚式には裕介さんも出席してくれました。ところが去年の十二月の何日かに、由紀ちゃんのお母さんの百か日の法要が成城のお宅であったんですの。そのとき主人に連れられてあたしも出席したんですけれど、その席ではからずも銀波荘のひとにお眼にかかって、あたしすっかりびっくりしてしまって……」

「名前は？」

「中条奈々子さん」

金田一耕助は黙っていた。語り終わった珠実も黙っていた。上と下からふたりはしばらく眼と眼を見交わしたまま無言でいた。無言でいるふたりの脳裏には、忌まわしく、かつ、世にも恐ろしい情景が想定されていたにちがいない。

しばらくたって珠実がおびえがちの瞳をおののかせながらため息をついた。

「あたしこんなこといわなきゃよかった」

「どうして？　はしたないとでも……？」

「ええ、それもあります。だけど、それよりあたしが申し上げるまでもなく、金田一先生はちゃんと知ってらしたんじゃございません？」

金田一耕助はそれには答えず、

「それよりあなたはそのことをだれかにいいましたか。中条奈々子さんと由紀ちゃんが同性愛におちいってるらしいと……」

「ええ、それはこうなんです。それとなく奈々子さんのことを主人にきいてみたんです。そしたらお母さんの死後しばらくあのひと、奈々子さんの家に預けられていたことがあるとわかったんです。あたしが銀波荘で会ったのはちょうどその時分のことですから、それじゃあたしの思い過ごしだったかしらと、つい田園調布の母に話したんです」

「そしたらお母さんなんていったんです」

「そのまえにあのかたとあたしとの関係を聞いてください。あたしあのかたにとっても感謝してるんですの。主人が結局あたしをえらんでくれたのは、あの母の主人に対するアドバイスが大きく影響してるんです。結婚後主人の浮気がやまなくてあたしが絶望的な気持ちでいるときも、あたしにじっと辛抱しているように、いまになにもかもよくなると諭しつづけてくださったのもあのかたです。あたしと大して年齢はちがわないんですけれど、あたしとしてはとても頼りになるかたですし、あたしいつもあのかたには甘えつづけておりますの。それでつい銀波荘のことをいっちまったんです」

「すると……？」

「とってもびっくりなさいました。あたしにそういわれてみて、あのかたにもなにか思い当たるふしがおありだったんじゃないかと思うんです。しかし、あのように聡明なかたですからそこまではおっしゃいませんでしたけれど……でも、そのことを堅く口止めなさいました。絶対にひとにいっちゃいけないって、たとえ相手が主人でも。それからまもなくのことでした。あのかたが由紀ちゃんを田園調布へ引きとろうとなすったことがあるんです。しかし、佐々木が由紀ちゃんの財産のことで嫌味《いやみ》をおっしゃったとかで、沙汰《さた》やみになってしまったようですけれど……」

そこで珠実はちょっとため息をついて、

「考えてみると由紀ちゃんて子も気の毒なひとでしたわね。なまじ財産をもってたばかりに、田園調布の母みたいなひとにまで敬遠されちまったんですもの」

さすがに珠実はくたびれていた。語り終わってぐったりと閉じた瞼《まぶた》の上には、青白い憔悴《しょうすい》の色がふかかった。

「いや、ありがとうございました。たいへん参考になりましたよ。そのほかなにか……」

…？」

「いいえ、あたしの申し上げることはそれだけでございます。先生」

珠実はパッチリ眼を開くと、

「このこと主人にはまだいわないほうがいいんでしょうねえ。田園調布の母は先生にだけ申し上げるようにって」

「そのほうが賢明でしょうね。ご主人もお父さんもそうとう気性のはげしいかたのようですから。それじゃぼくはこれくらいで……」

ちょうどそこへ入浴を終わった赤ん坊を看護婦が連れてきたので、金田一耕助はまだ名前もつかぬその嬰児《えいじ》をちょっとあやして、珠実の病室を辞し去った。

待合室に待っていた尾崎くに子は、またしてもなんの役にも立たなかったことをしきりに謝っていたが、全体の印象としてはいまのひとが、黒いネットの女にいちばん近いように思うと聞いて金田一耕助は満足した。

ひょっとすると犯人はいざとなった場合、珠実へ疑惑の眼がむけられることを期待していたのではないか。もしそうだとすると妊娠という厳粛な事実を見落としていたということは、なんという大きな、かつ、滑稽《こっけい》な過誤であったろうか。利口ぶった人間ほどえてしてこういうヘマをやらかすものであるということを金田一耕助は過去の経験から知っていた。

どちらにしても、これで金田一耕助の推理の積み木は完成したようである。

三本指の男

年が明けて三十六年の春になった。

さしも世間を騒がせた青トカゲの一件も、丘朱之助こと岡戸圭吉の入水自殺によって、いちおう終止符を打たれたかたちになっていた。

解剖の結果によっても溺死という断定はくつがえらなかった。かれを溺死せしめた水、すなわち内臓から発見された水も精密に分析されたが、それも隅田川を流れる汚水にちがいないことが証明された。

しかも、死後の推定時間約四昼夜という線もかわらず、時間的にも一致していた。すなわち丘朱之助こと岡戸圭吉は十二月二十三日、金曜日の夜、いとこにあたる星島由紀を殺害後、隅田川のどこかで投身自殺をしたのであろうという推定に、抵抗を示すなにものもそこにはなかった。

水町京子の体内にのこされた男のものの血液型と、丘朱之助のそれとが一致することは、それより以前すでに証明ずみだった。しかも、アオトカケとオカトアケの共通点……すべてが丘朱之助こそ殺人鬼青トカゲであったことを示しているとして、だれもそれに疑いをさしはさむものはなかったようだ。

ただ、丘朱之助があとに遺書をのこさなかったのは残念であるとされていたが、入水自殺はおそらく発作的に行なわれたものであろうし、また、この種の重罪犯人が自殺を決行するような場合、遺書をのこすということはかえって珍しいこととされているので、その点も大して問題にならなかった。

こうして日本におけるジャック・ザ・リパー事件は、イギリスのそれとちがってあやうく迷宮入りをまぬがれたということになっていた。捜査当局の手柄ということにはならなかったとしても。

したがって明けて昭和三十六年の一月も下旬となれば、健忘症の世間のひとたちは青トカゲのことなんかすっかり忘れてしまっていた。新聞にももはや青トカゲのアの字も出るようなことはなかった。

だが、その時分になって中条奈々子はしだいに心の落ち着きをうしなっていた。すべてがうまくいったはずの歯車の回転の、どこかにミスがあったのではないかと、ふっと不安を感ずることがあった。

人間の心理というものは微妙なものだ。いかに自信満々のつもりでいても、いったん不安の影がさしはじめると、いったん心理のバランスがくずれはじめると、それは果てしない不安と恐怖となってひろがっていくものである。ちょうど鏡のように澄み切っていた池の面へ投じられた小石が、思いがけなく大きく波紋をえがいていくように。

中条奈々子の心理的バランスはつぎのようにしてくずれはじめたのである。

昭和三十六年一月二十一日、土曜日の夜のことである。その晩まで彼女は自信満々だった。

青トカゲの事件の場合、彼女は終始その圏外に立っていた。その事件に関して彼女の名前が新聞に出るようなことは一度もなかった。しかも、その青トカゲの事件そのものが、いまやすっかり忘却のかなたに葬られようとしている。

一方新進女流画家としての彼女の名声は順風満帆であった。

宇津木慎策は要領よくやってくれた。旧臘《きゅうろう》毎朝新聞に発表された中条奈々子のインタービュー記事は、彼女の虚栄心を満足させるにじゅうぶんであったのみならず、各方面から思いもよらぬ反響をもって迎えられた。

年が明けるとともに、彼女はいまや自分がちょっとしたジャーナリズムの寵児《ちょうじ》になっていることを発見して、満足このうえもなかった。中条奈々子は才気煥発《かんぱつ》であり、奇知《きち》縦横《じゅうおう》であった。彼女は当代まれにみる才女としてラジオやテレビ、週刊誌などから引っ張りだこになりかけている自分を発見して、得意の絶頂にあった。

昭和三十六年一月二十一日の夜まで中条奈々子が自信満々だったのもむりはない。その奈々子の自信はこうしてくずれはじめた。

その晩も某週刊誌の座談会に出席して、縦横に才気煥発ぶりを発揮してきた奈々子は、みずから自動車を運転して吉祥寺の自宅へかえってきた。夜も十一時過ぎだった。

彼女の家は成蹊学園の近くにあり、夜になると寂しい場所だ。彼女はそこにあまり気のきかないお手伝いさんとふたりきりで住んでいる。近ごろのことだから奈々子の家のお手伝いさんもしょっちゅうかわる。由紀をあずかっていたころのお手伝いさんはもういない。

自分の家のまえまできて奈々子は急にブレーキをかけた。

奈々子の家はそう広くない。敷地百八十坪くらいである。母屋は以前からあったものだが、そこに小ぢんまりとした母屋のほかに奈々子ごじまんのアトリエが建っている。母屋は以前からあったものだがアトリエは彼女がこの家を手に入れてから建てたもので、その一隅《ぐう》に小房があり、そこにベッドがすえつけてある。由紀をあずかっていたころよくふたりで閉じこもって、たがいに相手を潰《けが》しあったものだが、いまの奈々子にはそういうことも遠い昔の夢となっていることだろう。

門は大谷石をつみかさねた二本の柱からなっており、柱と柱のあいだは背のひくい鉄柵でつながれている。この門はいつも締め切ってあるのがふつうで、出入りはその門からすこしはなれたところにある通用門からすることになっている。通用門のすぐそばにギャレージがある。

そのギャレージへ車をやろうとして、奈々子がそこで急にブレーキをかけなければならなかったというのは、ギャレージの一歩手前にある通用門からだしぬけに男がひとり跳び出してきたからである。

けたたましい音を立てて急停車した自動車にぶつかりそうになって、わかい男がひとりこちらをむいて、バンザイをするような格好で立っていた。だしぬけのことで奈々子も驚いたが、むこうも驚いているのである。ヘッド・ライトをまともに浴びて、大きく眼を見張っている男の顔を真正面から見たとき、奈々子は突然まっ暗な奈落の底をのぞかされたような気がした。

若者は左のこめかみから頬骨の上へかけて、大きく、なまなましい傷跡があった。だからいくらか変貌《へんぼう》しているようだけれど、まぎれもなく山田三吉ではないか。

ハンドルを握った奈々子の手はそのままそこに凍結してしまった。その瞬間全身のいっさいの運動神経が硬直してしまったのか、奈々子は真正面から相手の凝視を浴びながら、顔をそむける分別さえわかなかった。

山田三吉……と、中条奈々子が見た青年は自動車のボンネットに両手をついて、食いいるように奈々子の顔を凝視していたが、やがて右手をあげて奈々子の顔を指さすと、

「は、葉山チカ子！」

絞り出すような声でうめいた。うめくと同時に奥歯のガチガチ鳴る音がきこえた。奈々子を指さすその右手には毛糸の手袋をはめているが、指が三本しかないように思われた。

「は、葉山チカ子だ！　き、貴様が葉山チカ子なんだ、お、おれをよく見ろ！　おれがだれだかわかるだろう！」

山田三吉とおぼしい男はボンネットのうえから突き出した三本指で中条奈々子の顔を指さして、腹の底から絞り出すような声で弾劾した。一句一句のあいだにギリギリと奥

歯をかみ鳴らす音がきこえた。

葉山チヵ子……それは中条奈々子にとっては永遠に忘れてしまいたい名前だったにちがいない。

「わかったぞ、わかったぞ、これでなにもかもわかったぞ。青トカゲは貴様だったんだ。なにもかも貴様がやったことなんだ。おぼえてろ、おぼえていろよ。いまに……いまに……」

そこでまた山田三吉とおぼしい三本指の男は、ギリギリと奥歯をかみ鳴らす音をさせたが、ふいにボンネットのまえをはなれてふらふらと二、三歩行きかけた。びっこをひいていた。しかし、二、三歩行ってから急に気がついたようにふりかえると、ニヤリと歯をむき出して笑った。

「あぶねえ、あぶねえ。また轢《ひ》き倒されるところだった。二度とあんな目にあわされてたまるか」

くるりと踵《きびす》を返すと、奈々子がハンドルを握っている反対がわの自動車のそばをすり抜け、奈々子がいまきた道を跳ぶように走り去っていった。びっこのくせにおそろしく脚の速い男であった。

その男が自動車の背後にまわってから奈々子はやっと硬直状態から解放された。恐怖のどん底からむらむらと負けじ魂がこみあげてきた。

「負けるもんか、負けるもんか。あんなやつに……」

奈々子はギリギリ歯ぎしりをした。最後に男のつぶやいたことばがとっさに脳裏にひらめいた。もう一度轢き殺してやろうか。

しかし、その道では不可能だった。大型自動車が一台やっと通れるか通れないかの道幅である。ターンするにはむこうの四つ角まで行かなければならない。バックして轢き倒すのは不自然でもあるし危険でもある。

とっさに奈々子は自動車から跳び出した。

びっこの男のすがたはもうその道には見えなかった。奈々子は急ぎ足でその男がまがったであろうと思われる四つ角にむかって歩き出した。その男をつかまえてどうしようというような、まとまった考えはまだ奈々子にはできていなかった。ただ、腹の底が固くなるような不安な衝動が奈々子にこういう行動をとらせるのである。

四つ角をまがったところでいきなりまともから強烈な光をさしむけられて、奈々子は一瞬眼がくらんだ。

「あっ！」

と、叫んでよろめく奈々子の顔を強い光が追っかけながら、

「なあんだ、えかきの奥さんじゃありませんか。どうかしましたか」

パトロール中の警官だった。

「すみません、その懐中電灯ほかへむけて……」

「や、こ、これは失礼」

奈々子の瞳がくらんでしまって、相手ががっちりとした体格のおまわりさんだということしかわからなかった。風邪でもひいているのか外套《がいとう》の襟《えり》をふかく立て、感冒よけの大きなマスクをかけている。ふといべっ甲ぶちの眼鏡をかけていた。

中条奈々子は岡戸竜太郎にたった二度しか会っていない。麻耶子の百か日と一周忌の法要の席と。話し合ったことは一度もなかった。インテリ好みの奈々子はこういう種類の男を頭から軽蔑《けいべつ》するくせがある。だからこの程度の変装でも見破られなかったのもむりはない。それにいきなり強烈な光をむけられて、眼がくらんでいたせいもあったろう。

「ところで奥さん、なにかあったんですか」

「いえ、あの……」

と、奈々子はあたりを見まわしながら、

「いまこちらへびっこの男が走ってきませんでした？」

「さあてね。わたしゃいまその路地から出てきたばかりなんですが……びっこの男がどうかしたんですか」

「いえ、あの……」

奈々子は返事に窮した。なんといっていいか困ってしまった。

「あたしいま自動車でかえってきたんですけれど、家のまえまでくると急にそのびっこのかたが跳び出していらして、あやうく轢き倒しそうになったもんですから、お詫《わ》びを申し上げようと思って……」

「ああ、そう、それはごていねいに。しかし、相手にけがはなかったんでしょう」

「はあ、それはさいわい」

「なら、よろしいじゃありませんか。それとも挙動に不審なところでもありましたか」

「いえ、べつに……学生さんのようでしたわね。ただちょっとお詫び申し上げようと思って……失礼しました。お騒がせいたしまして……」

「お送りいたしましょうか」

「いえ、けっこうでございます。すぐそこでございますから」

「じゃ、気をつけて」

「おやすみなさい」

「おやすみ」

べっ甲ぶちの眼鏡の奥から凶暴な眼が光っているのに中条奈々子は気がついていなかった。

急ぎ足に引きかえしてきていま山田三吉が跳び出してきた通用門をしらべてみると、戸がブラブラと動いていた。この戸には錠前がなかった。内部から掛け金と差し込み錠と、二重の戸締まりができるようになっているのでいままで安心していたのだが、これだと低い門の鉄柵をのりこえた人物には自由に開閉ができるわけである。

考えてみると奈々子はいままでこちらが攻撃することしか考えなかった。みずから防衛するということに関しては、少し無関心過ぎはしなかったか。それというのも自分の計画にあまりにも自信を持ち過ぎていたからであろう。

門の鉄柵を調べてみると、はたしてだれかがよじのぼったらしい泥靴の跡がついていた。犬がいたら吠《ほ》えたであろうに、ここをよじのぼった男はこの家に犬の飼ってないことを調査ずみだったのであろうか。奈々子はいままでの自分のやり口を思いくらべて、ゾーッと腹の底が固くなるような不安と恐怖をおぼえずにはいられなかった。

ギャレージへ自動車をしまっていると、やっとお手伝いさんの美代子が出てきた。

「おかえりなさい」

その声が寝ぼけているところをみると、いままで居眠りでもしていたのだろう。気の利かぬ、いつもぼんやりしているところが、奈々子のような秘密の多い女には好都合らしいのだが、一方勝手の悪いところもある。

「ただいま。留守中なにもかわったことはなくって？」

「いいえ。べつに……」

玄関のところで奈々子は穴のあくほど美代子の顔を見つめたが、この娘を疑ってみてもはじまらないと奈々子はすぐに視線をそらした。彼女は相手がだれにしろ弱身を見せるのが大きらいな性分なのである。

美代子を自分の部屋へさがらせて台所へ行ってみると、さいわい魔法瓶に湯がわいていた。砂糖湯をつくってそれにウイスキーをたらして飲んでみたが、そんなことで腹の底の不安なシコリは解けそうもなかった。

金子医院へ電話をかけて山田三吉の死をたしかめたのは佐々木裕介である。その裕介と奈々子は近ごろちょっと気まずくなっている。由紀の死骸を引き取ってきたときのあの不愉快な情事も情事だが、奈々子は元来身勝手な女なのである。莫大《ばくだい》な財産を手に入れたうえ、こうして女流画家として売り出してくると、佐々木裕介の存在がよけいなやっかい者になってきた。自分の秘密を握られているということは、奈々子はそれほど気にもとめていなかった。奈々子の秘密は取りもなおさず裕介の秘密でもある。破滅はいっしょだ。

ただ、あのドン・ファン気取りが奈々子にとって鼻持ちがならなくなってきている。どんな女でも自分にかかったらひとたまりもないとうぬぼれているらしい、あの猫なで声が奈々子にとっては虫酸《むしず》が走るようになってきている。自分だけは違うのだというところをみせてやりたかったのだが。……

しかし、いまはそんなことをいっているべき場合ではない。ホット・ウイスキーをコップに三杯立てつづけにあおってみたが、腹の底の不安が去りそうにないのでとうとう奈々子は受話器を取りあげた。成城の佐々木のうちの電話番号にあわせてダイヤルをまわした。

電話のむこうに彼女の虫の好かぬ坂口貞子が出てきたが、裕介はまだかえらぬという。近ごろ病院がお忙しいとみえてよくお泊まりになりますという坂口貞子のことばを聞いて、奈々子はまたべつのシコリを腹の底に感じずにはいられなかった。むらむらと怒り

がこみあげてきそうなのをやっと制して、

「あら、いいのよ、べつに大した用事でもなかったんだから、じゃ、おかえりになったらよろしく」

わざと冷淡な声でいって受話器をおくと、奈々子はくちびるをかみしめながらシーンとした眼で考えこんだ。

こうして奈々子の自信は急速に傾いていくようである。

破局

翌二十二日は日曜日だった。

奈々子は終日アトリエへ閉じこもってカンバスにむかっていたが、それはただカンバスにむかってやけに絵の具をぶっつけているだけのことで、彼女の腹の底にできた大きなシコリは時々刻々固く大きくなるばかりである。風の音にも驚かれぬるというのがおそらくいまの奈々子の心境だろう。

お勝手口にご用聞きの声がきこえても、母屋のほうで電話のベルが鳴っても、そのつど奈々子はギクッとおびえた。まさか昼日中からウイスキーをあおるわけにもいかないので、彼女はただめちゃめちゃにカンバスを塗りつぶすことによって、腹の底からこみあげてくる不安と恐怖をまぎらせていた。おそらくゆうべよく眠らなかったのであろう、奈々子は一夜にしてゲッソリやつれた。

その日いちにちゆうべの男、山田三吉とおぼしい男からはなんの音さたもなかった。警察からの呼び出しもなかった。そのことが不敵な奈々子にいくらかやすらぎをあたえた。

この調子ではゆうべの男がほんとに山田三吉としても、自分を警察へ訴えて出る気はないのではないか。なにか交換条件を持ち出してくるのではないか。それならそれでしようもあると策略家の奈々子は多少心の余裕を取りもどした。

それよりも奈々子が不快をおぼえたのは、その日いちにち心待ちにしていた成城からの電話がとうとうかかってこなかったことである。奈々子はひどい屈辱を感じずにはいられなかった。こちらからもう一度電話をしてみようかと思ったが、それは彼女の自尊心が許さなかった。虫の好かぬ坂口貞子に足下を見すかされそうなのがいやだったのだ。

月曜日の午前中待ったが、山田三吉からも警察からもなんの音さたもなかった。奈々子はいよいよたかをくくりはじめた。

月曜日の午後奈々子は築地の聖ニコライ病院へ電話をかけてみた。裕介はつかまったけれど、なんにも知らぬこととはいえ、奈々子の電話にたいしていたって気のない返事なのが、奈々子を思わずかっとさせそうだった。

「今夜ちょっとお眼にかかってお話し申し上げたいことがあるんですけれど……」

と、いう奈々子の要請に対して、

「なんの用……？　ぼく、ここんところちょっと忙しいんだが……」

と、煮え切らない返事なのがまず奈々子をかっとさせた。

「それはよく存じておりますけれど……」

と、奈々子は皮肉たっぷりに、

「どうしてもお眼にかかって、打ち合わせておきたいことができたんです」

「電話じゃいけないの」

奈々子はまたかっとなりそうなのを辛うじて抑えて、

「いいえ、電話じゃだめ。どうしてもじかにお眼にかかって打ち合わせておかなきゃならないことなんですの。ご多忙はわかっておりますけれど、ぜひ時間をやりくってちょうだい」

「弱ったな、それは……ちょっと待ってくれたまえ」

相変わらず裕介は煮え切らない調子で、しかも気を持たせるようにしばらく間をおいてから、

「いや、待たせてすまなかった。いまスケジュールを調べてみたんだがやっぱりだめだ。じつは今夜泊まりなもんだからね」

「あらま、近ごろお泊まりが多いんですのね」

「しかたがないよ、独りもんの気安さにあちこちから頼まれてつい引き受けちまうんだ。なにしろひとがいいもんだからな」

そのあとでくすくす笑っているのが電話をとおして聞こえてきて、それがまた奈々子をかっとさせた。しかし、電話でどなりつけるわけにもいかないので、奈々子はやっと自分で自分を抑えると、

「はあ、はあ、それで……？」

「と、いうわけで今夜はどうしても都合が悪い。なにしろいま手がはなせない患者がひとりいるもんだからな。あしたはどう？　あしたならなんとか都合がつけられると思うんだが……」

そのあとへまた裕介のくすくす笑う声が聞こえてきたが、奈々子はわざと冷淡に、

「承知しました。じゃ、あしたまた病院のほうへお電話しましょう」

相手がまだなにかいいそうにするのを、

「じゃ、いずれそのとき……」

奈々子はガチャンと受話器をおいたが、心のなかは煮えくりかえるようであった。

亡くなった麻耶子が裕介の誘惑にまけて肉体的に関係ができたのも、麻耶子が聖ニコライ病院に入院中のできごとだったと聞いている。その当時裕介はみずから買って出て、しょっちゅう宿直をやっていたという話を、奈々子はいつか裕介の問わずがたりに聞いたことがある。

裕介はいまそれを言外ににおわせて、自分の嫉妬をあおろうという魂胆なのだろうが、だれがその手に乗るものかと奈々子はつよくくちびるをかみしめた。

それよりも山田三吉が生きているかもしれないということを聞いたら、あの男、どんな顔をするだろうと、奈々子は自分の不安や恐怖はしばらく忘れて、ちょっと痛快なような気もした。

これはどんな共犯者にもある、いざとなったら死出の道連れにしてやろうという捨鉢な心理であろう。と、いうことは奈々子がソロソロ日ごろの冷静さをうしないつつある証拠かもしれない。

夕方ごろとうとう電話がかかってきた。アトリエでカンバスをぬたくっていると、母屋のほうで電話のベルがするのでギクッとしていると、果たしてお手伝いさんの美代子がやってきて、

「奥さま、お電話でございます」

「どちらから……？」

「それがどうしてもお名前をおっしゃいませんの。電話へ出てもらえばわかるからとおっしゃって……」

「変ねえ、男のかた？　それとも女性……？」

「男のかたですけれど……？」

「そう、じゃ、すぐ行くといっといてちょうだい。ああ、そうそう、電話はあたしが出るわ。あなたそれよりこれからすぐに駅前の亀屋《かめ》へ行って、例のものもらってきてちょうだい」

奈々子の家から駅前までは歩くと往復三十分はタップリかかる。奈々子はこういう場合にそなえて、あらかじめ美代子を遠ざける口実を考えていたのである。

美代子を家から出しておいて奈々子は母屋の電話口へ出た。

「もしもし、お待たせしました。こちら中条奈々子でございますが、どなたさまで」

「ああ、葉山チカ子だね」

冷嘲《れいちょう》するような男の声に、奈々子は覚悟していたこととはいえ、やはりギクリとせずにはいられなかった。それでも弱身を見せずに、

「あら、なんのことといってらっしゃいますの。お人違いじゃございません？」

「そうかな、それじゃこのまま電話を切ろうか。電話を切ってあの晩のこと……十一月十八日の晩のことをどっかへいってこようかな」

奈々子はしばらく黙っていたのちに、

「あたしにはあなたのいってらっしゃることがよくわかりかねるんでございますけれど、いったいどういうご用件なんでしょうか」

「よし、じゃ、手っ取りばやく要求を切り出そう。とにかく一度会ってもらいてえのよ。会ってとっくり話し合ってみてえのよ。ことを荒立てたってはじまらねえこったしするからな」

「いつ……？」

「今夜はどうだ」

奈々子はまたしばらく黙っていたのちに、

「今夜はだめ。だってあんまり急だし、それに今夜は先約があるんですもの」

「じゃ、あしたの晩はどうだ？　あんまり長くは待たねえぜ」

奈々子はまた忙しく頭を働かせたのち、

「あしたの晩なら……そして、場所はどこ？」

「場所か。なるべく人眼につかねえほうがおれとしても好都合なんだが……どっか適当な場所はねえか」

「さあねえ」

奈々子の瞳がチカッと光ったが、

「じゃ、こうしたらどうかしら。あしたのいま時分もう一度電話してくださらない？　それまでによく考えときますから」

「そうだな」

相手もちょっと考えているふうだったが、

「よし、じゃ、あしたのいま時分、かっきり五時に電話をかけらあ。そのときまでによく考えておきねえ。すっぽかしは利かねえぜ」

いうだけいうと相手はガチャンと電話を切ってしまった。奈々子は受話器を握りしめたまま、シーンとした眼であらぬかたをながめていた。

彼女は金田一耕助と一度しか対話をしたことがなかったので、いまの声がそれだとは夢にも気がついていなかった。彼女がいまシーンと考えこんでいるのは、いまの電話でしっぽをおさえられるようなことをしゃべったかどうか思い出しているのである。たとえばいまの応対をテープ・レコーダーかなにかにとられていた場合。そんな心配はないはずである。彼女はただえたいの知れぬ電話に対して、ただなんとなく相手をしていただけのことである。理由は気味が悪かったから。

しかし、どちらにしてもいちおうは裕介と打ち合わせておく必要があった。お互いにつまらぬ意地を張ったり、腹の探りあいをやっているべき場合ではなかった。

奈々子はもう一度聖ニコライ病院へ電話をかけてみた。こんどは佐々木裕介に対してではなく事務のほうだった。裕介がほんとうに今夜宿直なのかどうかたしかめておきたかったのだ。宿直はほんとうだった。

七時ごろ奈々子は聖ニコライ病院の受付のまえに立っていた。顔なじみの受付に、

「内科の佐々木先生いらっしゃいます？　今夜宿直とうかがってるんですけれど……」

「ああ、いらっしゃい。そういえば佐々木先生、ここんとこ宿直がつづいてますね」

「あらま、あのひと……いえ、あのかたそんなにご精が出てるんですの」

「なんでもあしたもそうだそうですよ」

受付はなんとなくいったのだったかもしれないけれど、奈々子は内懐《うちぶところ》を見すかされたような屈辱を感じずにはいられなかった。しかし、いまはそんなことをいっているべき場合ではなかった。

「そう、道理で……じゃ、ちょっと失礼」

宿直室へも二、三度行ったことがあるので奈々子には勝手がわかっていた。宿直室の少してまえで奈々子は顔見知りの看護婦に出会った。

「あら、奥さま、しばらく」

看護婦は奈々子の顔を見るとちょっと妙な顔をした。

「佐々木先生、いらして？」

「はあ、でも、いまお客様のようでしたけれど……」

「お部屋で……？」

「いいえ、表の待合室のほうで。お会いじゃございませんでした」

「いいえ、じゃ待たせていただくわ。佐々木先生にお会いになったらそうおっしゃって。中条奈々子が来てるって」

「承知しました」

看護婦に別れて奈々子は宿直室のまえへ立った。ドアの取っ手に手をかけると部屋のなかで椅子《いす》の軋《きし》る音がした。奈々子はいま看護婦が妙な顔をしたことを思い出した。

勢いよくドアを開いたとたん、奈々子はそこに棒立ちになってしまった。

のんきそうに椅子に腰をおろして新聞をひろげていた人物は、およそ奈々子がこの部屋で会うことを期待していた最後の人物だった。それは山田三吉……あるいは山田三吉とおぼしき一昨夜の青年だった。

相手も一瞬気をのまれたらしい。椅子に腰をおろしたまま、あっけにとられたように奈々子の顔を見ていたが、つぎの瞬間あわてて椅子から立ちあがった。あまりあわてたせいか立ちあがる拍子に椅子がひっくりかえった。

つぎの瞬間山田三吉、あるいは山田三吉とおぼしい青年は身をひるがえして、びっこをひきひき奥の部屋へ跳びこんだ。三吉のひっくりかえした椅子が一瞬奈々子の追跡をおくらせた。奈々子の鼻先でドアがしまってむこう側から鍵のかかる音がした。

ドアの奥は寝室になっており、奈々子もいつかそこのベッドで裕介に抱かれたことがあったが、その部屋にはほかにドアはないはずである。しかし、窓はあるはずだった。果たして窓をひらく音がした。奈々子がその窓の外へ到達するにはいったん廊下から外へ出て、建物を大きく迂回《うかい》しなければならなかった。とうてい間にあうまいと思ったけれど奈々子はあきらめずに迂回してみた。果たしてびっこの男はもうどこにも見当たらなかった。

広大で複雑な構造をもつこの病院内で、いったん見失ったとなると二度と発見することは困難である。びっこの男が跳び出した窓から数メートル離れたところに塀《へい》があり、塀の外は広い掘割である。掘割はすぐ近くの隅田川へ注いでおり、いまは満潮時なのか潮のにおいが強かった。

奈々子の弱点はこういう場合、声をあげて応援を求めることの不可能な点にある。これこれしかじかの男を見なかったかとひとに質問するのさえはばかられた。

山田三吉……あるいは山田三吉とおぼしい人物の姿を見失ってから、もとの宿直室へとってかえしたとき、奈々子の胸中には恐怖のほかにもうひとつ激しい感情が沸騰していた。怒りと憎悪だ。

あの男はいまここでなにをしていたのであろうか。この部屋でなにか証拠の品のようなものを物色していたのであろうか。いや、そんなふうには見えなかった。かれは椅子に腰をおろしてのんびり新聞を読んでいた。奈々子は床に落ちている新聞を拾いあげた。それは今夜の夕刊でさっきの男が読んでいたのは芸能欄である。

山田三吉が生きていた。奈々子にとってはただそれだけでも世にも驚くべき恐怖だのに、その三吉が裕介の部屋でのんびりくつろいでいたということは、奈々子にとっては文字どおり青天の霹靂《へきれき》ともいうべき大ショックだった。

奈々子はもちろん裕介に心を許していなかった。彼が自分に対してしきりに結婚を希望するというのも、結婚という強い結びつきによってたがいの秘密の厳守をより確実にするという意味のほかに、裕介にはもうひとつかくれた目的を持っているのではないかと奈々子は疑っていた。つまり自分をして麻耶子の二の舞いを演じさせようとしているのではないか。……

奈々子はいまその実証をここにハッキリ見せられたような気持ちだった。山田三吉を抱きこんでいったい自分になにをたくらんでいるのかわからなかった。しかし、自分にたいして優しい心からでないことだけはたしかである。だいいち山田三吉が死亡したと自分を偽ったのは裕介ではないか。

どすぐろい怒りにもえる奈々子の眼にうつったのは、デスクの上においてある強肝剤の瓶《びん》である。裕介は顔に似合わぬ大酒家で、したがって強肝剤の愛用者である。強肝剤の瓶が強く奈々子の眼をとらえたというのは、それについて彼女に強い連想があったからである。奈々子の夫の中条辰馬も強肝剤の愛用者であった。しかも、強肝剤のひと粒ふた粒が辰馬の生命をたったのだということを、奈々子と裕介だけが知っていた。

それから三十分ののち裕介が宿直室へかえってきた。表の待合室へきていた客は岡戸竜太郎だった。

裕介は今夜ほど竜太郎を軽蔑《けいべつ》したことはなかった。もう少し頭脳の切れる男だと思っていたのに、竜太郎はおなじことを繰り返し、繰り返し一時間あまりもねばっていった。竜太郎は由紀から圭吉へ、圭吉から竜太郎親子に譲られるべき財産について、裕介に了解を求めにきたのである。

裕介がその財産についてはなんの執着も未練もないことを、何度いって聞かせても相手は恐縮するばかりで、話に埒《らち》があかなかった。それでいて竜太郎親子がその財産をのどから手が出るほどほしがっているのだということが、裕介には見えすいている……と、思われた。

結局、弁護士を入れるなりなんなりして、そちらのお好きなようにということで、やっと話にケリをつけたのだが、たったそれだけの話に一時間もつぶされたことに裕介は少なからず立腹していた。

やっと待合室から解放されるとこんどは宿直室へ奈々子がきているという。これにも裕介はうんざりする気持ちだった。

裕介はもうそろそろ奈々子と手を切りたいのが本音である。しかし、恐ろしい秘密をともにしている相手だから、にわかにすげなくしてあいてを怒らせるのを恐れているのである。それにはいましばらく相手の歓心を買っておく必要があった。青トカゲの一件のほとぼりがさめたら、そのうちあの女もなんとかしなければならないのではないかとまで、この心の冷たい男は考えていたのである。

しかし、それまでは秘密を守らせておく必要があるし、それには体にものをいわせるのもやむをえないと裕介は観念している。女というものはだれでもそれに弱いものだというのが、裕介の長年の経験からくる哲学なのだ。

しかし、奈々子は宿直室にはいなかった。寝室のドアがしまっていて内部から鍵がかかっている。裕介はうんざりするのをかみ殺して、わざとガチャガチャ取っ手を鳴らしながら、

「おいおい、冗談はよせよ。すなおにここを開けたまえ。おい、どうしたんだ、いったい？」

ドアをガチャガチャいわせながら返事を待ったが、なかから応答はなかった。こんな

場合まで下から出なければならないのかと、裕介はいまいましさがこみあげてきそうになるのを押し殺して、

「わかった、わかった。少しきみをじらせてあげようと思ったんだ。きみだって芸術的功名心とやらいうやつで、さんざんぼくをじらすじゃないか。おたがいにもう駆け引きはよしにして……おや」

そのとき寝室の窓が風にあおられてバターンと締まる音がきこえた。

「おい、どうしたんだ。窓を開けてるのかい？　そんなことしちゃ暖房がだめになっちまうじゃないか。おい、きみ、奈々子」

少しようすが変なので裕介は鍵穴からなかをのぞいた。寝室は真っ暗でひとの気配はさらにない。

「おい、奈々子、きみ、そこにいるのかいないのか……」
二、三度声をかけたが返事がないので、裕介は小首をかしげながら外へ出ると、建物を迂回して寝室の窓の下へ行った。窓のガラス戸が風にあおられていて、のぞいてみると寝室には奈々子の姿は見えなかった。しかも、だれかが窓からとびおりたらしい跡がある。
「ちっ！」

と、裕介はいまいましそうに舌打ちをした。

「あのヒス女めが！」

裕介は窓から寝室へ這《は》いあがり内部からドアの鍵を開いた。

裕介のつぶやいたとおり奈々子はヒスを起こしたのであった。しかし、それがあのような重大な結果を生むであろうとは、裕介に予測もできないことであった。

最後の閃光《せんこう》

その晩、奈々子はおそくまでピアノの鍵をたたいていた。奈々子のピアノはアトリエにある。九時ちょっとまえに吉祥寺の自宅へかえってきた奈々子は、アトリエへ閉じこもるとはげしい勢いでピアノの鍵をたたきつづけた。

そうすることによって、多少なりとも奈々子の恐怖と不安はやすらぐらしいのだが、あとから思えばそれは彼女がつぎにとろうとしている、ある恐ろしい行動のひとつの準備行為ででもあった。

奈々子は恐ろしい顔をしてピアノの鍵をたたきつづける。彼女の心中ではいまどすぐろい不安と、青白い怒りが交錯して沸騰しているのである。

奈々子はピアノの鍵をたたきながら、いま改めてこの一連の事件を考えてみる。この一連の事件における裕介と自分の立場を比較してみた。

まず最初が夫殺し、中条辰馬の事件であった。辰馬の常用していた強肝剤の瓶のなかへ、まったくおなじ外見をした致死量の毒を含有している丸薬を投入しておいたのは奈々子である。もちろんそれを教唆したのは当時すでに関係の生じていた裕介だったが、かれが教唆したという証拠はどこにもない。毒も彼女自身が手に入れたものである。裕介はただそれを心筋こうそく症と診断しただけのことである。誤診でことがすむのではないか。

佐々木麻耶子の自動車のブレーキに細工をしたのも奈々子である。むろん裕介の依頼があってやったことだけれど、依頼されたという証拠はどこにもない。いや、たったひとつ法廷へでも持ち出されたら、裕介に不利になりそうな手紙が一通あったことはあったのだけれど、不覚にも由紀をあずかっている時分、それを彼女に見つけられ、奪われてしまったのである。

由紀を同性愛のたわむれに誘いこむことによって、あの悪魔のような小娘の口を封じることに、いちおうは成功したようなものの、それからあと奈々子はいかに屈辱多き日々をかさねなければならなかったか。

由紀はまったく悪魔のような小娘だった。すでに何人かの男を知っていた由紀だったが、あたらしく知った同性同士のたわむれに、彼女は異常な好奇心と興味をもった。由紀は奈々子の体を思う存分もてあそんだ。弱身を握られた奈々子は悪魔の申し子みたいな由紀に翻弄《ほんろう》されて、あらゆる屈辱を堪え忍ばなければならなかった。

その屈辱の代償として奈々子はまんまと由紀の手から、裕介の手紙を取りもどしたまではよかったが、そこで彼女はまた大失敗をやっている。その手紙がまたしても後日のたたりになってはと、浅はかにも奈々子はその手紙を焼きすててしまった。もちろん手紙を焼いたことは裕介にいってなかったが、裕介にたいするたったひとつの切り札を奈々子はみずから破棄してしまったのである。裕介がまだそのことを知っていないのがせめてものことなのだが。

ホテル女王の事件の場合はどうであろう。あれは完全に奈々子のひとり芝居である。あの一件に関するかぎり裕介は全然関係していない。裕介を抱きこむとすればホテル竜宮の事件だが、それだって主要な役はすべて奈々子がつとめている。

あの晩、奈々子はまず青トカゲになりすまし、八時ごろ銀座で水町京子と契約した。九時ごろ芝高輪台町のマルミ屋果物店の横町で落ちあう約束をして若干の手付けをわたした。付きあってくれれば多額の報酬を支払う約束だった。

それから奈々子は本来の性にもどって八時四十分ごろ、ホテル竜宮の付近で田舎紳士になりすました裕介と落ち合い、ホテル竜宮の二階一号室におさまったのが八時四十五分ごろ。それから彼女はたずさえてきたスーツ・ケースのなかからまた青トカゲの衣装を取り出し、男装すると非常はしごから脱出して、マルミ屋果物店の横町で水町京子を待ち合わせた。

万事はうまくいった。京子はうまいタイミングで奈々子の張った網にひっかかってきた。手と手を組んでホテル竜宮の五号室へおさまった。抱きあってベッドに身をよこたえた直後に水町京子はもうこの世のものではなかった。奈々子の合図で一号室から裕介が忍んできた。……

これらのことはもちろん裕介とのあいだで、綿密に打ち合わせたのちに決行されたのだが、綿密に打ち合わせたという証拠はどこにもない。

さらにいまになって奈々子を愕然《がくぜん》とさせたことなのだが、あの晩、奈々子は一度も裕介の顔を見ていないということに気がついた。いや、顔を見ていないばかりか口さえ一度も利いていないのである。

ホテル竜宮の付近で落ち合ったとき、男は完全に顔をかくしていた。ふたりはただ無言のままうなずきあっただけでホテル竜宮へ赴いた。一号室へ落ち着くと奈々子は自分の任務に熱中していたので、男の妙な素振りに気がつかなかった。男は一度も口を利かず、自分に顔も見せなかった。奈々子はそのまま非常はしごから脱出した。

一号室から五号室へ忍んできたときも男は顔をかくしていたし、口も利かなかった。男がくると入れちがいに奈々子のほうが一号室へ退いた。本来の性にもどって、男が任務を遂行してかえってくるのを待っていた。さすが鬼畜のごとき奈々子にも、男が忠実に自分の役割を果たしている、その浅ましい現場を注視している勇気はなかった。

まもなくふたりそろってホテル竜宮を出ると、三分ののち奈々子は男とわかれたが、その間とうとう男の顔を一度も見ていないし、またひとことも口を利かずにすんだことを、いまになって奈々子はきびしく思い出している。そういえばフロントで部屋の交渉をしているときも、男の声はいつもの裕介とはガラリと変わっていた。

奈々子はいままでそんなこと考えてもみなかった。どうせ愉快な任務ではないのだから、お互いに口を利くのさえおっくうだったのだ……と、いままで思いこんでいた。しかし、そこに裕介の周到な用意があるのではないか。

あの晩の男はおれではない。おれは全然そんなことは知らないと、もしかりに裕介がいい張ったとしたら、自分はそれを押し切って、いいえ、あの晩の男はたしかに佐々木裕介そのひとだったといいきれるか。O型の男なんていくらでもいるではないか。

疑心は暗鬼を生むとはこのことである。いまや奈々子は共犯者同士の協調精神を完全に忘れていた。どうせ愛と献身をよりどころとした共犯関係ではない。各自の身勝手から出発した共同作業なのだから、こうなるのも当然といえるかもしれないが。……

さらに……と、ピアノの鍵をたたきながら考えつづける奈々子の顔は、悪魔の化身《けしん》ともいうべきものすごさであった。

さらに山田三吉を轢き倒したのも自分であるし、星島由紀を絞殺したのも自分ひとりでやったことである。ごていねいに両事件とも裕介にアリバイが成り立つようにしてやってある。

そうだ、裕介を抱きこもうとすれば圭吉殺しがある。あれだけは裕介ひとりがやったことなのだ。

自分はあの晩、お姉さんになりすまし岡戸圭吉に電話をかけた。自分たちの関係が佐々木裕介に知れてしまった。自分は築地の聖ニコライ病院の宿直室に監禁されている。

すぐ救いにきてほしい。しかし、このことは絶対にひとに知られないようにと。……圭吉はまんまと罠《わな》にはまったのだが。

しかし……と、そこでまた奈々子は深淵《しんえん》をのぞき見るような眼をして愕然とした。裕介がどういう巧妙な手段を用いたのかしらないが、圭吉の死因は溺死ということになっているではないか。……

突然奈々子はピアノの鍵をたたく手をやめた。勃然《ぼつぜん》として湧きあがってくる怒りが、彼女の腰を椅子に落ち着けておかなかったのだ。彼女は立って二、三度アトリエのなかを行きつもどりつした。なにか深く深く考えこみながら。

奈々子はピアノのまえにつと立ちどまった。ピアノのうえに小さな瓶がおいてある。瓶のなかにはたったひと粒黄色の丸薬がおさまっている。それは亡夫中条辰馬の生命を断ったとおなじ種類の丸薬なのだが、どういうわけか奈々子はひと粒だけいままで持っていた。

奈々子は手をのばしてその瓶を取りあげた。両手のあいだで強く握りしめた。

翌昭和三十六年一月二十四日の火曜日こそ、青トカゲ事件の完全な解決に決定的な役割を果たす日となったが、中条奈々子にはもちろんそんなことはわかっていなかった。その日午前中から外出していた奈々子は五時少しまえにかえってくると、口実をもうけてお手伝いさんの美代子を用事に出した。

五時かっきりに電話がかかってきた。

「どうだい、姐《ねえ》ちゃん、いやさ、おばさん、決心がついたかい」

「決心ってどういうこと……？　あたしにはよくあなたのいうことがわからないし、だいいちあなたはいったいだれ？」

「あっはっは、あんなことといってらあ。おれがだれだかあんたがいちばんよく知ってるはずだからな」

「いわなきゃいわないでいい。それよりゆうべ妙なところで会ったわね。あんた佐々木裕介さんとどういう関係なの」

「そんなこたアどうでもいい」

電話の声はちょっといらいらした調子で、

「それより約束はどうしたんだ。おれに会うのか会わねえのか」

「いったい会ってどうしようというんです。一面識もないお互いだのに」

「一面識もないお互いだかどうだかは、会ってみればわかることさ。とにかくあのとき握らせてもらったオッパイの味はかくべつだったからな。あっはっは」

と、のどの奥で低く笑って、

「こんなこたアだれにもいった覚えはねえけどな」

奈々子はちょっと黙っていたが、相手がそんな気持ちなら扱いようもやさしいのじゃないかと、またこの女特有の自信過剰が頭をもちあげてきた。

「ほんとうをいうとあたしはあんたに会う必要もないし、会いたいとも思わない。しかしかし、毎日毎日こんな電話をかけてこられちゃ、あたしもうるさくてかなわない。だからあんたに誤解だとハッキリわかってもらうために、一度だけ会ってあげましょう。一度だけですよ」

「まあいいさ。一度で済むか、二度三度と逢瀬《おうせ》がかさなるか。まあ、会ってみてのお楽しみというところさ。で、今夜だろうね」

「今夜九時はどう？」

「九時……？　けっこう。しんみり語りあうにはいい時刻だ。で、場所は？」

「ちょっと妙なところだけれど」

「妙なところってどういうところさ」

「小田急沿線の成城はもちろん知ってるでしょう」

「ふむ、その成城の……」

これこれこういう場所と指定して、

「そこにいま学校が建ってるの。いや、建ちつつあるのね。そこの現場はどう？」

相手はちょっと黙っていたのちに、

「なるほど、そいつは変わっているが少オし変わり過ぎるんじゃねえか」

「それがいやなら約束取り消し……」

「おっと、待てよ。いやに気のはやいお姉ちゃんだ。だけど、そこ人目につきゃアしねえだろうな」

「人目についちゃいけないの」

「人目についちゃ元も子もなしさあね。それにそれ……あっはっは、露を枕に星を仰いでというわけか、ま、それもいいだろ。人目につきさえしなきゃあね」

「それゃあんたさえ気をつけてくれれゃ……」

「だって建築現場だとすると飯場があるんだろ」

「飯場もあるけどずうっと離れてるわ。ずいぶん広い現場なんだから」

「よし、じゃ、それに決めた。じゃ、もう少し詳しくその場所について話しておくれよ」

奈々子から詳しく道順やまたその現場へ入る経路を聞きとると、

「よし、わかった。じゃ、かっきり九時だぜ。すっぽかすとどういうことになるかわかってるだろうな」

「行くわよ。一度はね」

「一度でことが済むかどうか、あっはっは、じゃ、おれ、懐中電灯を用意していかあ。低く口笛を吹くからそれを合図にな。じゃ、いずれのちほど。あっはっは」

得意そうに高笑いをする相手が、自己過信の強い奈々子には底抜けのお人よしに思われた。そういえばあの晩の山田三吉がやっぱりそうではなかったか。

六時。夕食を終わった奈々子はまたアトリエへ引っこもった。まもなくそこからピアノを弾く音が聞こえはじめた。

しかし、ピアノを弾いているのは奈々子ではなかった。テープ・レコーダーだった。テープ・レコーダーは三十分は持つはずである。それが切れたら半時間ののちまた自動的にテープが活動開始をするようになっている。第二のテープが終わるとまた半時間ののち第三のテープが回転をはじめる。奈々子はこうしていままでアリバイを作ってきたのだ。

六時ちょっと過ぎ、吉祥寺の中条邸の裏口からこっそり抜け出した女の姿を見たら、尾崎くに子は悲鳴をあげたにちがいない。黒い帽子に黒いオーバー、帽子から垂らしたネットのなかにある長いつけまつ毛。奈々子はこの変装に自信があるらしい。

それから約一時間半ののち奈々子は築地の聖ニコライ病院の構内にいた。ゆうべ山田三吉とおぼしい人物の跳び出した、窓の下に立っている奈々子の服装はさっきとおなじだが靴だけがちがっていた。靴は大きな男物である。

あたりにはだれもいなかった。宿直室の居間のほうには電気がついているようだが、寝室のほうは真っ暗だった。奈々子は錐《きり》のような細い鋭いもので観音開きの掛け金をさぐった。掛け金はなんなく外れた。

奈々子は寝室には眼もくれなかった。そっと居間をのぞいてみると、無人のデスクに例の強肝剤の瓶がおいてある。きょうも裕介が泊まりだということを奈々子はきのう受付で聞いた。

ちょうどそのころ裕介はまた竜太郎の訪問をうけ、表の待合室へ引っ張りだされて、愚にもつかぬ遺産問題に頭を悩まされているところだった。

強肝剤のなかに運命の一粒……文字どおり奈々子にとって運命の一粒となった……を投げこむにはものの三十秒とはかからなかった。

九時ほんの少しまえ、奈々子は成城のはずれにある学校の建築現場へ現われた。服装はさっきとおなじだが靴だけが女物にかわっている。

そこにはいまさる工科大学の付属高校と中学の校舎が建ちつつあった。施工者は中条組である。高校と中学だから建築現場はずいぶん広く、飯場は遠くはなれたところに灯をまたたかせている。セメント槽《そう》をつくりあげる高い鉄塔が三つ、夜空にくっきり浮かんでいる。

将来はグラウンドになるのであろうと思われる広場は、校舎の建ちつつあるところから数メートル断層をなした下にあった。そこに大きな掘立小屋があり、建築資材が山のように積んである。小屋のまわりにはブルドーザーやショベル・トラックが置きっ放しになっており、近くに掘り起こされた土がちょっとした丘を形づくっていた。

すべてが近ごろ都会のあちこちに見られる建築現場の、乱雑をきわめた姿がそこにあった。人影はどこにも見られなかった。すべては奈々子の計算どおりいっているようだ。

かっきり九時に中条奈々子は大きな掘立小屋のなかへ入っていった。そこにはセメントをながしこむとき枠《わく》に使う板材が山のように積んであり、板の山と山とのあいだはちょっとした迷路になっている。その迷路へ踏みこんだとき奈々子は手ぶらであった。

奈々子の足音を聞きつけたとみえ、迷路の奥でガタリとひとの動く気配が聞こえた。

さすがに奈々子はギクンとしたが、それでも勇気をふるって、

「そこにいるのだアれ？」

と、あたりをはばかる声だった。

「おれさ、山田三吉だ。葉山チカ子の姐《ねえ》ちゃんかい」

真っ暗な迷路の路をひとつ曲がったところにボーッと明かりが見え、かるい口笛が聞こえた。足もとがいくらか明るくなったがそれでも奈々子は、手袋をはめた右手で積み上げた板材のうえをなでながら奥へすすんだ。

迷路の角を曲がったところは袋小路になっている。その袋のどんづまりに、背中を板材にもたせるような格好で男が立っていた。男が懐中電灯の光を自分の顔にむけたので、こめかみから頬っぺへかけて大きな傷跡のある若い男の顔が浮きあがった。

やっぱりあの夜のベル・ボーイ、山田三吉にちがいないと奈々子はその場に立ちすくんだ。山田三吉、あるいは山田三吉とおぼしい男はこんどは逆に懐中電灯の光を奈々子にむけた。毒々しく化粧した奈々子の顔が迷路の闇《やみ》のなかにくっきりと浮かびあがった。

彼我の距離四メートル。

「あっはっは、そうしてるところはやっぱり葉山チカ子だな。なにをそんなに固くなってるんだ。こっちへ寄ってオッパイを触らせねえな。あンときのつづきをやっちまおう

じゃないか。話はそれからあとのことだ」

「光を……光をそっちへ向けてえ。まぶしくって……」

奈々子はあえぐようにつぶやいた。

「あっはっは、ごめん、ごめん。なんぼ葉山チカ子でも顔がさすと見えるな。じゃ、こうしてやるからこっちへ寄んねえ」

男が懐中電灯の光をほかへむけたとき、奈々子の右手は右の板材のあいだを探った。そこに鋭利な刃物がかくしてあった。奈々子はそれを握って猛烈な勢いで山田三吉にむかって突進した。

だが、そこで奈々子の計算は大きく狂った。男がもたれているその左側に横小路があったのだ。男が横っ跳びにその横小路へ逃げこんだ刹那、奈々子はくらくらと眩《くるめ》くようなのをおぼえた。

突然閃光《せんこう》がもえあがり、パチリとシャッターを切る音がした。しかも、つぎの瞬間、掘立小屋のなかに煌々《こうこう》と電灯がかがやき、積みあげられた板材の上から数人の男が立ちあがった。

奈々子は茫然とした。なにが起こったのかすぐにはよくわからなかった。握りしめた鋭利な刃物を投げ捨てようとの分別もつかなかった。そこを宇津木慎策のカメラがとらえた。

これがのちに毎朝新聞社の社長賞となった特種《とくだね》写真である。

突然だれかが奈々子におそいかかった。奈々子の刃物は一撃のもとにたたき落とされて、太い、強い指が奈々子ののどに食いこんだ。

「よしたまえ、竜太郎君、約束じゃないか。よしたまえ」

「竜太郎、よせ。圭吉の敵《かたき》はわれわれがとってやる。新井君、なんとかせにゃ犯人が死んじまうぜ」

等々力警部の声だった。

奈々子ののど首から竜太郎の指をもぎとるのに、新井刑事はそうとう骨を折らねばならなかった。

「すみません、すみません」

竜太郎はやっと奈々子ののど首から手をはなすと男泣きに泣き出した。

「奥さん、うかつだったね」

奈々子のほうへむきなおった新井刑事は、ポケットのなかから小さな瓶を出してみせた。それはさっき築地の病院の宿直室のデスクの上にあった瓶である。

「金田一先生からね、あんたが築地方面へむかったてえ連絡があったもんだから、竜太郎君に佐々木裕介を待合室へ呼び出してもらい、わたしゃあの真っ暗な寝室のなかに忍んでいたんだ。だからわたしゃこの眼であんたがこの瓶のなかへ、丸薬をひと粒投入したのをちゃんと見ておいたぜ」

奈々子にはそれがどこか遠くのほうから聞こえる台詞《せりふ》のように思えた。遠い地獄の果てからでも。

「佐々木裕介はさんざんあんたを罵倒《ばとう》していたぜ。このなかのどのひと粒でも飲んでみる勇気があるかっていってやったらね。だから女を共犯者に持つなア危険だと思ったんだと」

奈々子はうつろな眼でそこに立っている金田一耕助と、金田一耕助の背後にいるおびえたような顔の傷の男を見くらべていた。

すべてが終わった。しかも悪いほうへと。奈々子も観念せざるをえなかった。

諸君はすでにご存じのとおり山田三吉に似た男は、山田三吉そのひとではなく、三吉のおない年の従兄弟《いとこ》で、名は山田孝哉《たかや》といい、高崎でミシンを踏んでいる青年であった。しかし、奈々子はすべての自供が終わるまでそのことを知らず、山田三吉であると信じこんでいたそうである。

結局、金田一耕助も指摘したとおり、それが奈々子のウィーク・ポイントとなったようだ。

解説

中島河太郎

私のこしらえた著者の作品目録では、昭和三十九年の「蝙蝠男《こうもり》」以後、新作を載せていない。四十九年に中絶した「仮面舞踏会」を八百枚の長篇として完成されたから、ちょうど十年間休筆されたことになる。

だが実際はそれ以前から、著者は短篇の長篇化をつぎつぎに試みておられた。「不死蝶」「魔女の暦」「毒の矢」「支那扇の女」「壺中美人《こちゅう》」「扉の影の女」「死神の矢」「悪魔の百唇譜《ひゃくしんふ》」などがそれである。

本書もはじめ、昭和三十八年三月号の「推理ストーリー」に、「青蜥蜴《とかげ》」と題して発表され、翌年八月に「夜の黒豹《くろひょう》」と改題、長篇に書き改めて刊行された。

物語は名前こそ「女王」と豪華だが、簡にして粗にこしらえてあるラヴ・ホテルから始まっている。ドアの下から溢《あふ》れてきた水、室内からの呻《うめ》き声に不審を感じたベル・ボーイが発見したのは、絞殺されかかった女性であった。しかも乳房の間には青いマジックで描かれた蜥蜴がむしゃぶりついている。

ようやく死を免れた女性が、内密にしてくれとボーイに懇願し、それを承知したばかりに、一週間後には悲劇が起こった。これも同様のラヴ・ホテルが舞台に選ばれた。ドアの下から溢れた水が発見の端緒となったのだが、こんどは手遅れだった。被害者の胸に描かれた爬虫類が人目を惹いて、金田一まで駆り出される結果になったのだ。

事件が公表されると、届け出なかった前の未遂事件の発見者のボーイが、出頭してきた。あまりにも似通った様相にじっとしておれなくなったからだが、このしらせは一大センセーションを起こさずにはいなかった。

殊に被害者の職業が街娼と判明し、犠牲者の胸に青蜥蜴の紋章を残しておくという変質者的性向が、殺人鬼ジャック・ザ・リパーを思い起こさせたのは当然であろう。この世界犯罪史上にも名を残している殺人鬼については、著者も本文中で紹介しておられるから、改めて付け加えるまでもあるまい。その残虐な手口と結局迷宮入りに終った点が、今なおいろいろの関心を生んでいるのだが、その先蹤《せんしょう》を追うだけなら、著者が改めてこの犯罪に触れるはずがなかった。真相を知ってはじめて、著者の周到な用意について納得するところがあるに違いない。

短篇「青蜥蜴」は未遂事件に引き続いて、街娼殺害が起こり、第一の事件の発見者のボーイの輪禍《りんか》までは、ほぼ同じ筋道を辿《たど》っている。第三の事件が起こったとき、事故死と発表されたボーイの出現によって、犯人の面通しが行われて解決するのだが、本篇ではボーイは哀れな最期を遂げることになっている。そのため彼の年上の恋人が捜査に協力を惜しまない。

本篇の趣向に大きな改変の加えられているのは、第三の事件の被害者にまつわる人的関係のもつれである。被害者は高校一年、医者の妻の連れ子だが、すでに十三歳のとき、十違いの従兄《いとこ》と駆落ちした前歴があった。従兄というのは陰惨でエロティークな漫画を描く、猫みたいな感じのする人物だという。

その漫画家を訪ねると、裸で縛られた少女が発見され、肝腎《かんじん》の人物は姿をくらましている。前の二つの事件が夜の女性か、それに類似した商売と考えられていたのに、今回は良家の子女が犠牲壇上にのぼったのだ。むろん、たいへんな無軌道娘にはちがいないのだが、その生育の境遇も考慮しなければならぬかもしれない。

とにかく日本のジャック・ザ・リパーだと思われた犯人が、一転して少女趣味で、年上の女性崇拝者の漫画家に絞られてきた。それにしても三人の女性の胸に印《しる》された青蜥蜴の絵は共通なのだから、どこかにそれらを繋《つな》ぐ因子が発見されなければならない。

漫画家というのは元暴力団のボスの二度目の妻の子だが、三度目の妻が彼の残酷グロテスク漫画を弁護する場面がある。探偵作家は血なまぐさい殺人を扱っているが、だからといって殺人の願望をもっているわけではない、それよりもそういう小説を書いたり読んだりすることによって、鬱積《うっせき》している感情のはけ口になっている。むしろそれによって心理的浄化作用が行われているということを、自分は何かで読んだ覚えがあると弁じている。

これはイギリスの作家ドロシー・セイヤーズ女史が、探偵小説の存在理由を説明するために、アリストテレスが「詩学」に用いたカタルシスという語を借りたのがはじめで、江戸川乱歩も昭和八年に「探偵小説とカタルシス」というエッセイで、その説を敷衍《ふえん》している。

「犯罪を、すなわち人類の反社会的願望そのものを、重大な要素とする探偵小説ないし犯罪文学が、いかなる文学にもまして『カタルシス』の作用をいとなむ」といい、「あえて犯罪を実行し得る反社会的の性格には、犯罪本能の鬱積もなく、そのカタルシスも必要でない」と見るのである。だから実生活上の犯罪者と探偵小説とはまったく無縁だが、それに反して、正常な社会生活をいとなむ人々、犯罪に臆病な人々にとってこそ、カタルシスは欠くべからざるもので、探偵小説こそカタルシスのもっとも有力な手段の一つだと、乱歩は説いている。

とにかく表面に現われた事実からだけで判断せず、人間の本性をよりどころにして、事件の真相をつきとめて欲しいというのが注文であった。輻湊《ふくそう》した人間関係に悩まされるばかりか、前の二つの謎との連関も宿題となっている。

金田一はホテルの二つの事件、ボーイの轢殺《れきさつ》、第三の事件、それに漫画家の失踪と、五項目にわたって、丹念に疑問の数々を書き並べて改めて検討した。彼をもっともよく理解している等々力警部との討議は、連続劇を蔽《おお》うていたヴェールを徐々に剝《は》がしていく。三十項目に近い疑点が、矛盾なく説明できた暁に、この難事件は解決するわけだが、次第に討議を重ねていくうちに整理されていくプロセスは楽しい。

はじめは単純に変質者の街娼殺しと見られていたのだが、俄然局面が展開して、それだけでは割り切れなくなり、愛欲と金銭欲が幅を利かすようになる。著者は人間関係の複雑なからまり具合に生ずる葛藤と愛情を解きほぐすのが好みだが、本篇でもその嗜好《しこう》が強く現われている。

黒豹のようにつやつやとした漆黒《しっこく》のオーヴァをゾロリと着て、マフラーで顎《あご》から鼻までかくし、帽子も黒豹の毛皮のように光沢を帯びたものをかぶっている。こういう人目につき易い男の登場で幕を開けた物語であったが、その結末ははなはだ意外であった。推理の積木は完成しながら、物的証拠の乏しいままに、時機を待って、犯人の心理的動揺と崩壊を狙う作戦を講ずる。警察当局なら尻ごみせざるを得ない状況でも、私立探偵なら犯人に大胆なゆさぶりをかけることができる。金田一は捜査の面では当局と提携しながら、いざとなれば思い切った単独行動がとれる。そこに彼の自由人としての面目が発揮されて、刑事、検事など司法関係者を探偵役に仕立てていないおもしろ味が存在する。

本書は、昭和五十一年一月に小社より刊行した文庫を改版したものです。なお本文中には、気ちがい、女中、百姓、支那、運ちゃん、びっこなど、今日の人権擁護の見地に照らして、不適切と思われる語句や表現がありますが、作品全体として差別を助長するものではなく、また、著者が故人である点も考慮して、原文のままとしました。（編集部）